农村女干部

李玉文 著

河南文艺出版社
·郑州·

目　录

一、临危受命

凡集乡二十个行政村，十九个完成了公粮上缴任务，唯有贾寨村颗粒未交。包村干部杨立轩心中火急，压力如牛负重，三天连续召开了数次村组干部会议及群众代表大会，但都无济于事。不得已，这天他又召开了群众大会。老杨正要讲话，八九个小伙子抬着两个粪筐冲了过来，到跟前二话没说，带头的劈头就问："老杨，这两个粪筐，一个是粘屎的，一个是没粘屎的。你愿意坐哪一个？我们现在就把你抬走！"

突如其来的情景弄得老杨目瞪口呆，不知所措，羞辱感顿时弥漫他全身。只见他脸色煞白，浑身上下直哆嗦，一句话也说不上来……

村书记庄克山疾步上前，大喊："你们想干什么?！想干什么?！"

这一喊不打紧，会场上"呼啦"站起三四个彪形大汉，朝庄克山扑来，会场顿时乱作一团。

杨立轩在基层工作了大半辈子，当了多年的乡干部，一把年纪了从未遇到过今天这样的羞辱。他愤怒、难堪至极，无心再管会场，拔腿径往乡政府去了……

老杨见到乡党委宋书记,话没出口,泪水"唰"一下就流了出来,接着便失声痛哭,真是人不伤心不落泪!

宋书记见状,急忙安慰道:"老杨,这是咋了? 出什么事了?"

老杨哽咽着说:"宋书记,这些年,为了贾寨村的工作,我风里雨里,白天黑夜,不知跑了多少路,说了多少话,挨了多少饿,都从未叫过一声苦、喊过一声累,可没想到,到头来竟落个如此可悲的下场!"

"老杨,谁让你委屈成了这个样子? 慢慢说!"

老杨先说了在贾寨村的遭遇,抹抹泪,又说:"宋书记,我老杨无能,您另请高明吧!"说罢,转身向外走去。

宋书记听后,心中也很气愤:老杨这样的干部为政清廉,工作踏实,按道理来讲,群众是不会这样做的,中间肯定另有原因。于是,他马上向有关人员详细了解了贾寨村近段时间的工作情况。原来,是在公粮上缴之前,村里在使用救济款问题上引起了群众上访,老杨主持调整了村班子,撤掉了贾兴水的村会计,让他改任治保主任。据群众反映,贾兴水恼恨在心,说要报复老杨,以解心头之恨。老杨这次当众受辱,很可能就是贾兴水背后捣的鬼。

贾兴水在贾寨村门户大、势力大,又会笼络人心,因此在很多事情上,他只要稍微不称心,就能在背后给你弄出花样来。当然,这只是一种说法,具体情形如何,谁也拿不出证据来。

宋书记听了这些情况,觉得贾寨村问题严重,不能等闲视之,于是召开了党政班子会议。

会上,宋书记说了老杨在贾寨村的遭遇。之后,大家便你一言我一语进行了热烈讨论。讨论半天,谁也提不出具体的办法来。

眼看要冷场,分管组织工作的副书记张志同说:"贾寨村是一个是非村,混乱局面由来已久。短短几年内,包村干部像走马灯似的来回换了十多个,最终都是生气而返。所以,这次老杨在贾寨村的遭遇也不足为奇。出现这种情况,我认为根本原因还在干部身上。按理说,这个村的干部,完全有能力把村子管好,可是他们心不齐,个别干部还惯于在背后搬弄是非,再加上村里的钉子户、难缠户,里外翻搅,就造成了今天工作的被动局面。另外,这个村社会治安也不好,经常出现盗窃现象,又有多年遗留的宅基地纠纷、公粮统筹、计划生育等问题,长期得不到解决,造成了干部在群众心目中的无能印象。鉴于这种情况,我认为要想解决该村的问题,首先要理顺班子,解决历史遗留问题,特别是解决群众反映最强烈的偷盗问题,这直接关系着干部在群众心中的威信和形象。我建议,党委、政府应选派一名政治素质高、工作能力强的年轻干部到该村指导工作。关于人选问题,党委最好广泛征求乡里各片片长的意见,看他们能否推荐一名优秀干部。"

张志同刚说完,乡党委组织委员王永昌也想接着发言,但宋书记表示同意张志同的意见,并决定明天就召开党委扩大会议。见此,王永昌也就不再吭声了。

第二天上午八点,在会议室准时召开了乡党委扩大会。宋书记首先向大家介绍了会议目的及老杨在贾寨村的遭遇。大家面面相觑,认为像老杨这样的干部,在农村工作了二十多年,经验丰富,威信又高,尚且出现这样的问题,那么还有谁去该村能不出问题呢?大家议论了好长时间,也没提出合适的人选。实在没办法,宋书记直接点名请各片片长发言。他们都说,没有比老杨同志更合适的人选了。东北片片长闫玉山直接建议,不能让老杨离开贾寨村,还说:"老杨是全乡干部中有名的镇村虎,如果他在贾寨村都镇不住的话,其他同志就更不要提了。"闫玉山的话音一落,大家都附和起来。

宋书记心中大为不悦,自忖道:"堂堂一级政府,五十多名干部,竟找不出一名合适的包村干部,真是可悲可叹啊!"想到此,便看了一眼程乡长,意思是,如果大家推荐不出合适的人选,还是由党委决议吧!

程乡长会意地点了点头。宋书记正准备宣布散会,突然响起一个清脆洪亮的声音。

大家循声望去,会场中间站起一位英姿飒爽、目光敏锐的年轻女干部,只听她朗声道:"宋书记,如果领导同意的话,我愿到贾寨村工作。"

全场为之一惊,顿时鸦雀无声,所有人的目光都投向了这位年轻女干部。

此人是组织干事,名叫丁春霞。她的表态委实出乎所有人的意料,谁也没想到,这位平日看似文静又内向的姑娘,居然愿意到贾寨这样的是非村工作。

宋书记和程乡长顿感柳暗花明,脸上油然泛起惊喜的笑容,可瞬间便消逝了,显然对她有一种不放心的感觉。组织委员王永昌看出了宋书记的心思,因此不等宋书记发话,便用肯定的语气向宋书记保证道:"宋书记,您只管放心!丁春霞同志一定能胜任贾寨村的工作,她的情况,我了解。"

宋书记见状,也没多想,随声道:"好!春霞同志的精神可嘉,一会儿党委研究后,给你答复。"

党委成员离开会议室后,司法所所长李金邦走到丁春霞跟前,说:"孩子啊,你傻呀!你不了解贾寨村的情况,无论如何也不能往那儿去,别说你一个女孩子了,就是很多有经验的老同志都一个一个败了下来。眼下,老杨不就是个活生生的例子吗?我劝你慎重考虑,别逞一时之能,毁了一辈子啊。"

丁春霞憨憨地笑了笑:"老李叔,谢谢您对我的关心!我心里有数!"

其实,会场上又何止李所长一人替她担心,几乎所有人都为她捏把汗。大家悄悄说:"等着吧,党委不会同意春霞去的。"

的确如此,党委会上几乎是一致反对,唯有组织委员王永昌力荐丁春霞,并坚持说她一定能胜任。

宋书记想,以前派去贾寨村工作的同志,从未经过党委研究,结果一个接一个地无功而返。如果这次党委研究确定的同志去该村工作,再打不开工作局面,再无功而返,就不仅仅是被动的问题了,而且将会影响党委在群众心中的威信,因此这次只能成功,不能失败。这个问题必须慎重再慎重。于是,他问王永昌:"大家都说春霞不行,你为什么偏说她行呢?有什么依据吗?"

"丁春霞这个人,我是比较了解的,她原来是一名教师,商州师范学校毕业,非常优秀,在校读书时就入了党。到学校工作不久,调到了乡政府,一直和我在一块工作,写了不少文字材料,下乡处理了不少问题,身上有好多过人之处,不是一般人能及的。还有,这个同志做事不张扬,为人低调,成熟稳重,无论再高兴还是再难受的事情,她都埋在心里,从不表现在脸上。由于不爱抛头露面,又是位女同志,所以在咱们乡政府很少有人了解她。"

但是,党委成员们还是担心。

宋书记心想,丁春霞虽然年轻,但也是二十多岁的人了,又是大学毕业生,她敢报名去贾寨村,肯定不是心血来潮,也不会是逞一时之能,必定有她的过人之处。想到这里,宋书记不再犹豫,坚定了信心,宣布同意丁春霞同志的请求,并要求大家学习丁春霞同志敢闯敢干、勇于担当的精神。

党委宣布决议后,丁春霞不敢有丝毫怠慢,下午就找老杨了解贾寨村的情况,次日便同王永昌一块要去贾寨村。

他们二人刚走出乡政府大门,通信员小张突然在后面喊道:"王委员等一下,宋书记要和你们一起去!"

王委员一听,高兴地说:"春霞,你可要争气哟!宋书记要和咱们一起去,你应该理解他的意图吧?"

丁春霞会意地"嗯"了一声。

不一会儿,宋书记来到大门口,几人一起去了贾寨村。

到村后,村支书庄克山汇报了村里的基本情况及当前工作进展情况。他正汇报时,忽然进来一位五十多岁、满脸怒气的妇女,张口就叫:"庄克山,我家的牛被人偷走了,你还在这里开会!群众的事,你还管不管?"她一边说,一边旁若无人地去拉庄克山,让他马上去找牛。

丁春霞心想:这是谁家的女人?怎么这样蛮横!当着乡村干部,竟如此无礼,真是少见!

村两委班子成员几乎全在,却没有一人劝阻来者。稍许,村治保主任贾兴水起身刚想上前,可不知为何又坐了下来。

那妇女起劲地缠闹着庄克山,丁春霞向在座者看了看,见还是没人说话,便劝那位妇女道:"大嫂,请先回去吧!散会后,马上派人给你处理。"

"不行!他现在就得去!"

丁春霞又看了看全场,仍是没人出来劝阻。她想:光听说贾寨村差,却不知能差到这个程度,别说是村组干部,就是普通群众,遇到这样的事情也得上前劝说两句。可眼下就是没有一人上来劝阻,这到底是怎么回事呢?是村组干部素质低、思想意识差,还是另有其因?真让人费解!

丁春霞想这些问题时,宋书记也想到了这些,感受和她是一样的。但宋书记没有言语,而是有意要看看丁春霞会如何应对这个场面。

村组干部不上前,确实是有隐情。这妇女姓胡,人称贾胡氏,绰号母夜叉,你管她的事,管好了还行,管不好,她就死缠住你不放,很多人不敢沾惹她,加上有些干部想看庄克山的笑话,还有人想趁机试探一下初来乍到的丁春霞,看她有何能耐。

面对众人的各怀心思、各自沉默,贾胡氏与庄克山闹得更凶了。这成何体统!丁春霞再也看不下去了,提高声音道:"大嫂,赶快回去吧,这不是你撒野的地方!"

母夜叉不屑一顾地说:"你这个人烦不烦,咋呼个啥?我的事,你管得了吗?你是干啥的?"

"我叫丁春霞,是包咱们贾寨村工作的乡干部。"

母夜叉听了,对着丁春霞上下打量一番,阴阳怪气地说:"呦呵,我说呢!原来你是乡干部。"然后又加重语气道:"乡干部管个屁用,连个小偷小摸都逮不住!俺这小村,一个一个的乡干部来过不少,除了吃除了喝,还能起什么用!看你是位姑娘家,好心劝你还是趁早回去,免得今后在这里丢人现眼。五大三粗的男人来一个毁一个,你问问,哪个不是灰溜溜地逃跑的?你在这里逞什么能,去!一边去!少管闲事!"说着,又去拉扯庄克山给她找牛。

丁春霞想,这真是一个泼妇,看来不用点手段,光有劝说是不行了。于是她伸手抓住母夜叉的腰部,将其举向空中晃了两下。这下可把母夜叉吓坏了,没等丁春霞发话,便软了下来,连声哀求:"大妹子,放下吧!放下吧!俺听你的话就是啦!"

丁春霞把她放稳后,轻声说:"大嫂,我是跟你闹着玩的。这样好玩吗?要不,咱再来一次吧!"

"别,别!大妹子,我这就走。"说完,她掉头就跑。

丁春霞叫道:"站住!过来!谁让你走的?"

母夜叉又乖乖地走了回来。

"告诉你大嫂,为人做事不要太过分。你看今天在场的人,哪一个是打不过你,还是说不过你?可你闹到现在,又有谁说你一个'不'字了,这难道是大家都怕你吗?你也这么大岁数了,应该自重一点才对。今天看在你年岁大的份儿上,就不计较了。下次再这样,别说没提醒过你!回去吧!"

母夜叉灰溜溜地走了。大家见此情景,有人对丁春霞伸出大拇指,有人在心里赞叹不已……宋书记想,这姑娘处理问题有礼有节,能文能武,果然厉害!基层工作最需要这样接地气的干部。凭宋书记的经验,丁春霞在贾寨村算是一炮打响了。宋书记看在眼里,喜在心上,放心满意地回了乡政府。

贾胡氏沮丧着脸回到家,女儿英子告诉她:"妈,不要乱找了,咱家的牛被王店村的人给牵走了。"

贾胡氏一听,额上的褶子骤然舒展了许多,连声问:"被王店村的牵走了?你是听谁说的?"而后愣了一下,没容英子说话,立刻像从梦中惊醒一样,狠狠地说:"这肯定是贾高在背后搞的鬼,好你个贾高,敢对老娘下阴手。"

说罢,她随手拾起一根棍子发疯似的向外冲去。英子想拦,可哪里拦得住。

贾胡氏来到贾高家大门前，二话没说，破口就骂："贾高，你个不吃粮食的种，给我滚出来！"

贾高下地干活刚回来，正好在床上休息，贾高的妻子王氏在厨房和面做饭。没等两人弄明白是怎么回事，贾胡氏就闯进屋里，举棍向贾高打去。王氏顾不上擦掉满手的湿面，疾步跑出厨房。刚出厨房，就见母夜叉挥舞着棍子撵得贾高满院子跑，王氏怕丈夫吃亏，上前死死抱住了母夜叉。母夜叉脱不开身，对着王氏的手臂狠狠咬了一口，王氏疼痛不过，猛一松手，弄了母夜叉一脸面糊子。母夜叉嚎着嗓子叫了起来："好个贾高！你不怕欺天，两口子合在一起打老娘！"

贾高急得没办法，哭丧着脸说："谁打你了？你不分青红皂白跑到我家劈头就打，侄子哪个地方对不住你了？我哪个地方做错了？你只要说出来，侄子甘愿受打，让我死也得死个明白嘛。"

这时，院里院外已围满了人。大家看到贾胡氏一脸白花花的面糊子，像戏台上的小丑，不禁哈哈大笑起来。母夜叉粗着嗓子喊道："大伙都听听，贾高不是个人。因为俺闺女找婆家的事没听他的话，他就在背后撺掇人偷走了俺家的牛。"

贾高两口子一听这话，肺都要气炸了，贾高冲到母夜叉跟前大声说道："大娘，您这话是从何说起？谁撺掇人偷了你家的牛，咱们说话得凭良心！"

"贾高，你不用给我装好人，自己干的事自己知道。"

贾高两口子真是有口难辩，王氏气得脸色发青，贾高浑身哆嗦着对围观的人群喊道："老少爷们都评评理，贾胡氏说我撺掇人偷了她家的牛，现在正是大晌午头上，我要是撺掇人偷了她家的牛，叫我全家都死在这儿。"见贾高发了毒誓,看热闹者小声议论着,谁也说不清到底是怎么回事?

要知此事,还得从头说起。一年前,贾高做媒,给贾胡氏的女儿英子说了个婆家,是张桥乡王店村的。俩人订婚一年多,正准备选喜日办婚事时,贾胡氏突然向男方提出再买一辆永久牌自行车的要求,结果男方没照办。贾胡氏便赌气提出退婚。男方说,退婚可以,但必须把彩礼钱退回来。贾胡氏不愿退回彩礼钱,还抱怨贾高不会做媒人。

为此事,贾高在双方中间多次撮合,均未达成共识。这天,男方觉得退钱没有了希望,就趁女方家没人,把牛牵走了。牵牛时,男方留下字条,说了牵牛的原因。这张字条,英子看到了,但还没来得及给贾胡氏讲清楚,贾胡氏就去找贾高了。

母夜叉与贾高闹了半天,下午才算收场。治保主任贾兴水听说了这个事,不禁暗自欢喜。这几天,他一直想找村支书庄克山的麻烦,正愁没有理由呢,这下可来了机会,何不借此鼓动一下母夜叉呢!想好之后,便叫来同族的弟兄贾兴旺商量。按照商妥的办法,天黑时贾兴旺带着几个近人,拿了两瓶罐头、两瓶酒,来到贾胡氏家,说:"嫂子,您今天受了不少委屈,我们几个是专来陪您说说话、消消气的!您放心!无论英子的爸在还是不在,您家的事就是我们的事,不能不管!明天,我们就陪您去找庄克山要牛去!贾寨是咱姓贾的贾寨,咱也不能受外人欺负!您不知道,王店村的来牵牛,这主意贾高想不出,他小子榆木疙瘩懂个啥,三天三夜也想不出这个鬼点子,这都是庄克山在背后出的馊主意。"

跟随贾兴旺去的几人也在旁边添油加醋,说:"要知道,贾高与庄克山是干亲家,他处处都听庄克山的。不然,吓死王店村的人,也不敢到咱们贾寨村来偷牛……"

"还有,你今天上午去找庄克山,被那个包村干部丁春霞训斥了一顿,这都是庄克山在背后搞的鬼……"

经这伙人一番挑唆,贾胡氏长出一口气,"噢"了一声,叹道:"原来是这样的,那该咋办呢?"

贾兴旺说:"不用急! 这个事,我们已经想好了,牛得要,庄克山丁春霞合伙让你难堪的这口气也得出。"

听贾兴旺提起丁春霞,贾胡氏的心不免"怦怦"跳起来,脸上似乎有惊恐之状。这情形都是贾兴水事先预料到的,他之前就提醒贾兴旺会有这个现象,并交代了应对之策。所以,贾兴旺看见贾胡氏这副样子,赶紧照方抓药,说:"嫂子,这个你不用担心,丁春霞是国家干部,有组织管着,她不敢把你怎么样。再者,兴水在乡里、县里都有人,真要有事,他不会不管的。说实话,兴水当会计这几年,咱们姓贾的没少占便宜,低价化肥、种子农药、贷款救济等,谁没沾过他的光? 要不是庄克山串通包村干部杨立轩,杨立轩也不会把兴水的会计换掉。老杨的下场又是如何呢,还不是灰溜溜地跑了。这就是说,在贾寨村这一亩三分地里,谁跟咱们姓贾的作对,谁就没有好下场!"

"可是,这次来的丁春霞好像不一般啊!"母夜叉说。

贾兴旺道:"她算个啥! 一个女流之辈,能撑起多大天,兴起多大浪? 杨立轩在兴水手里都不行,丁春霞更不在话下。"

母夜叉道:"那你快说,下一步该怎么办?"

看到母夜叉上了套,贾兴旺故作沉吟,顿了顿才说:"不要着急嘛! 明天,你还继续找庄克山要牛去,我们也跟着,看他敢把你怎么样!"

母夜叉听了几人的话，像瘪了气的皮球遇上打气筒，顿时又鼓了起来。

第二天，贾胡氏顾不上吃早饭，就去找庄克山。

昨天散会后，庄克山按丁春霞的安排，立刻查问了贾胡氏丢牛一事。原打算今天上午找贾胡氏及媒人说和一下此事，可临时接到乡政府的紧急通知，要他去开会。他推着自行车出门时，迎面碰上了母夜叉。

"嫂子，你家那个事，我已经问过了，想必你也知道了。我现在急着要去乡里开会，等回来后，咱们再说……"

"庄克山，你别拿开会骗我！今天就算你说塌天，要不回牛，我是不会放过你的！"

就这样，两人你一句我一句地争起来，眼看开会要迟到了，庄克山推起车子就要走，贾胡氏死死抓住车后座，就是不让他走。

庄克山一气之下，把车子往地下一扔，拔腿向外走。可母夜叉又上去抓住他的衣服，死活不松手！庄克山愤怒至极，硬是掰开她的手，把她推到了一边。这下，母夜叉一蹦多高，吆喝道："庄克山，我们群众一年给你筹了那么多款，兑了那么多粮，真是白养活你这个书记了！你当书记弄屌不为群众办事！"

喊完这些，还嫌不过瘾，她又举起庄家院中的一个瓷盆，朝砖地上狠狠摔去。庄克山的妻子祝兰英见状，哪有不气之理！于是，她上去抓住母夜叉的头发厮打起来。庄克山正怒气冲冲往前走，听到打闹声又转身回来，先推开了兰英，然后骑上车子往乡政府去了……

到了乡里，他没去开会，而是直接找到丁春霞，说了来时发生的事情。丁春霞沉默一会，决定和他去村里开村两委干部会。

会上，丁春霞讲了贾胡氏屡次与村干部无理取闹，影响恶劣，为惩戒本人、教育群众，便于今后开展工作，决定对贾胡氏罚款五十元，责令其在今晚放电影时做出检讨。如她不接受处理，就将她移送派出所处理。这个事，由治保主任贾兴水负责落实。

贾兴水一听，为难地说："丁干事，这样不合适吧，我们都是本村邻居，低头不见抬头见的，真是这样，下步怎好工作？"

"你是治保主任，你不落实谁落实！"

贾兴水只好去找贾胡氏告知此事。贾胡氏在乡邻间胡搅蛮缠、打东家骂西家横了半辈子，每回都是占便宜，今儿却吃了这样的大亏，心里哪能服气，起身就要去找庄克山。贾兴水伸手把她拉住，道："嫂子，光棍不吃眼前亏，君子报仇十年不晚，事情已经这样了，还是先忍忍吧，今后我会想办法给你出这口窝囊气的。"

贾兴水嘴上劝说着别人，自己心中更不是个滋味。他想，一辈子都是我贾兴水玩人家，不想今儿却被人家玩了。不服归不服，可眼下又有什么办法呢？他想了一阵，计上心来，喊来贾兴旺安排一番。贾兴旺听了，点点头回家准备去了……

吃过晚饭，看电影的大人孩子挤满了一地。按照上午开会的安排，放电影之前由贾胡氏作检讨。谁承想她刚到放映机前，突然停电了，放映场上顿时一片漆黑。停电的同时，放映机附近哗地站起八九个人来，抓住庄克山蒙头盖脸一顿打，然后趁着天黑人乱各自逃了。庄克山是军人出身，挨打时他死死抓住一个闹事者不放，灯亮之后看清了是第三生产组的贾兴成。庄克山二话没说，叫来几个村干部扭着贾兴成要去乡派出所。出村没走多远，正碰上丁春霞。丁春霞原计划是放电影前就来村里，生怕有意外发生，可临来时宋书记有事要安排，耽搁了时间没及时赶到。

丁春霞见到众人，问："你们这是往哪儿去？"

庄克山讲了事情经过。

丁春霞听后，道："回去吧，到村部再说！"

看庄克山不解，不愿往回走，丁春霞又说了一句："走吧，到村部我处理就行啦！"

几人来到村部，丁春霞与贾兴成进行了单独谈话。丁春霞说："兴成，你知道今夜把你送到派出所的后果吗？寻衅滋事、殴打干部是要坐牢的，像你这种情况，至少也得拘留十天半个月的，到时你在贾寨村的脸面可就丢尽了，那时别说亲友邻居瞧不起你，就是老婆孩子也瞧不起你。再者，你们的村支书庄克山也没为难你什么，你为何要参与这些违法的事情呢？"

"丁干事，我一时糊涂做错了事，您处罚我吧！"

"处罚你不是目的，你说说都是谁参与了打人……"

"别说了丁干事，反正这事已经过去了。"

"兴成你错了，这个事才刚刚开始，怎能说是过去了呢？现在你愿说就说，不愿说，到派出所去说也行。到那时，派出所把你拘留起来，可不要埋怨谁没给你说清楚。"

说罢，就喊庄克山几个过来，要把贾兴成送派出所去！

贾兴成软了下来，急忙说："丁干事别送了，我说还不行吗？"

"这就对了，说吧！"

贾兴成沉吟了一会，道："这都是贾兴旺安排的，连我共有八个人参与……"

丁春霞问清之后，叮嘱庄克山，今天挨打这事先别着急，明天一定要处理好贾胡氏丢牛之事。然后，丁春霞来到派出所，向胡所长说了贾寨村今晚发生的打人事件，谈了自己的看法。胡所长同意她的看法,并马上派人进村调查取证。

几天后,丁春霞同派出所副所长张建立来到贾寨村。在群众大会上,张副所长先做了普法宣传,然后宣布了对贾兴旺、贾胡氏等人的处理意见:

一是贾胡氏屡次无故纠缠侮辱村干部,决定对其罚款五十元,并在群众大会上做出检讨。

二是贾兴旺等人殴打他人,扰乱社会治安,决定对贾兴旺等七人行政拘留七日。贾兴成能主动承认错误,决定对其免于行政拘留,罚款五十元。

会后,村子表面上恢复了平静,可贾兴水却像吃了二十五只老鼠——百爪挠心,开会那夜几乎未眠。这些人忠心耿耿为自己做事,却落个拘留、罚款、检讨的下场,他担心这些人的家人找自己的麻烦,因此第二天一大早,先挨家进行了安慰解释。

村里各项工作在此后顺利了许多,公粮上缴很快足额完成了任务。

二、忍辱负重

　　这天上午，丁春霞在乡政府参加了计划生育工作会议。下午，她正向村组干部传达会议精神时，庄克山的爱人祝兰英背着一筐青苗来到会场，把筐往地上一摔，哆嗦着嘴唇说："丁干事，我求求您，别让克山再干这个支书了，再干恐怕连命都保不住了。"

　　丁春霞有些莫名其妙，问道："嫂子，你这话什么意思，出什么事了？"

　　祝兰英道："你没看见吗，我家的一地芝麻，刚刚开花，就被人铲倒了，不知克山得罪了谁，对俺使这样的坏。"

　　听她这么一说，大家才明白庄稼还未长成被人毁了。"真是缺德！"大家气愤地说。

　　祝兰英说："丁干事，到了这地步，克山再干这个书记还有什么意思！"说罢便流出了眼泪。

　　丁春霞安慰道："嫂子，你先回去，待我查清后，一定严加处理。"

　　祝兰英似乎没听见她的话，转身走到丈夫跟前，要拉他回家。

　　丁春霞见状，向庄克山招了一下手，让他离开了会场。

　　庄克山走后，丁春霞把乡政府安排的计划生育任务分解到各个生产组,明确了各自的任务,宣布了奖罚措施。散了会,她独自一人去了庄克山家。庄克山虽没抓到是谁毁了自家的芝麻,但心里也能盘算个八九不离十,认为与这次处理贾胡氏、贾兴旺等人有关,显然是报复。丁春霞自然也清楚这一点,但猜测毕竟是猜测,没有真凭实据是不行的。二人分析后,丁春霞又安慰了祝兰英一番,说此事眼下只有暂停这里,待查出真相后严肃处理。

吃过晚饭,丁春霞起身告别时已是深夜。庄克山要送她回去,她执意不让,自己推着自行车出了村庄。此时一片漆黑,看不到一点亮光,茫茫夜色中唯有虫子的鸣叫声。她不怕黑暗,凭着路熟,骑上车子上了东西大道径往乡政府驶去。就在她刚到村子西南角时,一阵瘆人的尖叫声从路北传了过来。

丁春霞急忙刹住车子,朝叫声奔去。远远望去,有一束时隐时现的灯光。她向着灯光走了过去,快到地方时停住脚步,蹲下身子往周围看了看,发现此处是个孤零零的院子,周围几十米都没有人家。正要往前走,院里传来"救命"的求救声。没有多想,丁春霞纵身越过墙头,对着屋子说道:"我是包村干部丁春霞,你家出了什么事?"

屋里人吃力地说:"快进屋,救命!"

丁春霞进屋,好不容易摸到火柴点上灯,就听外边响起一阵"抓小偷!抓小偷!"的喊声。

丁春霞顾不得外面,借着灯光往床上一看,床上躺着一位女青年,地上躺着一位男青年,女青年用手紧紧捂着下腹,手上、毛巾被上沾满血迹,两人此时已经昏了过去。

救人要紧!丁春霞想到此,正要转身出去喊人,五六个人已进了屋。几人看看床上、地上的伤者,突然大喊:"丁春霞杀人了。"

丁春霞明白之后,大声喝道:"现在救人要紧,不要胡来,谁杀人不杀人,以后自有分晓。"

说罢,她吩咐众人送伤者去医院。

到医院安妥好伤者,天已大亮。丁春霞正要回去休息,公安人员却到了她跟前,不容分说把她押上了警车。

丁春霞的丈夫刘功明在银行工作,夫妻俩住在银行家属院。刘功明一夜未见妻子回来,吃过早饭便要去乡政府问情况。刚出银行大门,就听到议论声,说丁春霞杀了人。刘功明头似炸了一般,两耳轰轰直鸣。尽管不信有此事,可心里还是十分惊慌,决定先到派出所问个究竟。

到了派出所,民警小王在值班。小王说杀人这事倒有,至于是谁杀的人,现在正在调查中。

"春霞在哪里?"刘功明问。

"已经被送到县公安局去了。"小王说。

刘功明当即瘫在了地上。小王急忙把他扶起,安慰说:"功明哥,你放心,丁干事不会有事的,办案人员一定会查明真相的,您放心就是啦!"

刘功明略微镇静了一些,又往宋书记办公室走去。宋书记正在办公室坐着看报纸,刘功明急促地问:"春霞是怎么回事,她怎么会杀人呢?"

宋书记说:"不用理会这些,纯属诬陷,你放心吧,春霞绝对没问题,不然我这个当书记的,能安心在这里坐着吗?此事我心里有数,这样的事发生在贾寨村不算奇怪,等受害人醒后事情就清楚了,你先回去吧。"

刘功明心里仍是不安,他蹬上自行车去了县公安局。在县公安局没见上春霞,只得返了回来。

县公安局办案人员在胡所长带领下到案发现场里里外外查了一番,又询问了周围群众。受害人男的叫贾运发,女的叫刘春莲。二人结婚不到两个月,与人从没有任何矛盾。看完现场他们又到乡卫生院,受害人仍处在昏迷中。

回到所里,几人对案件反复分析推理,无论如何也不相信丁春霞是杀人凶手,可要说她不是凶手,却有人证证明她第一个出现在案发现场,深更半夜她去受害人贾运发家干什么?大家分析来分析去,办案人员老王叫喜了一声:"哎呀,对啊!丁春霞不是说在抢救受害人时,有人大喊抓小偷吗?喊抓小偷的,肯定在现场,否则他怎么会喊抓小偷呢?"

几人豁然开朗,有人说,这个喊叫人没准儿就是作案人,其目的就是转移视线,嫁祸他人。但也有人反对,说丁春霞毕竟是嫌疑人,她说有人喊抓小偷,我们怎好相信呢?另有人说,在受害人醒来之前,此案是不能定性的,而且,贾寨有群众死死咬住丁春霞就是杀人凶手,所以这事很复杂。

围绕此事,有人着急,有人不解,有人则想趁机兴奋作浪。

想借机兴奋作浪、打趴下丁春霞者,是治保主任贾兴水。他知道丁春霞不是凶手,也没有置丁春霞于死地的念头,主要是想借这个机会,让丁春霞灰溜溜地离开贾寨村。他清楚,只要丁春霞在贾寨村包村,自己就没有出头之日。出了这个事,他认为是让丁春霞离开贾寨村的最好机会。那天晚上,是他首先听到本家贾运发家这边喊出的抓小偷声,叫醒本族几个青壮年来伸援手的。在送贾运发两口子去医院的路上,他就想好了主意,悄悄指使人咬死丁春霞是凶手,并连夜报了案。他的目的是让丁春霞受到打击,在外界及贾寨村造成不良影响,迫使她早日离开贾寨村。

经过抢救,贾运发、刘春莲两口子终于清醒了。办案人员首先讯问了刘春莲,她说:"我与运法刚结婚一个多月,起先我们都是同床,最近几天因我身体不适就分居了。那天晚上,我正熟睡时,感觉身上压了一个人,我以为是运法呢,于是便不在意地问他,你不知道吗,我这几天身体不好!可身上的人一点回音没有,反而更粗暴地在我身上揉搓,这时我没多想,只是生气地说你这个人怎么这样,一点都不关心别人的痛苦。说过之后,身上的人似乎温柔了一些,但还是没离开我的身。我又说,你好好休息吧,现在我身体确实不行,可那人气喘吁吁地根本不听这些,用力把我双手叉开,猛地把身子压在了我身上,我顿时感到事情不妙,就奋力反抗,同时连喊几声运法的名字,我和那人厮打两三分钟,那人猛地把我松开,用手电筒照着我的脸,当时我什么都没看见,就看到那人胳肢窝下有一道疤痕,拿着一把匕首在我脸上晃动,我吓得大嚎一声,那人就向我下腹扎了一刀,又威胁道'再喊捅死你',那声音特别阴沉可怕。之后他见我血流一片,便急忙起身用手电照了照床边那张桌子,不知用什么,他把抽屉撬开了,肯定是把我们结婚收的一千多元礼钱给拿走了。我的身子就一点也不能动弹了,为了活命,我使出全身力气,猛喊救命……就在这时,听到包村干部丁春霞的声音,我勉强说了一句话就昏了过去。幸亏丁春霞,不然恐怕我们两口连命都没有了,出院后,我们一定当面答谢她!"

贾运法说:"那夜,我与春莲同在一间屋休息,但不是一张床。半夜,有人晃了我一下,我还以为是春莲,待睁眼发现闪亮的灯光,立时就感觉不对,我家没有电灯,这时我失声地问是谁,那人什么也没说,伸拳向我耳门砸去,当时我就昏了过去。"

办案人员听了他们的描述,当即确定凶手肯定是男人而不是女人,随即排除了对丁春霞的嫌疑。那么凶手到底是谁呢?最后还是丁春霞发现了破绽,得出了答案,这是后话。

再说,丁春霞从凡集乡卫生院被带到县公安局后,办案人员直接问道:"丁春霞,你身为国家干部,为何与村民发生恁大冲突,几乎使人丧命?"

"这件事,我真的冤枉!"丁春霞道。

接着,她便如实把自己经历的前后经过说了一遍,办案人员一时也做不出结论,先将她留在了公安局,当室内只剩下她一人时,孤独悲凉之感使她陷入深思,她想了许多许多,悲喜往事一幕幕浮现在她的眼前。司法所所长李金邦的话又响起在她的耳畔,她暗想,难道真的像他所说那样,到贾寨村就毁了我的一生吗?不过这种想法只是一闪,她坚信如此明了的案子,公安人员一定能查个水落石出的,因此她没有后悔去了贾寨村,仍认为贾寨村就是她最好的用武之地。

这时,派出所胡所长出现在她的面前。

"春霞,让你受惊了!"

她什么也没说,只是湿润着两眼,紧紧地握住了胡所长的双手……二人一同返回凡集乡政府,直接去了宋书记的办公室。通信员小张说,宋书记正在开大会。丁春霞便先去了自己的办公室,胡所长走到大会议室,递给宋书记一封信,耳语几句后转身想走时,宋书记急忙问道:"现在春霞在哪儿?"

"就在她办公室。"

"停会儿,你们一块过来。"

胡所长答应一声走出了会议室。宋书记看完信,当机决定在大会议程进行完时,亲自宣读县刑警大队的来信。

　　凡集乡党委、政府:

　　　　你乡贾寨村七月九日晚发生一起盗窃强奸案,经查与贵乡干部丁春霞毫无关系,她是清白无辜的。该同志在这个案件中积极救人,挽救了两位青年人的生命,否则后果不堪设想。今天,给贵乡党委、政府写这封信,除洗刷丁春霞同志的不白之冤外,我们还要向贵乡能培养出这样的优秀干部表示感谢! 作为一名女干部,披星戴月工作到深夜,遇到如此惊险大案,本可一走了之,但她临危不惧,积极救人,认真提供破案线索,我们要向她学习,向她致敬!

　　　　　　　　　　　　　　　　　　　红城县刑警大队

　　宋书记读完信,会场上响起了热烈的掌声。这时,胡所长与丁春霞一块到了会议室。当大家看到丁春霞出现在会场,不由全体起立,掌声似暴雨般经久不息!

　　丁春霞不禁心潮澎湃,热泪盈眶,向与会同志深深鞠了一躬,真诚地说:"谢谢领导、谢谢同志们的关心厚爱!"

　　回到银行家属院,丈夫功明红肿着眼圈揽住了她。两人相依相偎,许久许久,功明沙哑着声音,指着桌上那个发黄的本本说:"几天来它让我在极度的忧悒中聊以自慰。"

　　丁春霞拿起那个本本,看了看,原来是她在师范学校读书时写的一本日记,扉页上有一首诗:

像是在绵延的大海里，

驾驶着一叶轻舟，

你伴我用船桨划拨着慢游。

拂面的海风掀起浪头，

巨大的鲨鱼摆尾怒吼，

溅起的浪花似想把我们挽留。

像是在蓝天里驾驶着一艘飞舟，

你伴我在苍茫的空中遨游。

极目万里是白云飘悠，

俯视苍穹是承载万物的地球，

人类科学智慧在此开创富有。

像是在幸福的美梦里，

驾驶着温馨的小舟，

你伴我把感情的泪流。

顿时有多少往事涌心头。

谁知晓冬寒夏暖写我春秋。

命运注定我一生奋斗！

　　丁春霞看完最后一句诗，好像又穿越到风华正茂的岁月，顿感精神大振、豪情满怀，骑上自行车又去了贾寨村。

三、推波助澜

　　庄克山见了丁春霞,首先汇报了最近几天工作开展的情况,而后又说了全县对参加中越边境自卫反击战复转军人的工作安排问题。他说,按照政策,县里要给这批人安排工作。全县符合条件的共七人,已有六人安排了工作,唯独自己没有得到安排,现在非常着急,想赶紧去活动活动关系。庄克山说,他决定不再干村支部书记了。说着便从衣兜里掏出一份辞职申请书,递给了丁春霞。

　　丁春霞接过申请,看了看,并不觉得意外,停了停,说:"你为国家做出了贡献,如果能够安排工作,的确是个好事,也是个机遇。但辞职一事,我做不了主,必须向宋书记汇报以后再说。"

　　庄克山当然知道这个程序,说:"那是!我就等你的回话了!"

　　回到乡政府,丁春霞立刻把庄克山要辞职的情况向宋书记做了汇报。宋书记听后,反问丁春霞对此事有何看法。

　　丁春霞说:"我的本意是,不想让克山辞职,因为贾寨村的工作离不开他!同意他辞职,肯定对村上的工作不利。但是,现在关键的问题是,如果不让他辞职,他就很可能错过被安排工作的机会,留下终生遗憾,我们心中也感到有愧。所以,我的意见还是同意他辞职,不知妥否,一切请宋书记您决定。"

宋书记点了点头，道："这个问题，你妥善处理吧！但无论如何，都要保证贾寨村的工作正常运行。"

"这一点，请您放心。工作保证正常运行！"丁春霞又说，"如果庄克山走了，对原有的村班子我想调整一下，让村主任张子军主持全面工作，副主任贾兴道主持村委工作。"

宋书记摆了摆手，说："这些问题，你和组织书记志同商量就行啦！"

按照宋书记的意思，丁春霞找了组织书记张志同，征得了同意。之后，丁春霞到贾寨村召开村组全体干部会，把庄克山辞职以及调整现有班子成员的情况，向大家做了宣布。与会人员倒也平静，没表现出什么异常，唯独贾兴水看上去既像是失意又像是得意，表情比较复杂，但这种微妙变化瞬间就消逝了。

其实，庄克山的辞职对贾兴水来讲，是喜忧参半。喜的是庄克山终于不干支书了，这样将会给自己带来当支书的机会。忧的是宣布让张子军主持工作，没让自己主持工作。

贾兴水想当村支部书记，不是一天两天了，但总是没能如愿。不管怎样，他认为这次机会又来了。他盘算着，张子军虽然主持全面工作，但不是正式党员，暂时肯定是当不了书记。贾兴道虽然被明确主持村委工作，但他是刚提拔上来的干部，资历尚浅，况且也不具备担任支书的能力。其他班子成员，他在脑子里也过滤了一遍，认为都不在话下，只有自己是最佳人选。

关键是，怎样才能当上支书呢？他想去找丁春霞说说自己的想法，但一想自己之前的所作所为，又没有这个勇气了。就在他一筹莫展时，眼前突然一亮，骂自己真是个笨蛋，不是有现成的贵人吗？老婆王小花的堂哥是副县长，为什么不让他帮忙呢？想到此，他立即把自己的想法告诉了王小花。王小花很支持这件事，二话没说就去县政府找了堂哥，堂哥说："兴水想当书记，追求进步，是个好事，我绝对支持。不过，关键要看他自己的工作能力和群众口碑如何！如果他表现优秀，我相信组织肯定会考虑的。"

这话听起来没毛病，王小花理解为堂哥答应帮忙了，兴冲冲地把堂哥的原话带给了贾兴水。贾兴水一听，听出了话里的意思，这是人家明摆着不愿过问此事！看来，让副县长帮忙是指望不上了。再找谁帮忙呢？他想起了组织委员王永昌应该与丁春霞关系不错，对，找王委员去！

于是带上好烟好酒，到了王委员的办公室。他想，自己当村干部多年，也和王委员打交道多年，此来应该问题不大。可惜，他再次打错了算盘，还没等贾兴水说话，王委员就下了逐客令："兴水，如果有事找我可以，只要能办的，一定给你办，但你必须把带来的东西拿走，否则你现在就出去。"

贾兴水万万没想到，还没来得及张口说事，就吃了闭门羹，一时之间有点措手不及，不知该如何是好。他愣了一会，对王委员说："烟酒是我今天往县城办事捎回来的，还没有到家就往您这来了。这些东西如果您需要，就留下。如果不需要，我就带走。今天也是凑巧了，正好路过乡政府，来看看您，您不用多想。"

王委员没理会这些，随口问道："你有什么事就直说吧。"

贾兴水厚着脸皮，抱着试试的态度，问："王委员，我们村的支书庄克山辞职不干了，您知道吗？"

"知道啊，怎么啦？"

"我想问问，乡里考虑接替人选没有？"

"现在还没考虑正式人选，张子军不是在主持工作吗？"

"是的!"贾兴水顿了顿,说,"但是,张子军不是正式党员,他不可能接任支书。王委员,您看,我在村里也干十多年了,有当支书的想法,可以吗?"

"这个事,你现在给我说没用。我不在贾寨村工作,不了解具体情况,说话没有说服力。如果您想当这个支书,直接给丁干事说就行了。"

这个道理,王委员即使不说,贾兴水也知道。可问题的关键,他不是不好意思给丁干事去说吗?但尽管如此王委员已把话说明了,自己也不好再说下去了,他一时又没有了主意,只能埋怨庄克山推荐了张子军而没推荐自己。

贾兴水这人做事从不轻言放弃,只要有一丝希望都会努力争取。这不,他又转动脑筋,想了许多方案,最终他想到了张子军与贾兴道,他把二人的名字在脑子里翻来覆去,搅了数遍,认为只有从他们二人身上打开缺口,才会有隙可乘,但怎样才能打开这个缺口呢?他想了又想,只有让二人产生矛盾,形成工作不能正常开展的局面,迫使丁春霞对二人产生想法,这样才会迎来事情的转机。到那时,丁春霞肯定会考虑其他人选。可又怎样让他们二人产生矛盾呢?

他想了好长时间,想到了村里的转播机,心里不禁一喜。于是,他来到贾兴道家,说:"兴道,咱们可是没出五服的兄弟,我的会计不干了,下步咱们姓贾的脸面就靠你支撑了,现在你的位置就是村主任的位置,张子军的位置就是村支书的位置,处于这种情况,你要主动出击,登上书记这个位子。"

贾兴道有了兴趣,看了贾兴水一眼道:"这可能吗?乡里已明确张子军主持全面工作了。"

贾兴水说:"主持全面工作不见得就一定能接书记,这就看你下步如何操作了。"

贾兴道又看了贾兴水一眼,说:"那你看该如何操作呢?"

贾兴水道:"现在还不好说,只有具体情况具体对待,比如眼下庄克山不干书记了,村里的转播机自然就不能再放他家了,在咱们村的群众认为,只要转播机在谁家里,谁就是这个村的当家人。"

"照你这么说,转播机现在应该放张子军家。"

"你错了,张子军虽然主持全面工作,但他不是正式党员,断定他当不了书记。而你是正式党员,凭这一点,就可断定你有当书记的希望。再者说了,村书记与村主任本身都是平级的。就凭这些,转播机也可放在你家。还有,贾寨村几乎都是姓贾的,村里所有的集资款基本上都是姓贾的筹集的,转播机自然是姓贾的钱买的了。在这种情况下,你要是争不来这个转播机,到那时,姓贾的老少爷们肯定说你是个窝囊废。"

贾兴水说的这些,都是贾兴道从未考虑过的。在他心里,认为这些都是无所谓的问题。可一经贾兴水点化,他便有些在乎了,于是说道:"一个转播机至于牵连到这么多问题吗,不就是一个小小的转播机吗?"

"你不要小看这个转播机,它虽小,但威力大。你想啊,村里哪桩事不是通过转播机发送出去的?"

"这也是,那你说,该怎么办呢?"

"好办!丁干事已经宣布让你主持村委工作了,明天你就找电工,直接把转播机搬到你家就是了。"

"这样做,合适吗?张子军能愿意吗?"

"对！这个问题问得好！如果张子军能同意把转播机搬到你家，说明他还是相信你的，这样你还可以跟他搭班子，当好助手。如果他不同意，就说明他不相信你。这样跟他搭班子还有什么意思？现在你就用转播机验证他一下，不是正好吗？但总的来讲，你要记住，无论他同意与不同意，都得把这个转播机搬到你家去，这样对你也好，对咱们姓贾的也好，都有好处，也为下步你当书记打下了基础。"

贾兴道听了贾兴水的话，认为很有道理，随口说："明天我就把转播机搬过来。"

贾兴水见说服了贾兴道，又拐弯到了张子军家，继续使用离间计，说："子军叔，克山不干书记了，乡里宣布让你主持咱们村的全面工作，实际上就是想让你当书记，因此无论如何，咱们都得齐心协力把工作干好，这样才能有把握干上这个书记，否则领导是不会同意的。"

没等张子军答话，贾兴水又说："子军叔，你放心！我一定全力配合你的工作，有什么需要我做的，只管安排就行了，我保证办好！"

张子军听了这话，很感动，连声说："好！好！好！好侄子！今后咱们一起好好干，让领导放心！"

二人你一言我一语，说得甚为投机。这时贾兴水说："克山不干了，为了工作方便，转播机是不是该挪到你家了？"

"挪它有啥用啊？"

"你也是五六十岁的人了，不方便走路，用转播机通知大家开会说事，不是方便吗？"

"嗯！有道理！瞅个时间让电工把它搬过来。"

围绕转播机,贾兴水在他们二人之间成功设置了矛盾的导火索,不免露出得意之形。但是,一个新的问题又出现了:假如贾兴道与张子军闹了起来,怎样才能让丁春霞相信自己呢?怎样才能让自己从他们二人的矛盾中撇清呢?他忽然想到,自己不干会计几个月了,可至今账目还没有清理。一般情况下,当会计的都不想让人家给自己算账,现在我主动要求清理账目,不就显得自己清白、觉悟高嘛!想到这里,他便想给丁春霞单独汇报一下这个想法。

正巧,丁春霞来到贾寨村召开计划生育工作总结会。待会议结束时,贾兴水站了起来,向丁春霞提出:"我的会计不干几个月了,现在克山也不干书记了,村里账目是我管的,我请求乡政府来人牵头成立清账领导小组,对我管理的账目全面清算一下,这样对领导、对群众也算是有个交代,您看行吗?"

丁春霞听后,满意地说:"好! 兴水,难得你有这个想法。"

贾兴道接着又提一个问题:"庄克山不干书记了,先前建校的账目是他管的,是不是也一起清算一下,这个问题曾有群众反映过。"

丁春霞说:"行,一同清理一下也好。"

庄克山所管建校的账目是贾兴水想提而没提的,没想到贾兴道说了出来。

会后,贾兴水去见贾兴道,让他找几个认真负责的群众代表,参加清账小组,并暗示贾兴道多找些姓贾的群众代表。

村里很快成立了清账领导小组。张子军与贾兴道一起把算账的一些具体情况向丁春霞进行了汇报,丁春霞联系了乡财政工作人员前来协助。

一切就绪后，张子军去庄克山家，准备在广播上通知清账小组成员开会。祝兰英说："转播机被贾兴道搬他家去了。"

张子军当时就气了，直接到贾兴道家，问道："兴道，是谁批准你把转播机搬到你家的？"

"咋啦，挪个转播机还有罪吗？大惊小怪的。"

"兴道你这样做合适吗？"

"怎么不合适？"

张子军和贾兴道三说两说，便大吵起来。一会儿，来了好多围观的群众，张子军担心影响不好，便离开了现场。

眼看一场好戏就要唱起来，张子军一走，戏散了。

贾兴水非常扫兴，来到张子军家，故意提起转播机的事，说："兴道太不像话了，乡党委让你主持工作，他搬走转播机，起码得经过你的批准同意。这样不经允许擅自行动，确实让人生气，别说你子军叔主持工作，就是让我主持工作，他这样目中无人，我也不能放过他，唉！事情已经这样了，也别和他一般见识了……"

张子军本身就在气头上，听贾兴水这么一说，更是气上加气，心想只要我主持工作，绝不能让你贾兴道这样狂傲，于是便怒气冲冲地到了乡政府，向丁春霞告了状。

丁春霞听后，笑了笑，说："子军，这件事还值得跑到乡政府来吗？如果你连这些事都处理不好，今后贾寨村的事还多着呢，可该你天天往乡政府来了。"

丁春霞虽然这么说，但心里对贾兴道的做法也是极为不满，因此通知贾兴道马上到乡政府，当面把他批评了一顿，并令他立即把转播机送回原处。

贾兴道感觉这样做，自己太没面子了，就想跟丁春霞解释一下能不能不送。丁春霞的态度很明确,不送回去绝对不行,贾兴道没有办法,只好回去把转播机又送回了庄克山家。自此,对张子军便产生了不满,后来还是通过丁春霞的疏导,二人才基本上消除误会。

贾兴水的目的没有达到,他又在贾兴道面前挑拨,说:"兴道,你这次看清楚了吧!张子军表面上对你不错,其实内心歹毒得很,为了一个小小的转播机,他能专门跑到乡政府去告你,真是太可恶了。"

贾兴道气愤地说:"这个事不能这样便宜了他,兴水哥你看咱们下步该如何办?"

"事已至此,不用着急,待清理完账目,我自有办法让你出这口恶气。"

庄克山正忙于活动自己的工作,突然接到让他回来清理账目的通知,于是便匆匆忙忙从县城返回家中。到家时,清账小组已开始清算贾兴水所管的账目了,结果没看出问题,群众代表也没有提出任何意见。这样,对贾兴水的账目清算就顺利结束了。

但是,对庄克山的建校账目进行清算时,形势完全变了。提意见的人多了,问题也多了,什么发票不正规、白条多、沙子、水泥与发票对不上、乱用建校款开支,等等,提了一大堆问题。其中提问题最强烈的是三组一个叫老黑的群众,他的声音最响亮,像头狮子在人群中嗷嗷乱叫。

只听他直呼:"庄克山,你为什么自己当家,把我们群众集资建校的钱私自发给干部?群众集资建校,干部操心是应该的,也是你们干部分内的事,不该再拿双份的钱!"

老黑的几句话,"嚓"一下把火点了起来,顿时屋里屋外乱作一团,其中几个人用手指着庄克山,吼道:"凭什么拿群众的血汗钱发给干部,你咋发的就咋退回来。"

一帮人气势汹汹,根本不容庄克山说话,大有打架之势。这时庄克山的大哥,在外面看到多人围着庄克山,心想这哪里是算账,分明是想打架,因此他再忍不下去了,冲到人群之中,大声喝道:"你们是和他算账,还是和他打架?"

"我们是群众代表,就是要找他算账!"

"什么群众代表,谁选的你是代表?"

此时,有帮庄克山说话的,也有帮代表说话的,两军对垒,吵闹声音震天。丁干事和张子军在群众家正处理宅基地纠纷等问题,听到村部嘈杂的吵闹声,急忙赶了过来。

老黑仍在上蹿下跳,吵个不停。丁春霞向他招了一下手,让他过来,问:"刚才我听了,你说庄克山有问题?"

"这还用说吗,当然有了。"

"就算有问题,你这样大喊大叫的,能解决问题吗?"

几句话镇住了老黑。丁春霞走进屋里,对着群众代表,说道:"如果你们认为庄克山有问题,就一条一条地写出来,交给兴道,逐条进行核实,这样才能达到你们的目的,大吵大闹又有何用?"经过一番劝解,吵闹的群众才算平静下来。

第二天,按照丁春霞的安排,贾兴道拿着代表所提的问题,逐条问起了庄克山。今天的庄克山与昨天相比,态度大变。他想,按以往情况来说,昨天那些人绝不会用那种态度对待自己,肯定是贾兴水在背后做了动作,心想:"你贾兴水想看我的笑话,我也不能当傻子。"因此事先做好了应对的准备。

贾兴道开始问第一个问题:"你在会计那里私自拿走二百元

钱,说是做转播机架用,现在既没有转播机架,也没有了这二百元钱,这是怎么回事?"

庄克山答道:"不错,我在兴水那里是拿了二百元钱,但这个钱随即就交给了王木匠,如不信,现在你们就可去问王木匠,或让他来当面对质。至于说私自拿二百元钱,也谈不上私自。村里财务制度规定,村书记有二百元的开支权,可以不经研究,别说我一个村书记,就是兴水一个会计不经研究,不经书记同意,私自就开支三百多元买了一组柜子,我作为书记不能开支二百元钱吗?况且转播机架是公用东西,不是我个人所用。"

贾兴水听庄克山这么一说,心里一惊,但马上又恢复了平静,开口道:"克山说的这些都是事实。"

贾兴水为什么这么说呢?

他看庄克山今天把矛头直指自己,像是思想上已有了准备,如不随机应变,两人势必当场就得翻脸。这样对他想当书记极为不利,在这个节骨眼上,他不想和任何人翻脸,只想在背后捣鼓一些矛盾出来。

贾兴水说后,这个问题就算过去了。

贾兴道又提一个问题:"为什么把建学校的钱发给三个干部和两个老师?"

庄克山道:"当时,三个干部和两个老师日夜在工地上,既和民工同劳动,又肩负工地安全职责,任务很重。所以,村两委集体研究同意发给他们补贴,不是我个人所为。现在村干部都在场,可以当面对证。"

就这样,贾兴道一连问了十多个问题,庄克山都一一进行了解答。直到没人再提疑问时,方才结束。

通过清算二人的账目,当场公布了结果:村财务外欠款一万二千三百元,外边欠村上三千二百元。

丁春霞安排道:"我们欠别人的钱,要想法偿还。别人欠我们的钱,也要想法要回。原则上,是谁经手借出的钱,谁要负责要回。"

丁春霞讲完后,贾兴道宣布算账结束散会时,庄克山说话了。他说:"在座的各位,几天来对我帮助很大,本人表示感谢! 但是今天,我也想说几个问题。一是我担任村支书一共三年零七个月,在这段时间里,乡村干部多次在我家吃饭,村里从没给我报过一分钱的账;二是村两委曾经研究,村里的转播机放在谁家,就给谁家每月补助三元的保管费,可这三年多来,村里没给我一分钱的补助;三是在算账期间,是谁在我家大门上贴了一张白纸,上面写着'小心你家的房子'。"他边说边从衣袋里掏出那张纸让大家看,然后递给了丁干事。最后,庄克山要求清账小组给他一个答复。

张子军与贾兴道相互看了一眼,然后贾兴道说:"克山,这几个问题,是你当书记期间造成的遗留问题,清账小组答复不了。你本人担任书记期间都不解决,现在你叫谁给你解决? 没有道理嘛。"

庄克山道:"正是我不干了,才让干着的人给解决的。"

二人各执己见,眼看就要红脸。丁春霞插话道:"克山提的这几个问题,确实不是今天能解决的,待核实后,子军、兴道你们村两委再拿个意见吧!"

丁春霞说完,大家起身要走时,二组的组长李登科站了起来,挡住了大家,说:"大家先别走,村里的账都算完了,可村里去年欠我们二组的公粮余款一千八百元,啥时间给我们? 这几天,群众一直向我反映这个问题,有些群众还怀疑是我贪污了这个款。"

贾兴道张口说道:"这个问题好解决,外面还欠着咱们村的钱,等要回来以后,就还给你们二组。"

"若是要不回来,该怎么办?"

"要不回来,直接找我就行啦!"

"兴道,咱们可一言为定,你说具体什么时间能还这个钱吧?"

贾兴道说:"你放心,十日之内就还你们的钱。如还不上,用我家三间瓦房作抵押。"

丁春霞以为李登科说完之后就没事了,谁知门前的人越聚越多,都是一些要账的。丁春霞只好安排贾兴道一一登记,逐步解决。

贾兴水自作聪明,本想通过清理账目洗清自己,树立威信,达到把脏水泼向庄克山的目的,结果事与愿违,自己弄个不清,倒洗清了庄克山的身子。他思来想去,很不是滋味,但这些倒不是主要的,主要的是如何能当上村书记。他一直想与丁春霞沟通,可一到她跟前就没话说了。他想,之所以这样,也许是自己在背后做了亏心事所致吧!如果总是这样,怎么可能当上书记呢!他越想越焦躁不安。妻子王小花见他这副模样,不冷不热地问道:

"老贾,你抠点子又想治谁?记住了,聪明别被聪明误就行啦!"

贾兴水狠狠瞪了她一眼,没再搭理她,仍是坐在那张破椅上想着如何才能当上村书记。这个问题,靠副县长、王委员的希望都破灭了,唯有丁春霞这条路了。但目前看来,这条路基本上也是死的。面对这个局面,怎样才能变被动为主动,反败为胜呢?他想来想去,还是原来的那个老主意,必须想法让丁春霞尽快离开贾寨村。到底怎样才能让她离开这个村呢？再采取治老杨的那一套，恐怕在丁春霞身上是不会奏效了。再者，这样的事，单靠自己是不行的，必须有一个往前冲的干将。他想再用贾兴旺等人，可他们是被拘留过的人，再出面也没有影响力了。母夜叉倒可以用，而她偏偏又是被丁春霞吓怕的一只母鸡。那么眼下应该指望谁呢？他把姓贾的人从头到尾排查了一遍，最后认定唯有贾老黑是个合适人选。

贾兴水立刻去了贾老黑家。以转播机事件为话题，挑拨说："丁春霞与张子军合在一起，故意整治贾兴道，实际上就是整治姓贾的人。你想，兴道都已把转播机搬到家里了，丁春霞还一个劲地逼兴道再送回去，这不是有意让人难堪吗？此事放在其他人身上倒无所谓，你老黑与兴道可是一母同胞的兄弟，这些年来，在贾寨村谁敢小看你，哪一个不是望着你的脸笑，可张子军、丁春霞偏偏跟你作对，根本就不把你放在眼里，不然她也不会对兴道那样不讲情面。"

贾兴水的一番话，可把老黑的气给打足了，老黑当时就发起了火，立马就要去把那转播机弄回来。贾兴水用手按了他一下，说："老黑哥，这个事不急，有叫你出气的时候，你等着就行啦，到时我自有安排。"

贾兴水达到目的后，从家里拿了酒和罐头，与老黑痛快地喝了一场……

清理账目暴露了贾寨村的好多问题，这让丁春霞思考了良久。第二天她刚到乡政府，就看到张子军、贾兴道在自己的办公室门前站着，身旁跟着三四个头发花白的老人。这几个老人见了丁春霞，二话不说，趴在地上磕起了头。

丁春霞急忙把他们搀扶起来,只见他们泪流满面、泣不成声。丁春霞看了张子军一眼,问:"到底是怎么回事?"

张子军道:"昨晚,他们几家的钱、物都被盗了,今儿一大早,他们就到我家哭诉了这件事。我们来,就是专门给你汇报这个事的。几家人积攒几年的钱,是准备给儿子结婚建房用的。兴奎家原准备今天就去女方家送彩礼,结果三千元钱全部被盗。连法家买好的自行车、缝纫机,还有一千元的现金,也全部被盗。万幸的是,这几家仅仅是财物被盗,没有性命伤亡。"

丁春霞听了介绍,真是愤怒至极,再看几位受害者含着乞求的目光看着自己,试图从她身上得到一线希望。丁春霞一阵心酸,不知该如何面对他们,群众的财产安全得不到保障,作为包村干部心中很是有愧,可有愧又有何用!群众跑到跟前是想让自己给他们分忧解难的,不是内心有愧就可以完事的。想到这些,她说:"大家放心,我现在就去报案。"说完,感觉这话还是不够分量,又补充说:"只要我丁春霞在贾寨村,这些盗贼迟早都要捉拿归案,到时一定给大家一个满意的交代。"

报案后,丁春霞又赶往贾寨村。刚到村部,贾老黑等十多人上前拦住了她,张嘴就问:"丁春霞,你凭什么不让转播机放在贾兴道家,转播机是我们姓贾的群众集资买来的,现在庄克山不干书记了,理所当然地得把转播机放到贾兴道家,今天你同意则罢,如不同意,休想离开这里半步。"

这群人气势汹汹,威逼到丁春霞的跟前。

丁春霞看了老黑一眼,笑了笑:"你叫什么名字?"

"你不用问我叫什么名字,我是贾寨村的群众。"

丁春霞说:"群众就可以随便带人闹事吗?"

"谁闹事？我们是来给你反映问题的。"

"有用这种方式反映问题的吗？你们太过分了吧！"

"这都是你丁春霞逼的，我们不得不这样。"

这时，村干部已到村部办公室等着丁春霞来开会，听到外面乱嚷嚷的吵闹声，便急忙出来看个究竟。见一帮人正围着丁春霞说转播机的事，张子军没多想，直接走到丁春霞身边，对着人群说："大家有事冲我来，转播机的事与丁干事无关。"

一帮人听了张子军的话，立马与他吵了起来："张子军，你是个老几，也敢在这里喷大话，我们怎么都不认识你！"

"贾老黑，你要真有本事，就创个万元户让大家看看，那才叫真有本事。在自家门口和一个包村干部狂叫，算什么本事？"

张子军的这句话不打紧，像是揭了老黑的疮疤，只见他恼羞成怒，恶声恶气地吼道："张子军，我看你是欠揍！"说着伸拳向张子军打去。

贾兴道见自家哥哥当着丁干事的面如此蛮横无理，自己脸上很不好看，于是上前挡住了老黑。

十来个人见贾兴道如此，便高声嚷道："贾兴道，咱们姓贾的捧你当干部，是让你为姓贾的长脸面的，不是叫你当脓包的，你也不想想，那转播机在你家放着，丁春霞、张子军硬让你再送回去，这不是往你眼里推石磙吗？就这样，你竟不与他们计较，反而还帮起了他们的忙，姓贾的脸真让你给丢尽了！"

吵闹场上，人越聚越多，话越说越难听。丁春霞意识到，这哪里是反映问题，分明是一场有计划、有预谋的找碴儿闹事，根本不是为了转播机，这难道是贾兴道在背后布的一个局？但从表面看，贾兴道好像压根儿就不知道这件事。再看贾兴道被那些人糟践的情形,显然是不知内情。丁春霞在脑中正分析时,贾兴水从一边走了出来,用狡黠的眼光看了老黑一眼,然后对着丁春霞那边努努嘴。这一暗示,老黑明白了,马上转移了话题,高声喊道:"丁春霞,你如果不同意把转播机放到贾兴道家,你就是带头搞派性,广大群众绝不能让一个搞派性的干部在我们贾寨村,大家说是不是?"

老黑这么一呼叫,一帮人大声附和起来:"不能让搞派性的人在贾寨村,丁春霞滚出贾寨村!"

贾兴水见大家被鼓动起来了,便冲到人场之中,大声喊道:"丁干事是乡党委政府派来指导工作的,不许你们胡说八道。"

他这么一说,非但没有制止住混乱局面,反而喊声更加激烈了。就在这时,一位穿着时尚的男青年,骑着一辆崭新的自行车,从村部的西面擦边而过,忽然听到丁春霞的名字,于是停住了自行车,往人群看去,看后不禁"啊"了一声。是她!怎么能是她呢?是不是看错了?他揉了揉眼睛,又一次向人群看去,这次他真的惊住了,不错,就是她!

这个青年人十分不解,她怎么能在这里呢!便想上前喊她,可话到嘴边又咽了回去。他想,不能在这个场合跟她会面,这样对她来说太不体面了。在他心里,丁春霞一向都是神圣不可侵犯的。

他再向人群中看时,那些人仍是不依不饶地围攻着她,"不行,必须赶快解她眼下之危。"他便把自行车往那一放,往人群冲了过去。可他刚一抬步,随即又停了下来,心想,这些喊叫的群众,会听我一个年轻人的话吗?要是不听,事情不是更糟吗?想到这些,他马上蹬上车子,飞一般地向村里驶去。

原来,这青年人是贾寨村某家的外甥。他到了舅舅家门口,没停下车子,就喊了起来:"舅舅,你赶快到村后看看去吧,我的老师丁春霞被你们村的人围住了!"

"你的老师?"

"是的,您快去吧,回来我再给您细说她的情况。"

舅舅见外甥焦急的样子,没再多问,就去了闹事现场。他看到一群人围着一个年轻女人,便厉声喝道:"你们在这里瞎嚷嚷什么! 还不快滚回去!"

喧闹的人群听到喝声,顿时静了下来,循着声音看去,见是他来了,一帮人的气势当时就瘪了下来,连问个为什么都没有,都乖乖地走了。

四、能文能武

　　人群散后，丁春霞很惊奇，问张子军："刚才那人是谁？如此威风，一句话就把他们给吓跑了！"

　　"他是第三生产组的群众，名叫贾坤。"

　　"是吗？他咋有这么大的威力？"

　　"您有所不知，此人身怀绝技，武功十分惊人，在凡集乡方圆几十里都是出了名的。"

　　"我在凡集乡工作几年了，怎么从没听说过这个人？"

　　"也许你年轻，不是那个年代的人吧。他确实武功厉害，不过我也没亲眼见过，只是听说。"

　　张子军说，贾坤年轻时曾在武当山拜师学艺，直到功夫练成才回乡。回乡第二年，凡集逢大会，有一老人领两个孩子在街头卖艺，挣点糊口钱。被当地一个叫邱八的人碰上了，他非威逼着老人把钱交给他。老人苦苦哀求，好话说尽，邱八还是不罢休，硬是从孩子的手中把钱抢去。老人实在忍无可忍，一拳把邱八打了个脸仰天。这下算戳了马蜂窝了，邱八一声大喊，来了一二十人，疯一般向老人扑来。老人虽然有点功夫，应付几个人还行，但一二十人同时上阵，就支撑不住了。眼看孩子及老人招架不住时，贾坤过来了,见一大帮人打一个老人和两个孩子,顿时一股侠肝义胆涌向心头,纵身跃进人群,大喝道:"住手!"

一帮人转向贾坤,邱八问道:

"你是什么人,敢多管闲事?"

"呸!你们一二十个年轻体壮的大男人,打老人和孩子,难道不害臊吗?"

邱八在凡集街上横行多年,还没有人敢用这种口气跟他说话,没想到今儿却碰上了。他嘴一撇、眼一斜,显出不屑一顾的样子,怪声怪气地道:"你到底是哪路神仙?敢管我的事!看来不教训教训你,你是不知我邱八的厉害!"

贾坤道:"是吗?我今天就让你教训教训!"

邱八一听,怒火冲天,挥手喝道:"小的们,给我上!"

一声令下,一二十人拿着刀枪棍棒,齐向贾坤打来。贾坤学艺多年,是从刀枪棍棒中滚打出来的,何惧眼下这些小混混呢。于是,三拳两脚犹如饮酒闲聊,一会儿工夫,一二十人横七竖八地倒了一片。而后,贾坤抓起邱八高悬在空,往那人堆里扔去。看热闹的人山人海,围了个水泄不通,在场的人无不齐声喝彩。

贾坤把这帮地痞无赖打翻在地,把钱还给了孩子,还不算结束,又叫那一二十人站好排成队,一个一个地向老人磕头赔罪后才算了结。自此,贾坤威名大振,方圆几十里甚至百余里的人,都知道贾坤这个名字,当年老黑是在场目睹了这件事的。

丁春霞听了张子军的叙述,好像从中悟出了什么。她想,贾寨村的一些人,多年恶性成习,单靠说服教育是不够的,看来拳头威慑还是管用。想到这里,心中自忖道:何不借题发挥呢?如果自己在拳脚上胜过贾坤这样的人,那么在这个是非村里,对那些捣乱分子不也是一个震慑吗？

但她又想，贾坤已是六七十岁的人了，自己还不到三十岁，即使胜了他，也胜之不武，反而人们还会说自己欺老。左思右想，她向在场的几个村干部问道："我想与贾坤比试比试武功，大家看怎么样？不会说我欺老吧！"

几个人听了这话，表现出极度吃惊的样子。张子军说："丁干事，你总不是被今天的事给气神经了吧？不然怎么会说出这样没头没尾的话呢？"

"什么没头没尾的话，不就是说和他比试武功吗？难道这很奇怪吗？"

"当然奇怪了，别说你丁干事是个没参加过体力劳动的人，就是练过武功的人，也不可能是他的对手。前几天，从外地来了几个后生，自认为武艺高强，死缠活缠非要与他比试比试，结果一比，全败在了他手下。现在你要跟他比试，可不像举母夜叉那么容易对付！"说到此，几人都哈哈地笑了起来。

"不用多说，我就问你们，如果我与他比试，人们会说我欺老吗？"

张子军说："这个你放一百个心，人们不但不会说你欺老，反而会担心你自找没趣。"

"这个你们不用担心，周瑜打黄盖，一个愿打，一个愿挨。你们只管请他来就是了。"

几人见丁春霞也不开会了，执意想与贾坤比武，谁也不再多说什么了，加之大家出于好奇，也想看个热闹，于是张子军去了贾坤家说明了来意。贾坤也有点好奇，心想自己习武多年，也碰到过不少对手，可从未碰到年轻女子要和自己比武的。既然人家挑战了，自己也不能退缩，于是欣然答应。

贾坤跟着张子军，一起到了村部。丁春霞毕恭毕敬地打招呼道："贾老师，您好！"贾坤作了回应。

二人相互问了一些情况。丁春霞说："贾老师，今天我是诚意向您学习的，你可要出实招，我才能学到真本事呀。"

贾坤显出满不在乎的样子，点了点头，心想你个丫头片子，口气不小，让我出实招，我出个虚招就够你受的。看来你这个丫头还不了解我贾坤，今天非叫你见识见识不行。

二人一起向村部对面的打麦场。这时候，比武的消息早传遍了村子，人们如潮水一般涌过来看热闹。

丁春霞心想，来了这么多人倒也是好事，关键问题是自己能否胜贾坤。若是胜了，自此在贾寨村必定有了立足之地；若不胜，今后工作可就更难了。但事已至此，只能尽力而为了。

二人走到人群中间，贾坤喊道："子军，搬几块砖来！"

张子军按照贾坤的要求，搬了几块砖放在二人中间。贾坤伸了伸五指，攥了攥拳头，对准一块砖，"啪"一下砸了下去，这块砖被他一拳打了个烂碎。在场的人齐声叫好，然后把目光投向了丁春霞。只见丁春霞伸指攥拳、提气运功，抬手起掌，"啪"一下，也把一块砖拍了个粉碎。这下，让大家睁大了眼睛，不但连声叫好，而且还感意外，连贾坤也露出异常的神情。贾坤本以为用这招硬功夫就可唬住丁春霞，结果恰恰相反，她不但击碎了一块砖，而且击得更轻松、击得更碎。贾坤冲丁春霞一抱拳，腾地跳到丁春霞跟前，来个上封眼、底抓身，试图一招制胜，丁春霞早看出他的意图，于是扬左臂，斜倾身，扫右腿。贾坤见势不妙，急纵身上跳闪躲。丁春霞见他六十多岁的人躲闪还如此敏捷，不禁暗自赞叹此人果然不凡,但她也不示弱,趁贾坤脚跟未稳之时,飞身向他冲出双拳,直逼贾坤连连退步。贾坤毕竟是个老手,见丁春霞穷追不舍、步步紧逼,马上斜身拉了一个打虎式,而后猛起身出右手,向丁春霞背后砸去。丁春霞急忙上身前倾,双手着地,右腿横扫,迫使贾坤闪到了一边。丁春霞又腾身空中,双脚猛向贾坤踹去。贾坤迅速躲开,变被动为主动,连连数招,但均未占上风。

这时,观众的呼喊声时起时落,一会儿满场轰动,一会儿鸦雀无声。二人你来我挡,几十回合后,贾坤渐渐体力不支,丁春霞则越战越勇。围观的人大多也看出了这一点。丁春霞想见好就收,于是向外跳出一步,做出收场的架势,抱拳向贾坤鞠了一躬示意结束。而贾坤不但没有收手,反而展开了更猛烈的进攻。丁春霞自然明白他的意思:"不要认为我不行了。"

见贾坤寸步不让,非想见个高低,丁春霞只得拳脚并用,直逼得贾坤只有招架之功,没有还架之力,此时她可一招把贾坤击倒在地,可她没有这样做,而是止步说:"贾老师,我不行了,到此为止。"

丁春霞话音刚落,贾坤就气喘吁吁地坐在了地上……比武之后,丁春霞的名字又一次在凡集乡火爆开花……

那天比武之后,贾坤回到家里,刚往椅子上一坐,他的外甥就说:"舅舅,咋样?现在你知道我的老师丁春霞了吧!"

"你老师果然厉害,起初真是小看她了。"

"舅舅,实话给您说,要真是论功夫,她可能不是您的对手。您老主要是年事已高,俗话说,人过四十往下衰,何况您是已近七十岁的人了呢!你能保持这个状态,已经是够不错的了。"

接着,他又向舅舅说了春霞的一些情况,便回红城去了。

再说丁春霞,与贾坤比武虽然胜了,但有些事在她心里还是不能平静。贾老黑一帮人为什么穷凶极恶地拦住自己?贾坤为什么去制止他们,是出自武林之人路见不平、拔刀相助的德行,还是另有其因?她想了许多,觉得自己在难堪之时,人家替自己解了围,凭这一点理应对其表示感谢。因此,下午她就去了贾坤家,不打不成交,见面几乎是无话不谈。

谈到贾老黑一帮人时,贾坤说:"对你们政界之事,我向来不问。上午我的外甥思允来时,看到一帮人大吵大闹地围攻你,他十分火急,要我赶快到现场劝阻他们,并说你是他的老师……要不是思允强烈要求,我才不管你们这些事哩。"

丁春霞听贾坤说出"思允"二字,心里一动,问道:"哪个思允?是不是张庄村的那个张思允?"

"正是。"

"那张思允现在哪里?"

"他走了,估计现在已到家了。"

丁春霞本想与贾坤再攀谈一会,了解一些村里的情况,但听到张思允到来的消息,思想顿时起了波动,没有了谈话的兴致,就告辞了贾家。

她刚走出大门,贾坤突然道:"丁干事慢走,看我差点儿给忘了,思允临走时,留下一封信让我交给你。"

丁春霞接过信,打开一看,正是学生张思允的字迹,上面写道:

丁老师:

您好!见字如面。

没想到,我今天上午来看望舅舅时,能看到您,真是缘分注定,当时真想一下跑到您的面前,倾吐咱们三年的离别之情,可看到您在人群之中那个混乱场面,担心您的心情不好,所以就没向前见您。

现在我已师范毕业了,再过一个多月,就要正式上班工作了。待正式上班后,再给您细说吧,再见!老师我走了……

学生:张思允

丁春霞听了贾坤的叙述,又看了张思允留下的信,心中默默念道:不愧是我的好学生,好弟弟。思念之情油然而生,勾起她对往事的回忆。

那时她还在凡集中学任教,接收张思允转学手续时认识了他。不知是什么原因,二人第一次相见,彼此之间就留下了深刻的印象。两人熟识后,张思允私下里都是以姐姐称丁春霞。张思允的家庭条件比较优越,爸妈都是国家工作人员,转学之前跟着大伯在外地学习,生活甚为方便。凡集中学比较简陋,生活比较艰苦。丁春霞劝他说:"这里条件比较差,你还不如返回原校的好。"

他却说:"只要有姐姐在这里,再苦我也不觉苦,现在我感觉学习成绩明显比原来提高多了。"

丁春霞听后,心里自然高兴,便把自己办公室的钥匙给他一把,尽量为他创造一些方便。这样一来,两人的交往就频繁多了,从功课到人生阅历,他从丁春霞身上都学到了很多。张思允的爸妈知道后,对丁春霞十分感激。

一天晚上,天气阴沉沉的,张思允有事急着回家,丁春霞不放心,要送他回去。张思允担心丁春霞是个女的,生怕她回来时发生意外。

丁春霞笑了笑说:"走吧! 有事没事只管放心就行啦。"

二人在漆黑的夜途中,说着走着,走着说着。他们来到一座小桥中间时,突然从桥下蹿出两个蒙面人来,厉声喝道:"有钱拿钱来,没钱拿人来!"

张思允吓得后退了几步。丁春霞却不以为然,继续往前走着,直逼到歹徒跟前。

歹徒狞笑道:"小姐的胆量还不小,碰到大爷连理也不理。"

丁春霞道:"我又不是拦路抢劫的土匪,走得正、坐得端,凭啥胆量要小? 与你们从不相识,又凭啥理会你们?"

张思允见丁春霞直往前走,也提心吊胆地跟了上去,到跟前低声道:"姐姐别走了,我身上还有钱,交给他们算了。"

"你只管在后面别动就行了,看我怎样收拾他们。"丁春霞说完,又向歹徒道,"如果你们有钱就留下,没钱赶快滚蛋,别挡道!"

"好一个黄毛丫头,口气不小! 看来不揍一顿,你是不知马王爷几只眼!"歹徒说罢举棍就打。

丁春霞扬臂挡棍,顺手抓住了那歹徒的手腕,往下一撇,歹徒疼痛难忍,当时双膝就跪在了地上。另一歹徒刚想上来,被丁春霞飞起一脚,踢了个嘴啃泥。二人老实了,跪在地上直哆嗦。

丁春霞道:"说呀! 是留钱还是留人,怎么不说啦!"

二歹徒吓得连连磕头求饶:"姑奶奶饶命,往后我们再也不敢了。"

二歹徒走后,张思允惊魂未定,说:"姐姐好厉害啊! 咱们相处数月,我怎么就没发现你还有这些绝招呢?"

"这算什么,别说两个小毛贼,就是十个二十个,也不在乎。"

自此,张思允对丁春霞更是爱慕至极,但碍于即将到来的升学考试,他把一切都深深地埋在了心底。可感情的事情很奇妙,有时是压制不住的。

这天,丁春霞开门进屋时,发现办公桌上放有一张字条,上面写道:"姐姐,我想永远和你在一起!"

她正看着,张思允突然走了过来。

"思允,这是你写的吗?我说你这孩子,怎么上学上迷糊了呢?眼下你就要毕业离开学校了,怎能永远和我在一起呢?"

张思允的脸一下红了起来,没有言语,却流出了炽热的泪水。丁春霞温和地说:"思允,姐姐不是反对你的这个想法,现在你我谈论这个问题,已经不现实了,我在师范学校时,就已订了婚约,马上就要举行婚礼了。"

张思允无力地瘫软在了椅子上,无比绝望忧伤地看着丁春霞,除了泪水,他再没说什么。

丁春霞也流出了灼热的泪水。二人沉默了一会儿,她起身拿起毛巾,亲手拭去了他脸上的泪水。这时,他内心压抑的情感再也不能控制了,猛地扑到丁春霞的怀抱,失声痛哭起来……

就在张思允无限痛苦时,他接到了商州师范学校的录取通知书,这才使他心里闪出一缕阳光。按常理,他应到丁春霞那里拜望一次,可他没去,只是到师范学校后给她写了一封信。

丁春霞回忆着,不知不觉来到了乡政府。天色已晚,大院内一片宁静,她放好车子,便向银行家属院走去。

五、再起风波

话说清理账目已结束十余天了,可村上欠二组的公粮余款仍没有到位,李登科便带着十来个群众去找贾兴道,当面问他:"兴道,你答应十天以内还我们二组的公粮余款,现在多少天了,你知道吗?"

贾兴道见他带十来个人,心中本来就烦,于是生硬地说:

"多少天了?"

李登科道:"十三天了,按原来所说的时间,已超过三天了,现在该怎么办?今天一大早他们就跑到我家要钱,我没办法不得不来见你。这个事,可是你当初同着那么多人承诺过的,如果不给钱,到时找你要就行啦,并说用你的三间大瓦房作抵押。现在时间已过三天,总得给我们一个说法吧!你现在可是咱们村的主任,不能说话不算话!"

李登科带的十来个人齐声附和:"对,说话要算话!"

贾兴道一时没有了办法,急得直搓手,一会儿额上沁出了许多汗珠。

"咋办?兴道,我是走了,你给他们说去吧!"说后,李登科起身就走。

"登科别走，咱们还没有说个结果来，你走咋办！"贾兴道说。

李登科道："什么结果，拿出钱来就是结果。"

贾兴道本来就是一个急性人，见李登科张嘴钱、闭嘴钱，真是不耐烦了，随口说道："没有钱，你扒屋去吧！"

李登科见贾兴道如此说话，腾地火了，说："贾兴道，扒屋是你自己说的，我并没说扒你的屋。如果不给钱，今天还真得扒你的屋。"

"那好说，你扒我的屋，我就扒庄克山的屋。"

李登科说："我不管那些，你爱扒谁的屋就扒谁的屋，我只管扒你的屋。"

李登科这样说，贾兴道也火了，说："李登科，你还以为，我真当个人看你不成？越夸你脸白，你还越往灯光里去。今天你给我搞的是哪一套，有多少钱？一个人拿不完是不？为啥带来这么多人，想打架是不，给你说，今天别说没有钱，就是有钱也不给你，看你能把我怎么样？"

李登科想，群众向我要钱，不三不四地说了我一顿，我向干部要钱，又被干部糟践一顿。他实在憋不住了，反驳道："你当个村主任说话不算话，当不起这个家，何必打肿脸充胖子，逞这个能？要是我同着那么多人说话不算话，我早就扎尿坑里死去了，也不在活人面前丢人现眼自找难看了。"

贾兴道的老婆胡大菊听到这话，发火了，从屋里一蹦多高，跳出门来张口就骂："李登科，你奶奶的！你放屁，别在俺门前臭人，爱滚哪里去就滚哪里去，不能在这里臭人。"

"胡大菊，你敢骂人！"

"李登科，你奶奶的，我就骂你！"

李登科气得青筋直蹦,大喊一声:"都过来扒他的屋!"

说罢,自己一马当先,操起贾家院中的一个抓钩,十来个人也一拥而上跟了过去。这还了得,墙外姓贾的一二十个人见此情形,大喊一声:"姓贾的都来,姓李的想打架了!"

这一喊,一会儿姓贾的来了五六十人,都拿着棍棒。李登科正在气头上,也没向周围看,一个劲儿地举着抓钩往房上乱砸一气。贾兴道的二哥贾兴龙见李登科如此,遂拿起院中的一把铁锹直向李登科铲去,眼看就要闹出人命来。贾兴道毕竟是村干部,见此情景,大声喝道:"都站好,不许动,谁动我就打死谁!"

李登科只顾扒屋,根本就没看见贾兴龙拿铁锹要铲他,听到贾兴道的大喝声才发现贾兴龙向他打来,于是把抓钩往旁边一扔,冲到贾兴龙跟前说:"贾兴龙,我空着手让你拿着铁锹打,你行不?"

贾兴龙哪里服气,扔掉铁锹,虎一般地向李登科扑去。两组的群众,见势又抄起了家伙。就在这千钧一发之际,一个七十多岁的白胡子老头没命地跑来,直着嗓子大叫:"登科,登科,克山喝药死了,快点! 快点去救他吧!"

在场的人被这突如其来的噩耗惊住了,顿时一片肃静,几十双眼睛齐齐地看着这个白胡子老头,只见他还是没命地喊:"登科,快点叫人去医院,克山不行了……"

李登科见来者是庄克山的父亲,知道此事不会有谎,于是大喊一声:"二组的人快走!"

喊罢,他拔腿向外跑去。几个人没进庄家的院子,就听到乱糟糟的哭声。此时的庄克山已不省人事,李登科几人抱起他就往架子车上放,之后拉起车子向医院跑去。出村正巧碰上一辆三轮车,李登科上前拦住三轮车,三轮车拉着众人到了乡卫生院。一阵急救,庄克山算是脱离了生命危险,护送的人也都放下了心。

谁也不知道庄克山为何要服毒自杀,就连其父母也说不出原因。

其实,庄克山喝药是因为恼恨至极:为了安置工作他辞去了村书记,卖了家中的两头猪,孩子的姥姥家又添了五百元,总共凑了二千多元钱带着到县城找有关部门的领导,几番周折算是有了结果。就在他等工作分配的通知时,贾兴水的连襟王清连直接告诉他:"别看你庄克山的工作找成了,你也去不成。"

开始,庄克山还以为是开玩笑,谁知工作的事再没有一点消息,后来找领导方知是贾兴水、王清连在背后做了手脚。听到这一消息,庄克山当即就要与贾兴水拼个你死我活,被家人拦住了,他气极之下喝了农药。

这先不说。再说李登科带人与贾兴道发生激烈冲突后,姓贾的一帮人大发议论,认为姓贾的这么多人的大户,被姓李的小户人家跑到门口大吵大闹,还动手扒起了房屋,这在贾寨村历史上都是没有的事,对姓贾的来说简直是奇耻大辱。一帮人越说越气,越说越恼。贾兴道的大哥贾老黑串亲戚回来正巧路过这里,听到此事顿时大发雷霆,破口大骂:"李登科这小子,敢在太岁爷头上动土,我看他是活腻了,走!找他算账去!"

一大片姓贾的足有二三十人,听老黑这么一说,呼啦一下都跟了上去。谁知这个事被李登科的侄子李小阳无意之中听见了,李小阳飞一般地跑去告诉了张子军与李登科。二人大吃一惊,张子军让李登科先避一下,李登科却非要和他们见面不行。张子军板起脸喝道:"你必须马上离开,此事由我处理。"他推走了李登科,又让李小阳到乡政府向丁干事报告。

贾老黑怒气冲冲地领着二三十人,浩浩荡荡地到了李登科的家门口,大声喊道:"李登科在家吗? 有种你就赶快出来!"

贾老黑喊过之后,一群人乱嚷嚷地也大喊大叫起来,见院里始终没人吭声,老黑大叫道:"李登科,你不出来,这就扒你的屋!"

说罢,就冲进院里,拿起抓钩就要上房。这时,张子军从院外走了过来,喊道:"贾老黑,你这是干什么?"

贾老黑扭脸见是张子军,也不买账,抡起抓钩还是要扒房。李登科的妻子赵显荣见贾老黑动起了真格,便从屋里走出来,对老黑说:"你有事找李登科说去,为何扒我家的房子?"

"为何扒你家的房子? 因为李登科欠揍,所以才扒你家的房子!"贾老黑说。

张子军走到跟前,力阻老黑说:"你有事说事,何必动手动脚呢?"

"我是跟李登科学的,是他逼我扒房的! 如果不扒他的房子,我怎能对得起他呢? 这叫有来无往非礼也! 你不懂这个礼节吗? 我的张书记!"贾老黑阴阳怪气地说。

张子军道:"贾老黑,你六十多岁的人了,光天化日之下竟敢胡作非为?"

"好! 张子军,我扒李登科的房子是胡作非为,那李登科领人扒兴道的房子是啥行为? 那难道不是胡作非为吗? 你怎么不去管,现在出来了,你管得着吗?"

"我告诉你贾老黑,李登科扒兴道的房子,那是因工作引起的冲突,是他们两人的事。你兴师动众地到李家来扒房,这从何谈起?"

"贾兴道是我的同胞弟弟,李登科领人扒我弟的房子,我怎能不问!"

"老黑,你这种行为不是帮兴道的忙,反而是害他……"

贾老黑道:"那你让李登科出来!"

李登科此时在隔墙的弟弟家,这会儿再也憋不住了,跑过来说:"老黑,我来了,说吧,你想干什么?"

"干什么?你应该比我清楚,"贾老黑说着把手中的抓钩扔到一边,向李登科走过来,边走边说,"李登科,两天没见,你长高了,胆子也大了,竟敢带人跑到姓贾的门前去闹事。"说着,一巴掌打在了李登科的脸上。

李登科岂能罢休,二人开始大打出手。姓贾的一帮人见势,呼啦一下都围了上去。几个姓李的见自己人要吃亏,尽管自己这边人少,但也没示弱,也跟了上去。眼看一场血战就要爆发,人群后面突然响起一个清亮的声音:"住手!"

见是包村干部丁春霞来了。双方就停住了手脚。丁春霞走到人群之中,没有多言,直接让张子军通知村两委人员立即来现场开会,让李登科通知跟他来的那十来个人也过来开会。不大工夫,干部群众都到场了,唯独没见贾兴道。

丁春霞问:"兴道为什么没来?"

张子军道:"据他家属说,往城里办事去啦!"

"那好,不等了,眼前发生的事,大家也都看到了,我就不多说了,现在主要说两个意思:一是公粮余款的问题,村欠二组的公粮款是上次清理账目时,村委承诺过的,今天就落实这个问题,会后请子军同会计一起到银行办理贷款手续还上二组的这个款。二是贾李两姓互斗的问题,李登科为要公粮余款带人到贾兴道家动手扒房,虽未造成恶果,但造成了不良影响,对此所有参与人员各罚款三十元,由李登科负责收上来。贾老黑聚众闹事,所有参与人员罚款五十元,贾兴道的妻子胡大菊恶语伤人,罚款三十元,由贾兴道负责收上来,贾老黑听候派出所处理。"

贾老黑翻了翻眼,看了看丁春霞,似乎有什么话要说。丁春霞见此,问道:"贾老黑,你还想说什么?不服吗?"

贾老黑软了下来,说:"能不能别让派出所处理我?"

"行,你在广播上向全村作检讨,求得派出所对你的宽大处理。"

贾老黑一帮人垂头丧气地走了。

众人眼里的一场大祸,被丁春霞三言两语、利利索索地摆平了,实在是出乎大家的预料,众人从心里佩服这位年轻女干部的能力,都对她赞不绝口。这时,从一户人家走出一位学生模样的女青年,只见她彬彬有礼地走到丁春霞面前,非让丁干事到她家去坐坐。这时天色已晚,加之不认识对方,丁春霞道声谢就想回去。

张子军见状,上前介绍道:"这是咱村贾运昌的女儿贾淑英,北大毕业,刚分到省委工作。"

丁春霞听了介绍,再看贾淑英气质非凡,于是赞叹道:"淑英真是国家栋梁,北京大学是成千上万个学子梦寐以求的圣地,你能进入这样的学校,为家乡人民争了光,我为你骄傲自豪!"

贾淑英微笑着点了点头,坚持请丁春霞到家去坐。

进了贾家,在堂屋坐下,贾淑英道:"丁干事,贾寨村是个是非村,是乡干部的噩梦。听家里人说,你是一名难得的好干部,今见你处理问题果真是名不虚传,我敬重你这样秉公的乡干部,有朝一日愿与你同舟共济。"

丁春霞笑了笑说:"淑英,那是不可能的,你在省委,我在乡下,距离之远,同不了舟的。"

"别那么说！说不定就走到了一起,今天不是吗？没想到我们能在一起这样叙话吧！"

二人大有相见恨晚之感,直到贾淑英要留她共进晚餐,丁春霞执意告辞,二人方才分手。

丁春霞路过村西南角时,不免又想起贾运发小两口的不幸遭遇,发誓一定要拿到这个凶手。走着想着,就到了家。

刚进屋,丈夫刘功明就板着脸说:"我原以为你真是位忠贞烈女,对我真心不贰,谁知你在背后也有偷鸡摸狗之事！"

刘功明头不头、尾不尾的一句话,真把丁春霞砸蒙了,她两眼看着刘功明,好大会儿都没接话。

刘功明气呼呼地道:"自己的事,自己不知道吗？到了现在,你还给我故作镇静。"

丁春霞还是不明白,有些生气地说:"刘功明,你什么意思！我做什么事了,你这样对待我！"

刘功明愤愤地掏出一封信,扔到丁春霞的面前,说:"你自己看看吧！别光认为自己聪明,人家都是傻子！"

丁春霞拿起信,见信封上的地址是红城县粮食局办公室,信已被拆开。她自言自语地说,县粮食局办公室与我何干,谁能给我来信呢？她抽出信瓤看了起来,上面写道:

尊敬的丁老师:

您好！

分别已是三年,我仍是对你那样痴心地想念着,上个月往舅家去的一个偶然机会里,看到你虽然在那个不雅的场合里,但你依然还是像以前那样,气质高雅,相貌俊丽,顿时往事历历在目,多想到你身旁以叙衷肠。可惜那个场合不合适,后来我就离开了。

　　现在,通过一点人际关系,正式分到县粮食局办公室工作了,因与你有事相商,直接关系到你个人的前途命运,所以先给你去封信,最近几天一定与你相见,到时再叙我们的千言万语……

学生:张思允

原来是张思允,丁春霞心想他把话说得如此炽热,自己的男人看到后,岂能没有想法? 她正想时,刘功明咄咄逼人地道:

"丁春霞,看明白了吧! 这从何说起?"

丁春霞想,心中无邪事,不怕鬼敲门。她看了刘功明一眼,道:"你真想知道从何说起吗? 我给你实说,他确实与我感情很好,也曾追求过我,但这毕竟都是过去的事了,至于现在他写这封信不就是想表达师生感情吗,你又何必大惊小怪、怒气冲冲呢? 他写信是他的问题,我能被人惦记不忘,你应该高兴才对,自己的女人有人喜欢、有人爱,总比被人烦、被人厌好吧?"

刘功明听得哭笑不得,说:"丁春霞,你这是什么逻辑,我的女人当然不能让别的男人喜欢了,否则我们就不是夫妻了!"

丁春霞道:"刘功明同志,你放一万个心吧,我这一生,心里只有你一个人,甚至到了马克思他老人家那里,我还是要你一个人,这总行了吧!"

刘功明说:"那他为什么对你还是那样痴心,还说再叙什么千言万语,这不是藕断丝连吗?"

"功明,我再说一遍,请你相信我,他无论怎样说,都是我的一个学生。人非草木,孰能无情,当初他的爸妈对我都是敬重的,自然我对他们的孩子也不会错!其间他有追求我的想法,我当即就说明了咱们之间已有婚约,他伤感至极,多日不见我,但最后他还是说最敬重我,你应该了解我与他没有任何苟且之事,纯粹是师生关系。"

丁春霞的话让丈夫转怒为笑,二人吃了晚饭,便早早入睡了……

六、针锋相对

　　次日，丁春霞刚到乡政府，张子军、贾兴水就来报告说，昨晚村里又发生了盗窃案，七家被盗现金一万二千元。丁春霞咬了咬牙，什么也没说，与二人一起去派出所报了案。之后又赶往贾寨村，路过贾兴道家时，他正在院里劈木柴。贾兴道见丁春霞到来，开口就说："丁干事，村干部这个差我是不干了。"

　　丁春霞道："昨天还干劲十足，怎么今天就不干了呢？是什么原因让你变得如此之快？"

　　"没什么原因，不干就是不干了。"他嘴里一边说没什么原因，一边又说，"想看我的笑话，治我的症，休想！别以为我是个傻子！"

　　"兴道，这话是从何说起，谁说你是个傻子了？遇事不能这样没有思想，听风就是雨能行吗？"

　　"我也没听什么风、什么雨，是我自己不想干了，咱的脑子笨，精不过人，让精人有心眼的人去干吧！"

　　丁春霞见他情绪非常，他又不愿说原因，聊了几句就起身告辞了。见了张子军，她说了此事，张子军也感意外，说昨晚村里几个干部在一起吃饭时，贾兴道又买鸡又掂酒，庆贺解决了二组的问题,去掉了他思想上的一个大包袱,根本就没发现他有一点反常的迹象。

丁春霞问:"吃过晚饭后,你们又做了什么?"

"什么也没做,各回各的家了。"

不错,几人吃过饭,确实是各回各家了,但贾兴水却没有回自家,而是去了贾兴道家,对贾兴道说:"平常总认为张子军这个人还可以,但最近一段发生的事情,我老是想不通。"

兴道说:"什么事情想不通?"

"兴道,你现在可是村主任了,与先前任组长时大不一样,现在管的事也多了,正因为这样,我才为你担心。"

贾兴道听得有点不耐烦了,说:"兴水,你有什么话就直说吧。拐弯抹角的话,我听不懂。"

"说倒可以,不过你必须存住气,你还记得前段时间清理账目结束时,李登科提出要公粮余款的情景吗?"

"兴水,这些事都已经过去了,再说还有屁用!"

"我就知道你会这么说,怎么没用呢?当时李登科提出这个款的时候,丁春霞看了张子军一眼,张子军又看了丁春霞一眼,可二人都没表态。这种情况下,你却一马当先把问题揽了过来,当然揽过来是工作热情,也不为错,可你揽过之后无论是张子军还是丁春霞都应该同着那么多人说句收场的话才对,结果他们什么都没说,如果当时说这是村两委的责任,不是哪个人的事,怎么也不会出现李登科领人去扒你家的房子这一问题。按理说,在这个问题上,一马当先的应是张子军,可他却没有这样做,兴道你仔细想想,这说明了什么?"

贾兴水喘口气,又道:"再说,十天以内归还二组的公粮款,可到十天头上,张子军作为主持全面工作的领导,还不该找你商量这个事吗?退一步说,即使不商量,那天李登科大张旗鼓地领着十来个人到你家大吵大闹,竟敢扒你的房子,这些事难道张子军不知道吗?可他张子军又是如何制止的呢?你贾兴道看见他一个影子了吗?但老黑领人去李登科家时,张子军却拼死拼活地出场了,最后还让老黑在全村检讨,这公平吗?这又说明了什么?遇到事情,你兴道不顾一切地冲上去,他却不顾一切地缩回去,好事都让他占了,坏事都让你担了,时间长了,你兴道会有好下场吗?"

听贾兴水这么一说,贾兴道似有所悟,但却没言语。

贾兴水接着说:"现在咱们姓贾的爷们,都指望你撑腰架势,我不能眼看着你被别人利用而垮下去,因此,深更半夜找你提醒这些事情,往后说话办事都要三思而行,不能光当炮灰被人利用。"

贾兴水说完后,贾兴道:"要说张子军对我不好,为什么老杨麦前配班子时,他指名要我当副主任,这又作何解释?"

"哎呀!这点你怎么不明白?他认为你心眼少,好使唤,能为他出力,为他挡风遮雨,比如这次在公粮款的问题上,要不是你替他揽过来,那李登科不和张子军大闹一场才怪呢!再者,当初张子军、庄克山同老杨合在一起把我及贾兴兰都搞下去,如果不把你拉上来,咱们姓贾的能愿意他吗?"

贾兴水的话,让贾兴道信以为真,自此在心里恨上了张子军。

外人不知道,贾兴水对贾兴道做了这些小动作。因此,春霞说兴道不愿再干村干部这个差时,张子军摇了摇头,不相信他会产生不愿干的思想。为证实这一点,春霞让张子军去见兴道当面问清楚,于是子军就去了兴道家。张子军刚到兴道家东屋后面的窗户下,正好听到贾兴道怒气冲冲的声音:"他想玩我的猴,就叫他玩吧！不叫他张子军知道我的厉害,算我贾兴道对不起他!"

又听到贾兴水说,"别光说大话,做出事来让张子军瞧瞧才算你有本事,现在都是白说。"

子军心想,贾兴水怎么会在这里?少许,他便明白了发生的这一切很可能都源于贾兴水,他想立即冲进屋里问个水落石出,可又一想认为不行,进屋除去吵架,不可能有其他收获,贾兴水有没有在中间制造事端,是不会承认的。所以,他就没进屋,而是转身回到自己家中。为了这件事,一连几天他都未见兴道,兴道也没找他,无形之中,彼此之间横起了一堵墙。

事情也巧,原来的村干部贾兴海的女儿出嫁,请客时,兴海让村干部坐一张桌,这下子军和兴道见面了。子军板着脸冷冰冰的一句话没说,兴道见子军那副模样,心里更有想法,认为子军做了对不起他的事,心亏不好意思面对他,所以二人见面没说一句话。在场的人不知内情,也不去观察这些细节,唯独贾兴水心如明镜,暗自得意,但也装作没事的样子。

因为是喜事,贾兴海准备的又是好酒,所以大家都喝得爽快。待大伙都显酒意时,贾兴道存不住气了,两眼充血,道:"张子军,你喝酒不行,工作更不行,就背后治人行。"

贾兴道突然说出这样的话,场上顿时静了下来,都把目光转向了他,张子军虽然气愤,但心里还清醒,自己要是接茬,二人势必会闹起来。如果不接腔,又实在是憋得慌,于是强压怒火道:"兴道,你能说出背后我治谁了吗?"

兴水见张子军发问,心慌了。他担心贾兴道喝多了酒,管不住口,漏了底,因此急忙劝兴道提前离席,方才避免二人的一场冲突。

兴道走后,大家又继续喝了起来。大家正在劝酒,谁知贾兴道又返了回来,直接坐到张子军跟前说:"兴水,你不是说我光说大话,要做出事来让子军瞧瞧才算有本事吗? 那我就做一做,你看看!"

说罢,他"叭"一耳光打在了张子军的脸上。这下子军不能再忍了,拿起桌上的一个空酒瓶,照兴道头上砸了过去。兴道不知是喝多的缘故,还是被酒瓶砸的缘故,当时就晕倒在地上了。见兴道被张子军打晕了,喜宴一片大乱,姓贾的人哪能放过张子军,呼啦一下五六个人围住了他。

这个场面,按讲是贾兴水期望的一个场面,他想众人能把子军打伤致残才好。可贾兴道刚才那句话使他心里发了慌,一旦闹出事来,凭着这一句话,自己也脱不了干系,想到这里,他大喝一声,止住了同族那些人,并让人把贾兴道架出去。

主家贾兴海唯恐再出乱子,忙里忙外劝个不停,几个村干部推着子军也离开了现场,此事暂时算停了下来。

兴水料到明天丁干事肯定要过问此事,因此第二天一早就去了兴道家,责怪兴道存不住气,酒场上不该胡言乱语,几乎惹了大事,而后又安排兴道几句便回去了。

果不出兴水所料,这天上午,丁干事就召开村两委会议问及此事,张子军说:"昨晚之事,虽说是兴道我们二人发生的冲突,但实则是因兴水而起。"

张子军话没说完,兴水就反驳道:"张子军,你怎能这样不讲道理,此事分明是你们两个之间的事,怎么能牵涉到我身上呢? 当时要不是我竭力制止,恐怕你连命都没有了,理应感恩于我才是,现在倒好,不但不感恩,反而又咬我一口。"

"兴水,我说你是有根据的,前几天在兴道家东屋你说的话,你还记得吗？兴道不要光说大话，要做出点事，让张子军瞧瞧才算你有本事，昨晚贾兴道同着那么多人又说起了这话，不然兴道怎能向我动手呢？这不是你在背后挑唆的吗？"

兴水道："丁干事，张子军这么说，我也不再多说了，现在大家都在，你可叫贾兴道当面对质，如果兴道说我说了这句话，任凭组织处置，我绝无怨言。"

兴水之所以把话说得如此慷慨，就是自以为提前安排好了兴道，此事就可万无一失了，因此要求丁干事让兴道当面对质。但丁干事在处理这个问题时，偏偏不让贾兴道做证，而是让在场的班子成员，每人写一份证言，来证实兴道到底说没说这句话，核实后再做处理。两委成员，你看我，我看你，犯起了难。

春霞见此，说道："据我所知，昨晚你们这些人都在现场，那就实事求是地写呗，你们不用想得太多，我就是向大家了解真实情况而已，别无他意！请放心，在这个问题上不会处理一个人。"

几人只好写了证言，交给丁干事。七人中，有五人说贾兴道说了那句话，剩下的二人是兴水与兴道。春霞看到这个结果，没有多想，断定贾兴道在酒场上肯定说了那句话，但为什么二人现在不敢承认了呢？

针对这个情况，春霞分析，不承认就说明这句话有其不可告人的隐秘，动机不纯，准确地说，就是贾兴水故意制造事端，鼓动贾兴道挑斗张子军，使二人产生矛盾，但他为什么非得在两人之间制造矛盾呢？想到这里，她又想起组织委员王永昌，说贾兴水找他想当村书记的事，继而又联想到宋书记交给她的一封告状信，说张子军的预备党员不合程序的事，她把这几件事连在一起综合分析，心里似乎有了眉目。贾兴水想当书记，张子军主持工作碍了他的事，加之从宣布子军与兴道二人主持工作以来，各项工作干得都比较出色，在此情况下，不但不可能调换张子军，而且张子军的预备党员一旦转正，还有可能直接任命为书记。这样，兴水想当书记的想法就成了泡影，因此他必须搅浑这潭水，造成工作无法开展的混乱局面。如何能形成这种局面呢？唯有从张子军、贾兴道二人身上做文章，使其二人形成对立之势，碰巧贾兴道又是个不善考虑细节的人，很容易就上了贾兴水的当，因此在喝大了之后漏了兴水的底，打了张子军一巴掌。

鉴于以上情况，如果围绕昨晚出现的事情处理了张子军、贾兴道，岂不正中兴水下怀？春霞想到这里，瞟了兴水一眼，暗自思忖：兴水啊兴水！你怎能有如此卑劣的想法呢？想借刀杀人达到个人的目的，岂不是借错刀了吗？这种行径如不加以制止，今后你又会如何发展呢？她想了想，今天非让你丢脸不行，因此当众公布了大家的证言，然后厉声道："兴道，你在全村是出了名的敢作敢当的人，怎么今天连自己说过的话都不敢承认了，这可不是你以往为人处世的风格，男子汉大丈夫遇到问题要有主张，听风就是雨不行啊！"

兴道低着头，一言不发。

春霞又道："兴水，贾寨村的人都说你是个聪明人，可这件事你做得不但不聪明，反而比任何一个人都笨。张子军一点没冤枉你，他们二人之间的冲突确实是因你而起，如果今天不加以挑明，恐怕今后子军与兴道的大战还会更加激烈，昨晚的事不过是暴雨来临之前的一阵风。"

兴水也低着头，一言不发。

丁春霞又对兴道说"兴道，前几天在你家东屋你对兴水说，想玩我的猴叫他玩吧,不叫张子军知道我的厉害,算我贾兴道对不起他,这句话是你说的吧?我说前几天见你时,张口就说不愿干的话,原来是中了别人的计。"

接着她又对兴水说:"别光说大话,做出事让张子军瞧瞧才算你有本事,现在都是白说,这句话是你兴水说的吧?我说兴水,你到底是怎么想的,这个村非得乱成一锅粥才好吗?这样,对群众、对干部又有啥好处呢?给你们说明,让大家写这个证言之前,我已掌握了这些情况。之所以让大家再写份证言,就是看看大家有没有正义感,敢不敢坚持真理。还好,多数同志都坚持了实事求是这一原则。作为一名干部,这是最基本的标准。如果颠倒黑白,真的说成假的,假的说成真的,这样的话还算是一个干部吗?就是平民百姓,他在社会上也是站不住脚的,何况我们干部呢!还有好多事情,我就不一一列举了。总之大家的眼光是亮的,一切事'要叫人不知,除非己莫为'。在一些事情上,别老是以为自己聪明,人家都笨,其实不然,每个人的一言一行,大家心里都清楚,不过当面不说罢了。"然后问道:"兴水,你说是不是这个道理?"

兴水连声道:"是是是!"

春霞见兴水有悔改之意,便说:"今天的事到此为止,以后再勿重犯。"

兴水是一个极其在乎脸面的人,今天被丁春霞当面揭穿,从表面上看,他百依百顺,唯唯诺诺,心里却压着万丈怒火,暗自发誓:丁春霞,今天你让我丢失颜面,等着吧!我一定会让你加倍付出代价的!

七、不改初心

　　春霞从村里回到家,刚进家门,刘功明就神神秘秘地告诉她:"今天你没在家,真是太可惜了。"

　　春霞一脸不解道:"什么事太可惜了?"

　　"咱先说好啦,听了千万别激动哟。知道吗,他来了。"

　　春霞见他一副顽皮滑稽的样子,心里早已清楚,肯定是张思允来了。

　　"他果然一表人才,风流倜傥,难怪你当年被他迷住!我要是个女的,肯定也会被迷得神魂颠倒,拜倒在他的膝下。"

　　春霞道:"没想到,你对这些还有研究啊?"

　　"那当然啦!不然咱俩会有今天吗?恐怕你早跟着那个张思允跑了。"

　　"看你那小心眼的样子!说吧,你咋见到他的?"

　　"今天,他去了乡政府,没找到你,就去银行营业室见了我,说找你有事,我就把他领到了家里。起初,他很高兴,聊了一些情况,可当他看到咱俩那张挂在墙上的合影照时,似乎有点不自然了。我给他拿糖块、水果,他也没吃。快到十二点时,我要带他去吃饭,他不去,一个劲地要走。我问他到底有啥事,他说见到你再说吧!"说罢,刘功明看了春霞一眼,道:"怎么样,惋惜了吧?"

春霞道:"醋味减多了,但还有一点。"

春霞随口一句玩笑,功明的脸"唰"地红了起来。

春霞故作没看见,岔开了话题。

第二天,春霞到村里安排一些事情后,就回家了。拿着一本书正看时,外边响起了敲门声,春霞还以为是功明呢,张口道:"敲什么,进来就是啦。"

门又响了两声。春霞起身开门,看也没看,又转身坐在了沙发上看起了那本书。

"姐姐!"

春霞猛抬头,不禁一怔,失声"啊"了一声,竟愣住了,几秒钟后,才回过神来,说:"思允,怎么是你? 来来来,快坐下,坐下!"

思允放下提包,春霞热情地倒上开水,递上糖块水果之类。思允望着春霞,见她原本白皙的脸微微黑了点。不过情人眼里出西施,这在思允看来,反而更增添了女人的俏丽。春霞转眼看他,心里又是一动,几年不见,他如今显得更有男人味了。心想,有他这副英俊貌相,难免功明起疑心。

"姐姐,我之前给你来了封信,昨天又专程来了一趟,估计你也知道了,因你没在家,我又返回了县城。现在看到姐姐家里的一切,真幸福啊!"

"思儿,这几年还顺利吧?"

"挺好的! 这几年,按姐姐当年的叮嘱,两耳不闻窗外事,一心只读圣贤书。只是,夜深人静时,经常想到姐姐。特别是上次在舅舅村里见到你时,心里又按捺不住,像是旧病复发,总是回忆往事,有点不能自拔。"

"思允,你是我的好学生,也永远是我的好弟弟。说句心里话,上次在贾寨村,你让你舅舅出面为我解围,我非常感激。但是任何时候、任何情况下,我们都要面对现实,不能异想天开。我相信,你到粮食局工作,今后一定会大有作为的,也一定会更加幸福的。"

这道理,思允又何尝不懂。但一见到春霞,他总是抑制不住感情。

二人正谈时,功明下班回来了,与思允打了几句招呼,便到厨房做饭去了。

"姐姐,我这次来,想给你说两件事。第一件事是我的个人问题,本来不打算告诉你的,但想了又想,还是得说。我谈了一个对象,她自身条件还算不错,在物资局工作,家庭条件也十分优越,应该说无可挑剔。可尽管这样,我对她还是没有感觉。"

春霞明白他的意思,果断地说:"思允,要真是像你说的这种情况,姐姐劝你不要有丝毫犹豫,免得终生后悔。"

"其实,这次我能到粮食局工作,就是她托人帮忙给我办的。"

"这样不是很好吗?你还想什么呢,要好好珍惜,可别错过一次,后悔一辈子啊!"

"行,就按姐姐说的办。"

春霞听到思允这句话,心里轻松了许多,说到时要参加他的婚礼。

"第二件事,是关于你的工作问题!"

"什么?我的工作问题?我的工作问题怎么了?"

"姐姐,是这样的,我把你的情况告诉了我的对象。她听后,对你十分敬佩,认为你不应该在乡下工作,应该到城里工作,这样才能发挥更大作用。后来,她把你的情况又告诉了她爸爸,她爸爸说,你可以到县人事局工作。"

春霞以为思允及他的女朋友都是孩子,学生气未退,说话没准,便问思允:"你对象的爸爸在哪儿工作,怎么会有这么大的本事?"

"他是地区组织部的副部长。"

春霞点点头,明白了。地区组织部的副部长,调动一个基层工作人员,当然问题不大,不过她没吭声。

思允接着说:"姐姐,你到县人事局工作,无论是政治地位,还是个人利益,都远比你在农村基层强得多!你说,农村那算个啥工作,今天罚款,明天扒屋,天天鸡飞狗跳的,还经常让群众指着鼻子骂。凡是有门路的,谁不想调县城工作?"

"思允,你能处处想着姐姐,姐姐真是感激不尽!但你应该知道,人各有志。更何况姐姐的性格特点,你又不是不知道,从来都是喜欢走自己的路。是的,多数人都向往城市的工作和生活,可我认为在农村工作同样很有意义,起码是发挥自身潜力的最佳舞台。"

"什么最佳舞台!? 现在实行了责任制,谁还理会你们这些乡干部,特别是那个贾寨村,群众蛮横不讲理,好多乡干部都在那里干不下去,不知姐姐为啥偏偏要在那个村干呢?"

"思允,你对农村工作误会了。你看到的是表面现象而已,其实不是你说的那样。群众还是通情达理的,他们就是对上级的政策不够理解,加上干部工作方法不当,才形成干群对立的局面。其实只要你真心为群众办事,他们还是理解拥护你的。至于我在的那个贾寨村,现在情况在好转,相信不远的将来,会出现一个更加和谐、积极、向上的局面,不信可以打赌……"

思允听不下去了,打断话题道:"姐姐,你只说愿不愿意去县城就行啦,其他的我不想听。"

春霞道:"不去! 我就在乡村干!"

"姐姐,你知道吗,进城工作是好多人花大钱都办不成的,特别是眼下,让你到人事局工作,还安排一个人事股长的位子,这个位子是很实惠的,要胜过你们现在的书记、乡长。在人的一生中,这样的机会是很难得的。现成的好东西你不要,偏要那个是非村,真是太不可思议了。"

"思允,是利是弊,我比你清楚,你知道一个人在社会中的轻重取决于什么吗?"

"我不知道,我也不想知道,我就知道你现在有点迂腐。"

二人正说时,功明把饭菜端了过来。春霞从柜中拿出一瓶白酒,三人边吃边喝,倒也其乐融融。

吃过饭,趁着春霞走出门外时,思允问功明:"我来这里,你高兴吗?"

功明笑了笑,道:"你小小年岁,挺幽默的。"

"不! 功明哥,我是认真的,也许你不知我的过去。在你们未婚之前,我曾向丁老师求过婚,可丁老师当即就拒绝了我,说你们在校时就已订了婚约。听到这个消息,对我打击特别大,痛苦了好长一段时间。但现实终归现实,现在我已有了女朋友。这次,我的工作,就是她帮忙操办的。另外她还为丁老师找了一份很好的工作,可丁老师拒绝了。"

功明问:"什么工作她拒绝了?"

"让她到县人事局当人事股长。"

功明惊问道:"是真的吗?"

"千真万确,今天我来,就是专门告诉她这一消息的,可惜她不愿去,非要在那个贾寨村。"

功名听后道:"简直是糊涂了,我给她说去!"

"你不用说了,我已经跟她说得很多了,她的个性你是知道的。"

功明还是不甘心,把春霞喊过来,同着思允又说起了此事。春霞仍是那个态度,坚持要留在贾寨村。

功明气坏了,说:"你这个人,是不是傻了,能到县人事局工作,是多大的好事啊!要换是别人,早报到去了。看看你们乡干部,现在干的是啥工作,天天黑里来黑里去,像打仗似的。再说,你在贾寨村招的是非麻烦还嫌少吗?为了救俩村民,差点把自己搭进去,难道这些你都忘了吗?"

春霞摇了摇头,道:"不用再劝我了,我干的工作,今后你们会理解的。"

"你要不去,就别往银行来了,吃住都在那个贾寨村吧!"功明生气地说。

思允见状,担心为着这件事让二人闹僵,自己也不好看,因此急忙劝住了功明,转移了话题。待功明上班后,思允就直接回去了。在春霞送他去汽车站时,大老远就看到几人慌慌张张地拉着一个架子车,从大街的西头直奔东头而来。碰到春霞时,众人"咯噔"一下停住了架子车,一个小伙子往地上一趴,向春霞磕起了响头,边磕边说:"丁干事,您得为俺做主啊。"

春霞见状,顾不得再送思允,急忙把那人搀扶起来,那人哭诉道:"我爹被王花奎用刀刺伤了。"

　　春霞往车里一看,车上躺着一位五十来岁的男人,下身衣服沾染了鲜血,脸色蜡黄,已处昏迷状态。她来不及详问,急忙催促道:"救人当紧,快把伤者送往医院! 我会尽力处理好这一问题的。"

八、聚焦疑点

几人走后,春霞赶到贾寨村,找张子军问了打架的事。子军根本就不知道。二人又找群众查问,原来是姓王的男人与丁家女人发生奸情而引发的一场殴斗。

姓王的名叫王花奎,已近五十岁的人了。此人一年四季很少在家,多数时间是在外说书唱大鼓。据村里人说,这个人很好色,并且有诀窍,他常以说书为名,与女人逗玩,伺机再行不轨之事。对于和他年龄差不多的女人,总是爱和人家动手动脚的,外人都以为他是和人家闹着玩的,其实凡与他接触过的女人心里都有数,特别是当女人的丈夫不在家时,他到人家家里说着笑着,就把人家的女人搂到怀里了。

此人因不参加体力劳动,虽然年近五十,看上去却像三十多岁的人,加之他格外讲究衣着,所以也招惹了几个女人。

这天,他从外边唱大鼓回来,见天河的娘正在人群中呱呱说笑,王花奎便笑咧咧地和她搭讪上了。天河的娘原本只是和他说说笑笑,偶尔动手与他打闹而已,心里倒无邪意。这回,他们二人同着那么多人说到热潮时,便动起了手脚,王花奎上去抱住了天河的娘,下身使劲往她身上贴去。因为夏季衣服单薄,天河的娘顿时有了感觉,脸耷拉了下来,失去了笑意,把王花奎推到一边,说:"你这个人怎能这样,说是说,笑是笑,你怎么裤裆里硬了起来。"

此话一出,当即就引起了在场人的哄然大笑,大家还以为她是说着玩的。其实王花奎是故意试探她,见她如此就作罢离开了。

回家的路上,王花奎碰上了丁长发的老婆金凤。金凤与王花奎是打闹过的,王花奎跟她开了几句玩笑,跟着她进了丁家。二人进了屋便动手动脚,乱了起来。乱着乱着,王花奎淫心大起,把金凤按倒在床上,将要办那好事时,院中响起了脚步声,二人没来得及起身,来人就进了屋。

这人不是别人,正是金凤的男人丁长发。他是个老实巴交的庄稼汉,看到二人滚在床上,恼得两眼喷火,二话没说,掂起一根棍子照王花奎身上打去。王花奎一闪,长发扑了个空,王花奎趁机跑了出去。丁长发恼羞成怒,又继续追赶。这时王花奎已到了自己家中,见丁长发跟来,就站在那里,狞笑道:"我看你是找死,刚才在你家,没和你动手,算是便宜了你,不知好歹的东西!现在竟敢跑到我家来了。"

说罢二人又打了起来,打了一会儿,王花奎见占不了上风,便从身上拔出刀子,向丁长发的小肚上扎了一刀。长发当场就倒在了地上。

春霞了解到这一情况后,向派出所报了案。因事实清楚,王花奎也没抵赖,愿意赔偿医药费,并向丁长发赔礼道歉。派出所见其态度诚恳,拘留几天就把他放了出来。

可这件事在丁春霞心里并没有了结。因这件事,她又考虑了许多。她想,一个说书唱大鼓的艺人,身上怎么能带着刀呢?一般而言,彼此都是邻居,怎能动刀呢?她又想到贾运发的爱人也是被人用刀扎伤了小腹,难道这两件事之间有关联?但群众反映,王花奎一年四季很少在家,这两件事不可能连在一起。她想,贾运发两口子出事的那天夜里,王花奎是否从外边回来了?王花奎到底是做什么的,是不是真的在外边唱大鼓?一连串的问题在春霞脑中翻来覆去。她决定,必须彻底查清王花奎的身份、行踪。只有这样,才能消除心中的疑虑。

第二天,她骑着自行车,有意路过王花奎的家。他家倒是比邻居的房屋强点,总共四间堂屋,配有两间西屋,南面是大门东面是围墙。他家里有老婆和儿女,儿子正在上学,女儿已经参加工作。了解到这些情况后,她又特意找到乡卫生院的外科大夫,详问了贾运发的爱人刘春莲和丁长发二人刀伤的情况,可外科大夫早把刘春莲的伤情给忘了。断掉这一重要线索之后,她又一连几次在王花奎家的附近观察,但始终没有发现可疑之处。无奈,只好来到与王花奎同村的赵德祥家,她和赵德祥曾是同事。丁春霞暗暗叮嘱赵德祥,一定要注意王花奎的一举一动,并及时告诉她。赵德祥问起原因,她神秘地笑了笑,说:"到时候你就知道了。"

接着,丁春霞又领着一个小伙子来到王家住的那条街。她让小伙子躲在一边,自己去了王花奎家。走到门前时,她故意把王花奎喊出来,随便问了几句话后,看王进了门,她来到那小伙子跟前问:"你看清楚刚才的那个人了吗?他就是王花奎,一定要把他的样子印在脑子里,日后大有用场。"

小伙子点点头,二人回了乡政府。丁春霞正坐在办公室想心事,赵德祥突然来了,告诉她:"王花奎明天一早要外出。"

春霞问:"消息准确吗?"

"绝对准确,我专门到他家打探的。"

"好！这件事你知道就行啦,千万不要泄露给他人!"

赵德祥走后,春霞直接去见宋书记,把自己的想法谈了谈。然后,她又把那个小伙子叫到办公室,安排道:"王花奎明天一早就走,你可提前在王庄桥车站等他。记住,他走到哪儿,你就跟到哪儿,目的是要搞清楚他在外面到底是做什么的,一路要注意安全!"随后,拿出三百元钱递给了小伙子,小伙子毫不客气地接过钱,"啪"的一个立正,道:"保证完成任务!"

春霞笑了笑,目送他走出了办公室。

这个小伙子是丁春霞的学生鲁根,在校期间曾跟春霞学过武术,毕业后到武警部队当兵,现复员回来正等着安排工作,他爸妈都在乡政府工作。

次日,鲁根按照春霞的安排,一大早便赶到王庄桥车站。这时,等着乘车的人站了一片,他看王花奎还没来到,就靠一边坐了下来。

几分钟后,在正南方向走来一人,右手提着黑色皮包,大步向车站走来。此人上穿蓝色中山装,下穿黑色裤子,脚穿锃亮的皮鞋,头发梳得溜光油亮,俨然大学教授的气派。鲁根一眼就认出来人正是王花奎,但故意装作不在意的样子,仍旧坐在那水泥台上向周围瞅着。

一会儿,西边响起了客车的鸣笛声,一辆白、红相间的客车驶了过来。当多数乘客都挤进车里时,王花奎依然站在那里一动不动。不大一会儿,又从东边来了一辆客车,车还没到站,王花奎就做好了上车的准备。等他上车后,鲁根才不远不近地尾随上了车。

客车在乡间道路上行驶着,经过了一个又一个村庄,王花奎一直没有下车。鲁根心里盘算着,他肯定是往周县去。一个多小时后,客车到了终点站周县,乘客们你挤我拥地争着下车。大家下车后,鲁根紧紧跟着王花奎,从刚修的南北大道,直往正北方向走去。不久,王花奎拐入一条小巷,又走了二十多米,进了一个不太起眼的院子里。

鲁根跟到院子门口,不好再跟下去了,就围着院子看了看,见四周没有出路,便在一个杂货摊旁坐了下来,他有意地和摊主攀谈:"大姐,这街上的房子都是解放前的老房子了吧?"

那人"嗯"了一声,道:"小伙子,你是从哪里来的,有啥事?"

"我想办点药材,一起来的朋友刚去了这条小巷,我在这里等会儿。大姐,这小巷里面住的都是一些老户吧?"

"是的,大部分都是姓周的。"

鲁根用手指了指王花奎去的那家,问道:"大姐,您认识那家人吗?"

摊主顺着鲁根指的方向看了看,道:"不认识!小同志,你有所不知,这城里人不像乡下人,邻居街坊都相互了解认识,城里人呀,有时做邻居好几年,都可能没说过一句话。"

鲁根点了点头,见从此人身上得不到什么消息,也就不说什么了。过了很久,王花奎还是没有出来,鲁根想他会不会跑了,正焦急时,鲁根发现王花奎和三四个人走了出来。顿时,鲁根心里好奇起来,王花奎不是一个人在外说书唱大鼓吗,怎么同这么多人在一起呢?又想了想,觉得这也不足为奇,也许是他在外结交的朋友。这几个人走到近前时,鲁根看了一眼,其中一大个子,光头,蓄有胡子,身高一米八左右,年龄四十多岁。其余两人中等身材,一个二十多岁,一个五十多岁。这些人看不出是什么身份,感觉怪怪的。他们走后,鲁根停留片刻,从后面跟了上去。走着走着,几个人向左一拐,进了一家饭店。鲁根犹豫了一会儿,便跟了进去,发现他们在东北角坐着。于是随便找一个位子坐了下来,要了一瓶白酒,一盘牛肉,一笼包子。独自一人,边吃边喝,甚是有趣。就在这时,与王花奎一块的一个后生走了过来,十分霸道地说:"哎,你小子挪挪,我们要坐这个位子!"

鲁根知道对方是有意找碴儿,不由得想发火。但转念一想自己的任务,便又忍了下来。刚想端起盘子挪地方时,那人又不让他走了,要和鲁根共饮。跟王花奎同来的那位五十多岁的人,上前斥训了那个后生。后生不服,说:"咋了大哥? 我就想和他喝几杯,难道错了吗?"

"你又不认识人家,喝个球?"

"他一人要了一瓶酒,肯定是一个喝家,我就想和他喝几杯,领教领教。"

"胡说什么呢,赶紧走!"

他们二人你一言、我一语地争执着,鲁根像没事似的,依然悠闲自得地喝着、吃着。这下子可惹恼了那个后生,认为鲁根目中无人,瞧不起他,于是抓起鲁根的酒瓶,"叭"的一声,重重摔在了地上,大声喝道:"你小子哪里来的,敢在这里逞能!"

尽管如此,鲁根还是没有什么反应,到柜台上又要了一瓶白酒,还是那样悠闲地喝了起来。那后生见鲁根对自己如此轻慢,更为恼火,因此又把鲁根要的一笼包子扔了出去。这时,店老板及客人实在看不下去了,老板和颜悦色地上前劝说,这后生根本就不理睬,非要与鲁根同桌吃喝,其中有位客人在旁说道:"太欺负人了!"

后生听了这话,二话没说,到跟前打了那人一个耳光,边打边说:"我叫你多嘴管闲事!"

鲁根再也沉不住气了,喝道:"你不就是个家门狗吗?在这小小饭店里充什么大尾巴狼!"

"呵呵,我还以为你是哑巴呢!原来你会说话啊!"说着,就把拳头打了过来。

鲁根伸手顺势抓住后生的手腕,照脸左右开弓,"啪啪"打了两个耳光,顿时后生鼻口流血,两眼直冒金花。鲁根又飞起一脚,把那后生踢倒在地。吃饭的客人见此情景,连声叫好。

这还了得,大个光头纵身到了鲁根跟前,出手就想打时,被那个五十多岁的人拦住了,不但没让他打,反而满脸赔笑地对鲁根说:"小兄弟,多有得罪,别与他一般见识。"

说罢,他向老板喊道:"拿酒来,重新上菜,我与小兄弟共饮几杯。"那后生从地上爬起来,狠狠地瞪了鲁根一眼。

鲁根道:"不服吗?不服就再来。"

那后生确实不服,又到鲁根面前。鲁根说:"这样吧,你要不服,我把手臂放到桌上,如你能搬动一下,我就拜你为师。"

后生道:"行!"

鲁根把手臂往桌上一放,后生用尽了吃奶的劲,最终还是没搬动。后生再不猖狂了,口服心服地向鲁根喊起了大哥。

真是不打不成交!经过刚才一阵子闹腾,几人却成了朋友。那个五十多岁的人向鲁根介绍道:"我叫周洪彦,大个子叫丁成亮,这个年轻的小兄弟是周连聚。"然后又指着王花奎说:"他叫王存三。敢问小弟尊姓大名?"

鲁根迟疑了一下,脸上现出为难的样子。

"小兄弟,咱们从今以后就是好兄弟了,有什么问题但说无妨,这些兄弟都是讲义气的。"

鲁根不好推辞了,于是道:"我嘛,还是不说为好,说了怕你们为我担心。"

"哎,小兄弟这是哪里话,都是兄弟朋友,那就应该不分彼此,有福同享,有难共当。说吧,没问题。"

"我是个逃犯。"

几人"啊"了一声,问道:"什么逃犯,犯哪门子法了?"

鲁根说:"说来话长,我初中毕业后就弃文学武,拜师学艺十多年,确实练了一身功夫,从此便自恃无恐,前几天在红城县大街上碰到几个地痞欺负一个乡下人,我就管起了闲事,狠狠教训了那几个地痞,谁知这几个孩子不经打,当场就晕倒一个,他们报了警,把我抓了起来,送进了拘留所。审讯期间,趁警察不注意,我便逃了出来。"

几人点了点头,周洪彦问:"那你准备逃到哪里去?"

"我也不知道,反正只要不被他们抓住,跑到哪儿都行。"

"那你到底叫啥名字?"

"我叫鲁传俭,红城县城郊乡人。"

丁成亮听了,拍着鲁根的肩膀,说:"兄弟,这个不怕,只要没有人命,在外躲几天就过去了,家里如有什么困难,告诉我们就行啦。"

"没什么困难,现在我最担心的,不知当时那个晕倒的人是死是活……"

周洪彦说:"这个你不用担心,如果那人真死了,公安人员肯定对你是严加看守,不可能让你逃出来。"

饭后,周洪彦领着几人到了一家旅馆,没多言语,几人倒头躺在床上,一会儿便鼾声如雷。

鲁根怎么也睡不着,心想这些人到底是做什么的,花钱如流水,看来还挺讲义气。又一想,临来时,丁老师要自己三天之内必须返回,今天算是过去一天了,到第三天时,该如何脱身呢?这时,周洪彦从床上起来了。鲁根故作熟睡的样子,眯着眼向他偷看了一眼。只见周洪彦把丁成亮、周连聚叫醒,而后又安排花奎:"你们两个在此等候,天亮前如果我们不回来,就是上午八点回来。八点再不回来,你就领着传俭直接往老地方去就行啦。"

说罢,三人熟练地从窗口钻了出去,屋里只剩下王花奎、鲁根二人。鲁根问王花奎他们深更半夜做什么去。

王花奎揉着眼睛说:"不用管这些事,他们经常这样。"

"老王哥,您是怎么结识他们的?"

王花奎"咳"了一声,道:"别提了,说起来很惭愧,我开始与他们素不相识,后来实在无奈,上了这个贼船。"

"怎么无奈?"

"我本来是一个在乡下说书唱大鼓的,从未进城说过书,有一次来到周县郊区的周庄,那里人喜欢听我唱,我就一直待了七天。那里的人还是不让我走,时间一长就结交了一个叫金贵的朋友,他说自己在县城有几个好朋友,非让我到县城玩玩去。当时出于无聊,就跟他一起去了县城,见了他的一个朋友,就是周洪彦。在周洪彦家里喝酒时,金贵向他介绍了我的情况,周洪彦听说我经常在外说书唱大鼓,就待我格外热情客气,一个劲儿地留我住下。盛情难却,我就住了下来,谁知刚住几天就出事啦。"

说到这里,王花奎便打住不说了。

鲁根问:"出什么事了?"

王花奎还是不肯说。

"老王哥,咱俩是老乡,又是好友,有什么不好说的,你只管说,我绝不外传。"

王花奎犹豫一会,道:"传俭,说了你也别见笑,更不能对家里人说。"

"放心吧,老王哥,我绝不外传。"

"在周洪彦家里住几天后,可能他发现了我的短处,就设了一个圈套。"

"什么圈套?"

"唉! 我承认自己有一个毛病。虽然自己知道,但就是改不掉,那就是特别喜欢女人。这一点,被周洪彦利用了。有一天,他告诉我,自己要出去办事,可能晚上才能回来。"

他走后,他的老婆到我房间,搔首弄姿,百般挑逗,尽说一些火辣辣的骚话勾引我。本来,我就有爱女人的毛病,当时又是孤男寡女的,哪能不动心呢? 所以三说两说,收不住了,干脆就搂到了一起。正当我们脱衣上床时,周洪彦从外边钻了进来,见我们两个如此,他也没有发怒,只是两眼死死地盯着我。当时,我尴尬得想找条地缝钻进去,不知如何是好。于是双膝下跪,向他求饶。他瞪我一眼,说:"王存三,你是想死还是想活?"说着,亮出了匕首。我连忙求饶,他冷笑几声,说想活容易,但必须答应一个条件。我问什么条件,他说跟他一起做生意。这个条件太容易了,我当即就答应了下来。后来才知道,他所说的做生意就是偷盗。就这样,与他结交了,走上了一条不归路。

"那你跟他们偷过东西没有?"

"偷倒是很少,不过也跟他们跑了几趟,学了几招,后来他们嫌我碍事,就分给我一个任务,专给他们提供偷盗的线索信息。"

鲁根不解地问:"你只是个说书唱大鼓的,能提供什么信息呢?"

"这个你就不懂了,鼻子底下是嘴,不会问吗? 比如在说书没事时,跟人家唠唠家常,问问当地风土人情,亲友邻居结婚还是未婚,从说话中慢慢就套出了线索。"

"我还是不明白,即使摸清了人家的家底,又怎么能知道人家的财物放在哪里?"

"这个我就不管了,他们自有办法,你没看他们随身都带着家伙吗?"

王花奎的一句话,点醒了鲁根。鲁根接着又问:"你跟他们做这个生意,比说书唱大鼓挣的钱多吧?"

"肯定比说书挣钱多,但风险比较大,说不定哪天一出事就全完了。不过对我来讲,只要当场拿不住,就休想再抓到我。"

"那是为什么?"

"因为我有一个谁也不知道的藏身处。"

鲁根问:"在哪儿?"

"现在你没必要知道,今后时间长了,自然会知道的。"

聊着聊着,已经凌晨五点多了,还没见他们三人回来,王花奎说:"看来他们今晚是不回来了。"

"莫非出事啦?"

"说不定,一般遇到这种情况,要么是不顺手,要么是货到手以后被人追赶,也许有意外。"

"他们要是出事了,咱们该怎么办?"

"怕啥? 只要有周洪彦跟着,保证万无一失,他足智多谋,一般没有把握的事,他们是不会出手的。"

鲁根说:"这个也不保险。常在河边走,哪有不湿鞋的!我看咱们还是提前做个准备为好,免得发生意外。"

"做什么准备,咱们只管睡就是了。"

随后无语,二人又睡了起来。睡梦中,鲁根被服务员的敲门声惊醒了,这时早已超过周洪彦与他们约定的时间。二人穿衣起床,洗刷完毕,到了中午吃饭的时间。王花奎领着鲁根走出旅馆,往南走了一百多米,往西一拐进入一条小巷,顺着小巷又走了一会儿,左侧有一个门楼。王花奎对着门楼往里看了看。里面空荡荡的。而后又往四周看了看,才把门打开。鲁根跟了进去,院子东南角长有一棵巨大的老槐树,正南是三间老式房屋,房门向北。院里静悄悄的,给人一种阴森之感。进了屋里,屋里水泥铺地,收拾得十分雅致。靠墙放着床铺。王花奎靠在墙的一边,不知动了哪个机关,地上顿时现出一个洞,里面亮堂堂的。二人进了洞里,很是宽敞,洞的西北角上方有一通口,鲁根像是做梦一样,心里琢磨着,这到底是什么地方,不由自主地问王花奎这是什么地方。

"这是一个地下室,停会儿,他们都会来这里的。"

王花奎的话音刚落,东边墙壁上渐渐裂开了一条缝。

"谁?"王花奎吃惊地喊了一声。

"没想到吧?"随着声音,走出两名全副武装的民警,他们手里各持一把手枪,厉声问道,"你们两个,谁是王存三,谁是鲁传俭?"

鲁根很是纳闷,心想这是哪里来的公安人员?又怎么会知道我们的名字呢?莫非他们几人作案被公安人员擒获招了口供?鲁根心里暗自盘算着,两眼紧紧盯着他们的一举一动。大个子公安似乎看出了鲁根的心思,说:"你们还不知道吧,昨晚,有三个盗贼在县百货大楼偷盗财物时，被我公安人员当场抓获，通过审讯，他们供认你们是同伙，还说了你们的窝藏地点，不然我们怎么会找到这个鬼地方。现在清楚了吧，说吧，谁是鲁传俭？"

王花奎与鲁根没有吭声。这时，高个子公安走到鲁根面前，威胁说："你小小年纪，怎能干起这种勾当，赶快从实招来，争取宽大处理，否则把你送到黑屋里。"

然后又指着王花奎，说："先把他押一边去，咱们一个一个审，小心串供，不怕他们不说。"

把王花奎押走后，两位公安人员站到鲁根身边，高个子对鲁根说："年轻人，你记住，我们以礼待你，别敬酒不吃吃罚酒！要是惹你爷爷生气了，到时让你吃不了兜着走！"

鲁根原以为他们真的是公安人员，可听到他们这句粗话，断定其中有诈，公安人员无论如何，在审讯时也说不出带有流氓习气的话。于是他将计就计，强硬地说："我就是鲁传俭，你们能把我怎样！"

"那好，鲁传俭，我问你，你们同伙有多少人？要从实招来，否则小心你的脑袋。"说着，他伸手抓住了鲁根的前襟，用枪顶住他的脑袋，"再不说，我就一枪毙了你！"

"出来混的，老子从来不怕死，什么同伙，我不知道，你们有本事把老子毙了。"

高个子十分恼火，道："哎呀，还是个犟种！那好，把铐子拿来，先铐上再说！"说着，真给鲁根戴上了手铐。矮个子说："说吧，再不说，就把你送到看守所去。"

"你随便，老子没什么可说的。"鲁根的语气铿锵有力。

高个子见鲁根如此顽固，挥了挥手，道："走，把他送看守所去,先关押起来,让他吃点苦头,不信他不说。"

二人推搡着鲁根走出了地下室,来到上面的房间。鲁根抬头看时,却发现周洪彦、王花奎在那儿端坐着。他们见鲁根上来,一阵哈哈大笑。

周洪彦上前拍了拍鲁根的肩膀,说:"好样的兄弟,有种,够朋友!你这个朋友我们算是交定了"。说罢,又冲着那两个"公安人员"道:"还愣着干什么,快把那手铐打开呀!"

两人把衣服面具都脱了下来。鲁根定睛一看,竟是丁成亮、周连聚二人。这时鲁根头一拧,手一甩,故作生气,道:"你们搞的哪一套,这不是戏弄人吗?"说罢,转身要走。

周洪彦急忙赔着笑脸拦住他,道:

"传俭,不打不相交!开个玩笑,何必当真呢!你想想,咱们每天都是在刀尖上过日子,小心点不是正常嘛!咱们萍水相逢,招你入伙,不慎重点行吗?现在好啦,我正式宣布,你顺利通过了考验,可以正式入伙了,今后我们就是生死兄弟了。"

说罢,手一摆,说:"来,弟兄们过来!再给传俭介绍一下,这位不是丁成亮,他叫周广强。这位不是周连聚,他叫周广生。我也不叫周洪彦,真名叫周广法。我们三个是同宗同族的兄弟。这位不叫王存三,他叫王花奎。"

周广法一一介绍完后,鲁根心想真是贼有贼道,没想到他们还有如此心计,随后又和他们一一握了手,说:"我鲁传俭年轻,不懂道上规矩,今后还望各位老大多多指教,一起干好咱们的生意。"

鲁根说后,几人鼓起了掌,周广法高兴地说:"走,咱们到馆子里好好庆贺一下传俭的到来。"几人狂饮狂欢后,又回到地下室。休息时,鲁根翻来覆去睡不着,便走到周广法的床前,晃醒了他。

"你怎么还没睡?"周广法问。

"睡不着!"

"怎么回事,是不是想家了?"

"家倒是不想,就是出来后,一直未见家里人,他们肯定正为我担心害怕,说不定公安人员正找家里人的麻烦,所以睡不着。"

"这样吧,兄弟,你先回去一趟,把家里事情安排好以后再来。"

"多谢大哥关心。"

…………

次日一早,周广法给了鲁根一千元钱,让他作为路上的费用。鲁根推辞不过,便拿着钱走了。

九、一地鸡毛

　　丁春霞安排鲁根跟踪王花奎,又想起宋书记转给她的一封信,说张子军入党问题违背了组织原则,应取消他的预备党员资格。针对这个问题,她到组织委员王永昌的办公室去商议。

　　王永昌说:"既然有人反映这个问题,春霞你还是到村里调查调查,看看党员怎样说。"

　　春霞道:"这个问题,以我之见,还是组织上派专人调查为好,现在贾寨村党员干部对此都比较敏感,如果我一人直接调查这个事,恐怕不妥。"

　　王永昌明白了春霞的意思,便亲自带人到贾寨村走访了党员,结果全村二十六名党员中,二十名党员都说没开支部大会研究过张子军入党的事。

　　春霞问王委员:"除调查走访外,你们看了当时的会议记录吗?"

　　王委员说:"记录倒是看了,可多数党员都说会议记录中的名字不是本人所签,是无效的。在这种情况下,如果按当时召开支部大会的意见去处理,现在张子军的党员预备期时间已到,支部就应该召开党员转正大会。这样势必要引起一场风波。如果不按原来的意见执行,那么就等于承认当时确实没召开支部大会,这样就失去了组织的严肃性。"

春霞道:"照这么说,现在多数党员是不同意张子军入党了,那么在这种情况下,即使原来开了支部大会,通过了子军预备党员的决议,现在再开党员转正大会,也是通不过他的转正了?"

王委员道:"应该是这样的。"说完他又问春霞:"面对这个现实,以你之见,下一步该如何处理这个问题?"

春霞道:"那好办,坚持原则,实事求是,以原始会议记录为准,只要预备期的时间到了,就如期召开支部大会,至于能不能通过,则另当别论。"

二人商定以后,王委员说:"春霞,会议时间你定,如需我参加,你再通知我。"

组织调查张子军的预备党员问题,贾兴水心里像长草似的坐立不安。这个事对他来讲太重要了,此事成败直接关系他下一步的前途大计,因此他一直在关注着组织调查的结果。据他所知,二十六名党员中有二十名都说当时没召开支部大会。按照这个情况,取消张子军的预备党员应该不成问题,但不知组织上是如何考虑的。他想到乡里了解一下情况,又一想,自己直接去不大合适。必须找一个会办事的党员前去为妥,于是便想到前几天往上级送交告发信的刘克良、郭振刚二人,便安排二人去乡党委见王委员。

王委员答复说:"这是组织上的事,不是个人之间的事,到底有问题还是没问题,组织到最后都要反馈给你们村支部,需要你们知道的,自然会通知你们。"

二人把王委员的原话传给兴水,兴水心里更是不安,他想如果组织上承认了张子军的预备党员,那么,说不定最近两天,乡里就会来人召开支部大会进行表决。如果这一关把不住,一旦张子军转为正式党员,自己就彻底没戏了。不行!无论如何也不能让他得逞。可怎样才能阻止住呢?他苦思冥想多时,最终脑子里出现三个人:刘加训及他的侄子刘克广,还有党员郭振刚。

为什么想到这三个人呢?

一是刘加训是村里抓组织工作的副书记;二是刘克广是贾兴水的干亲家;三是贾兴水曾有恩于郭振刚,况且郭振刚在党员中关系户颇多,可以影响一部分党员。有了这个思路后,他先去了刘克广家。克广听后,便按兴水的授意,到了叔叔刘加训家,开口就问:"叔叔,从你内心说,张子军这个人咋样?"

刘加训不解道:"你问这个干啥?"

克广重复一遍:"我问你这个人咋样?"

"可以,还是比较正派的。"

"你认为人家可以,可人家认为你如何,你知道吗?"

加训一听,更加不解,道:"我说你小子今天怎么啦,尽说一些混话,有什么事就直说吧,别那么神神乎乎的,你在外边听到了啥,还是看到了啥?"

"哼,我一个普通群众,能听到啥!"

"既然没听到啥,你刚才的话是啥意思?"

刘克广也不拐弯抹角了,说:"张子军说了,只要让他当书记,第一个就得把你换掉,然后再调整其他人。"

"这话你听谁说的,根本不可能的事!我与张子军虽不十分要好,但相处多年,关系还是说得过去的。"

"大叔,人心隔肚皮啊!你侄子啥时候给你说过瞎话?"

加训摇了摇头,一副不相信的样子。克广便从衣袋里掏出一份材料递给了加训。加训接过一看,标题写着《关于贾寨村副书记刘加训滥用职权的问题反映》。

看完标题,加训大吃一惊,赶紧往下认真地看了起来,中间的部分,他并不以为然,可最后一段着实让他恼火:"此人善搞两面三刀,只要他在贾寨村班子里,贾寨村就永无安宁之日,望乡党委为民做主,尽快清除这个败类。"后面落款是张子军所在村二组的群众,并且还是平日与张子军关系密切的群众。

等加训看完,克广说:"现在你相信了吧,上面白纸黑字写得很清楚。张子军这个人忘恩负义,当初要不是你关照他进了班子,哪有他的今天!"

加训道:"可这落款也不是张子军的名字啊!"

"哎呀! 我说叔叔你怎么这般糊涂呢? 有一点脑子,他也不会签上自己的名字。"

刘克广虽然这么鼓动着,但刘加训毕竟是上了岁数的人,一般遇事还是能沉住气的,此时他一声没吭,直至克广把话说完,才问道:"那这份材料,你是从哪里得到的?"

"是贾兴水正看时,我发现的,当时我就要拿回来让你看,他无论如何也不让我拿,是我自己硬拿回来的。"

"兴水又是怎么弄到这份材料的?"

"大叔,你怎么还糊涂呢,贾兴水神通广大,路子多,他要拿到这份材料算个啥,谁不知道他在县乡都有人,乡里干部哪一个不给他面子?"

刘加训听侄子这么说,觉得倒也是个理,兴水在县乡确实有一定的人脉关系。想到这里,便动摇了,自言自语道:"张子军啊张子军! 我刘加训一向看你是个老实人,没想到你竟是个白眼狼,在背后对我捅刀子,凭这德行还想当书记,你休想!"

看着刘加训愤怒的眼神,刘克广知道叔叔已相信了此事,便告辞去见兴水了。兴水为验证加训到底信没信这件事,晚上故意请贾兴道、刘加训到自家喝闲酒。席间说到张子军时,刘加训虽然没有言语,但表情明显露出了不满。兴水一看,心中有了数。

第二天,兴水找到郭振刚,说:"张子军的党员预备期已到,这两天很可能要召开支部大会,讨论他转正的问题,你听说这消息没有?"

"什么转正,他的预备党员不是被取消了吗?"

"谁取消的,哪个领导宣布的?"

"前几天,王委员来调查时不就取消了吗?"

"调查归调查,怎能是取消呢? 要想取消他的预备党员,我们要做好两手准备:一是看调查结论,如果宣布取消了他的预备党员,我们啥都不再说了,如果宣布他还是预备党员,我们就绝对不能放过,乡里无论谁来都要讨个说法,直至宣布他的预备党员作废为止;二是退一步讲,要是乡里来人坚持召开支部大会讨论他的转正问题,那么我们就要提前做好工作,一旦会上举手表决或无记名投票,要想办法让他得票不超过半数,现在就要动手做好这方面的工作,安排有关党员,无论如何不能让他过去这一关。"

郭振刚爽快地说:"行,我这就去安排,免得到时措手不及。"

郭振刚为什么对兴水唯命是从呢? 那年,因为砍伐集体树木的事,张子军要罚郭振刚,最后是兴水帮他解了围。自此郭振刚对张子军便怀恨在心。所以,在张子军入党的问题上,即使兴水不撺掇,他也不会同意子军入党。他清楚,兴水找他的目的不单纯是让他反对张子军,而且还要在背后煽动其他党员都反对张子军转正。

兴水把一切安排妥当后,在心里对每个细节又过滤了一遍,直到找不出任何纰漏时,才舒了一口气。

支部大会开始了。二十六名党员全部到会,刘加训主持会议,首先介绍了会议议程,说主要是表决张子军预备党员到期转为正式党员的问题。

刘加训的话音刚落,郭振刚突然站了起来,大声说:"加训,你搞错了吧,张子军连个预备党员都不是,怎么能谈转正呢? 这不是糊弄我们这些党员吗,大家说是不是?"

十来个党员便随声附和起来,会场上顿时一片骚动。

郭振刚又说:"刘加训,张子军给了你多少好处,你给他恁卖力!"

"振刚,今天可是支部大会,你最好不要胡言乱语。咱当面锣对锣,鼓对鼓,你说张子军给了我好处,有证据吗?"

"刘加训,就你这个记性,还当村里的副书记! 刚才是我先问的你,不是你先问的我。你说张子军给了你多少好处?"

刘加训不知是被气蒙了,还是因为看了那份告状材料对张子军不满而故作姿态,一时竟成了哑巴,愣在了那里。在场的一些人,幸灾乐祸,便对他嘲笑起来。

丁春霞见状,沉稳地说道:"谁说张子军不是预备党员,有证据吗?"

"我们这些党员就是证据,张子军根本就不是预备党员,谁说他是预备党员,谁就是成心与我们贾寨村的党员作对。"一个五十多岁的党员说。

春霞笑了笑,说:"你也是党员吗,叫什么名字?"

郭振刚在一旁插话道:"丁春霞,人家是反映问题的,你问人家名字是啥意思,是不是想以后报复人家?"

春霞冷眼看了看郭振刚,平静地说:"如果我没说错的话,你不就是那位当年深夜偷砍集体桐树的郭振刚吗?"丁春霞的话像一把钢刀,戳破了郭振刚的伤疤,他再也没有了嚣张气焰。

丁春霞乘势而进,道:"你口口声声说张子军不是预备党员,张子军怎么不是预备党员的,你能说清吗?如果你说不清,就是诬陷,新账老账一起算,就是开除你的党籍也不为过。"

郭振刚哪里经过这样的场面,当时就崩溃了,一时之间,脸色由红变青,由青变白,像塌了架的黄瓜秧瘫坐在了凳子上,猛虎变成了绵羊。随之,其他人也都安静了下来。

智者千虑,必有一失。贾兴水千算万算,没有算出来丁春霞气势如此凌厉,也没有算出来郭振刚这么扛不住,苦心策划多日的方案,竟这么不堪一击。他头脑还是清醒的,很快意识到如果任凭丁春霞这样在党员面前继续说下去,势必会转移党员对张子军的看法,一旦形成这样的局面,岂不前功尽弃了吗?想到这里,他急忙打圆场道:"郭振刚同志太不像话了,今天是支部表决大会,同意还是不同意,虽是个人的权利,但不讲组织纪律,不分场合地乱说,是极为错误的,大家一定要按照安排,遵守会议纪律,主动配合开好这次大会。"

说罢,他又对丁干事献殷勤道:"咱们今天开会是为了张子军入党转正的问题,不能因个别人胡言乱语,冲散了会议的主题,这样传出去,在群众中间的影响也不好。我看还是赶紧继续开会吧!"

随后,兴水向党员们看了看,又看了郭振刚一眼,示意不要再纠缠张子军是不是预备党员这个问题了,只要表决时不让张子军的通过票过半就行了。

会议照常进行。刘加训按会议议程,介绍总结了张子军的工作等情况。之后进行投票表决,唱票结果是,二十六名党员中有二十名反对,六名赞成,票数不过半。自然,张子军不能如期转正。

贾兴水如愿以偿,强压着心中喜悦,又主动问丁春霞:"郭振刚作为一名党员,目无纪律,不讲党性,我建议让他在会上做检讨,承认错误。"

郭振刚倒霉,站起来老老实实地做了检讨。

散会后,郭振刚一肚子窝囊气,越想越不是滋味,越想越觉得是被贾兴水利用了,同时觉得对不起张子军。因此,他晚上偷偷跑到张子军家,说:"子军,我对不起你,这次你的预备党员没能转正,多数党员投了反对票,我也投了反对票,这都是贾兴水在背后安排的。大家都上了他的当。"

子军听后,不冷不热,没有说任何话,只是"嗯"了一声。郭振刚自觉无趣,灰溜溜地走了。

支部大会投票表决后,张子军绝望透顶。这样再干下去还有什么意义呢? 想到这些,他浑身像散了架似的,躺在床上蒙头大睡。妻子闫凤凤是个大大咧咧的村妇,不知善解人意,不但不安慰丈夫,而且还故意逗趣:"张子军,几年前我就说过,你家坟上没有入党做官的风水,可你不信,还硬伸着头跟我抬杠说有,结果怎样,看看村里的干部,除了你之外,哪一个不是党员。叫你不要再干了吧,你还一个劲傻干,看你以后还干不干?"

子军本来就一肚子火,听了闫凤凤的风凉话,恨得牙根直痒痒,直想起身狠狠抽她两个耳光,结果还是忍了下来。

闫凤凤见子军没吭声,不但不知趣,反而还认为自己把话说到了点子上,于是又大大咧咧地坐到张子军的床头,用手拍着他的头,嬉皮笑脸地道:"张书记,张书记,起,起,起,通知开会了,人都到齐了,就差你张书记了。"说罢,自己哈哈笑了起来。

子军实在是生气极了,呼地从床上下来,照着闫凤凤的脸上"啪啪啪"几嘴巴,打得她两眼直冒金花。

"好你个张子军,在外面没有种,回家打自己的老婆怪有种!"她哭着喊着,拿起一个鞋筐子就往子军头上砸。子军没还手,以为让她打两下就算了,可她得寸进尺,反而更加肆无忌惮,闹得更凶了。子军伸手又打了她两耳光。这下不打紧,闫凤凤散着长发,嘴角渗出了血,脸上青一块红一块,肿了起来。

子军的母亲听到打闹声,慌忙拄着拐棍来到跟前,举拐棍就向子军打去。由于用力过猛,一下子闪倒在地上,不动弹了,眼也不睁了。子军吓坏了,急忙上前屈身,把母亲揽在怀中,用手轻轻拍着她的胸口,好大一会儿,老太太才微微睁开双眼。

闫凤凤见婆婆没事,破涕为笑,又大大咧咧地说:"看你还打我不?再敢打我,非得叫咱娘用棍敲烂你的头不可!"子军不理她,把母亲安置好后,他倒在床头,又想起了自己的党员转正成了泡影,以后还有何脸面再干村干部呢?深思熟虑后,他决定辞职,并写了辞职申请书交给丁春霞。

十、初露端倪

　　鲁根在路上片刻未停，直接返回凡集乡政府，见了丁春霞，把跟踪王花奎的前后经过详细说了一遍。丁春霞这才明白，原来王花奎是一个以说书为幌子的偷盗嫌疑犯。这更使她联想到贾寨村屡屡出现的被盗案件，是否与王花奎有关呢？

　　按正常推理，应该与王花奎有关，至少王花奎的嫌疑最大。但是据群众反映，每次出现被盗案件，王花奎在外根本就没回来过，显然与他无关。春霞想，会不会是王花奎作案后，唯恐被人发现，不敢回家，又悄悄溜走了？还是另有他人在前，王花奎就是一位幕后操纵者？还是他确实没有偷盗之事？

　　丁春霞在脑中捋过来，捋过去，试图从中捋出确切的答案来，可最终还是一个谜。丁春霞一直有种直觉，认为贾寨村被盗，王花奎的嫌疑最大。都说女人的直觉最准，只不过一时没有证据。

　　丁春霞想，假若王花奎在本村真有行窃之事，那么在本村范围内很可能有其同伙。在人们都不知他们这个秘密的情况下，只要王花奎回来，同伙肯定登门去看望他，自己应放上眼线暗中观察，这样或许能发现蛛丝马迹，找出突破口。

　　她与鲁根商议，鲁根说："这办法切实可行，但关键是怎样才能让王花奎回来呢？"

春霞说："这个可从丁长发身上做文章。"

鲁根不解："谁是丁长发？"

春霞把丁长发与王花奎之间发生的事说了一遍。鲁根仍是不解："即便是这样，他能叫王花奎回来吗？"

春霞压低声音，又解释一阵，鲁根豁然明白了，连声称赞此计甚妙。二人商定后，鲁根又去了周县。

算下来，鲁根离开周县，已经有好几天了，周广法几人早就等急了。因此，周广法刚见到鲁根，就问："传俭，按正常说，你应该是前两天就来到的，是不是中间出什么意外了？"

"中间确实出了意外，要不，花奎哥现在应该进大牢了。"

几人听后，显出极为惊愕的样子，王花奎更为吃惊，急问："传俭弟，此话怎讲？我都糊涂了，到底是怎么回事？"

"花奎哥，你自己的事自己还不知道吗？说不定你家现在还正闹着呢。"

王花奎心里更慌，两眼直勾勾地看着鲁根。

"花奎哥，不用怕，这个事，我已经给你摆平了，也是上天注定我该帮你这个忙吧！那天我从周县回到红城时，天还没黑，为防止意外，我没直接回家，在城郊找个地方躲了起来，直到夜深才回家。到家后，我爸妈都不在，妹妹告诉我爸妈因为我的事连惊带吓病倒了，正在县医院治疗。听到这个情况，我饭没吃，水没喝，就直奔医院去了。"

周广法听得有点不耐烦了，催促说："兄弟，快别说这些无用的了，赶紧说重点，花奎家到底出什么事了？"

"大哥，您不用急，听我慢慢讲。我在医院见到爸妈后，太晚了,又累又饿,在医院走廊上住了一宿。第二天一早,被一阵哭声惊醒了,哭声中一会儿哭爹,一会儿骂王花奎。开始我没在意,后来一听老骂王花奎,就留了心。于是,我悄悄上前,问他们为什么骂王花奎,骂的是哪里的王花奎,那人说是县西凡集乡的王花奎。我知道花奎哥家是周县以东的,并不知道花奎哥在红城县西凡集有家,担心是不是与花奎哥有重名的,所以又问他们骂的这个王花奎是做什么的,那人说是长年在外说书唱大鼓的,这时我才确定他们骂的是花奎哥,因此又进一步问,王花奎既然不在家,为何要骂他呢?那人说,骂他算轻的,要是见到他,非把他活劈了不可。我问多大的仇能至如此,那人说:'你不知道,前段时间王花奎回家来,调戏我娘,被我爹抓住了,二人打了起来,王花奎用匕首把我爹给扎伤了。'听到这里,我问伤情重不重,对方说,本来刀伤已经治好了,后来不知什么原因伤口发炎,感染了,从乡卫生院转到县医院治疗不几天就死了。我看他的家人非常气愤,说非要找王花奎偿命不可,如找不到王花奎,就叫他儿子偿命。"

"后来怎么样了?"

"我听后,手心直冒冷汗,该怎么办呢?俗话说,为朋友两肋插刀,此事不知便罢,知道了岂能袖手旁观?于是就问他们,现在谁主持这事,叫他来,我有话跟他说。一会儿,死者丁长发的弟弟丁长亮,说是当家的,反过来又问我是谁,我说我是王花奎的朋友王传俭,丁长亮就向我打听花奎哥的下落。我说,花奎哥现在病了,正在外地医院治疗,他担心丁长发的身体,特意让我前来看望,万没想到丁长发是这个结果。要知这样,王花奎病得再重,他也得过来看看。不过,我既然千里迢迢来了,也算是代王花奎表达心意了。我安慰他们,事已至此,人死不能复生,你们看这个事该怎么办吧,是公了还是私了?丁长亮张口就说,当然是公了,王花奎杀了我哥哥,必须让他偿命。丁长亮的态度十分强硬,情绪十分激烈,当时围观的人又那么多,我不敢久留,怕公安人员发现,于是拉着丁长亮找个僻静处说话。"

"然后呢?"王花奎焦急地问。

"我说,长亮大哥,长发毕竟已死,你要公了,官司就算是打赢了,王花奎偿命或蹲大牢,你哥还是不能复生呀!这样打官司还有什么意义呢?你们都是一个村的邻居,眼光要看得远点,仇可解不可结。再说,王花奎远在千里之外,还惦念着长发的身体,专门派我来看他,不就是考虑邻里之间的感情吗?所以我看这个官司不要打了,干脆私了算啦!让王花奎包赔长发的一切医药费及安葬费,另外再拿出一笔钱作为赔偿费。好话说了一大堆,丁长亮才有所松口,同意让花奎哥拿出两万元现金了结。我说再少点行吗,他们说少一分都不行。"

周广法说:"两万元,确实不少。"

鲁根说:"不过我想,破财消灾,便答应了他们的要求。因此我这两天,白天不敢露面,夜里找了几个朋友、同学,凑够两万元交给了他们,此事才算了结。后来,我怕上当,担心有重名的,又亲自拐到凡集乡核实,因此延误了两天。"

王花奎听了鲁根的话,千恩万谢,感激涕零。周广法几人更是佩服鲁根为人仗义、够朋友。

王花奎说:"传俭,这两万块钱,我明天就还给你。"

周广法说:"这个自然,明天一定把钱还给传俭。"

王花奎问周广法:"大哥,我想回家一趟,您看怎么样?"

周广法道:"这事啊,你跟传俭商量就行啦。"

到了晚上，周广法悄悄问王花奎："先前怎么没听你说过这件事？"

"大哥，我觉得这个事，也不是什么光彩事，况且当时在家里已经处理好了，谁知后来会有这个结果，真是倒霉。"

"你认为鲁传俭说的话，可靠吗？"

"绝对可靠，他从来不知道我家在凡集乡，更不知道我在家与人发生纠纷的事，他今天所说的，都是实际情况，没有一点虚说。"

周广法见王花奎如此肯定，松了一口气，说："你打算怎么办？"

"先回去一趟，看看家里的情况。"

"你准备一个人回去，还是和传俭一起回去？"

"当然和传俭一起回去了。"

"以我之见，还是你单独回去比较好。"

"为什么？"

"我也说不出来，可对这个年轻人总有一种不踏实的感觉，此人虽然年轻，说话办事却滴水不漏。实话说，他现在的水平已经远远超过咱们的水平，恐怕咱几个摞起来，也玩不过他。"

王花奎道："没有那么复杂吧。"又道："那老大你看该怎么办？"

"我只是在心里这样想，也没确凿的证据。俗话说，用人不疑，疑人不用，事情已到了这个份上，只能走一步看一步吧。总的来说，还是谨慎一点为好。你要真想回去，还是让广强先到你家去一趟探清虚实，完了之后再走也不迟，免得再出现什么意外。"

"大哥，我看不必了。广强和广生虽然到过我家，可都是在夜里，并未与家人正面接触过，直到现在还都互不认识。再说，家里又出现一点小事。"

"啥小事,不就是这次在医院死个人吗?"

"不是这件事,是一笔前几年的债务问题,银行工作人员正在调查之中,如果在这个节骨眼上,广强和广生两个陌生人到我家去,很容易引起他们的怀疑。"

周广法见王花奎对鲁传俭深信不疑,也不便再多说什么,最后说:"啥时候回去,你自己定吧,临走之前告诉我一声就行啦!"

二人说定后便休息了。王花奎在床上无论如何也睡不着,心里一直考虑家中的事情。他想,幸亏传俭帮自己挡了这一劫,不然麻烦就大了。不管怎么说,这一劫总算过去了,无论如何得找机会感谢传俭的大恩大德。

看着窗外皎洁的月光,王花奎毫无睡意,他由传俭想起了家,从想家又想起了女儿爱洁,从想爱洁又想起了传俭。爱洁是自己的掌上明珠,也到了谈婚论嫁的年龄,应该有一个好的归宿。传俭呢,机智勇敢、相貌堂堂,是难得的好青年。要是爱洁能和传俭结成良缘,岂不美哉!想到这里,他兴奋地从床上坐了起来。回头再一想,可惜传俭这小伙子走的不是正道,我这辈子已走错了路,不能让女儿也跟着他再错一辈子啊!况且女儿一旦知道传俭的底细,恐怕也不会答应这门婚事。如果让传俭改邪归正呢?比如,拿出一笔钱给传俭谋个正当的职业,走正道,不就解决问题了吗?不过,当务之急,得向女儿隐瞒传俭的身份才行!对,就这样做!想到这里,王花奎又为自己的智慧而得意,恨不得带着传俭立马飞到女儿那里,撮成这桩婚事。

次日一早,王花奎便告诉传俭原地等候,他出去办点事回来后,就一起回红城。他本想,自己一个人先回红城接女儿,可又一想,反正传俭得与自己一块回去,到时让传俭和女儿在红城见一面不就行了吗?再想,又觉得不妥,哪有父亲做媒人,领着一个男人去找女儿相亲?无论如何也得有个牵线人才成。再者,传俭现在还是逃犯,万一被人发现了,岂不误了大事?想来想去,还是得让女儿来一趟,于是他租了一辆车直奔红城。

王花奎走后,鲁根心里泛起了嘀咕:"他是出去办事,还是瞒着我回了红城呢?若要真的回红城,丁长发的事情不就败露了吗?到那时,麻烦可就大了。不行!得赶快跟上看个究竟。"鲁根出门,正看见王花奎打车,他跟着拦了一辆出租车让人紧随王花奎那辆车。王花奎坐的那辆车直接驶上了通往红城方向的三一一国道。鲁根顿时紧张起来,但事已至此,也不好阻止王花奎。但他清楚地知道,王花奎一旦到了红城凡集乡的家中,一切都会真相大白,搞不好丁老师安排的一切计划就要落空。他又想,王花奎回到家中发现了骗局,也无关要紧,因为丁老师给自己的任务就是想办法让王花奎回来,只要他回来了,自己就算完成了任务。现在关键的问题是在真相大白后,如何控制住他,不让其溜掉。车很快就到了王庄桥车站,奇怪的是王花奎并未停车或下路,而是快速地继续往前行驶,到了红城县西环城路时,则往红城县陶瓷厂方向驶去。车到了陶瓷厂的南大门停了下来,王花奎下车直接进了厂里。

鲁根想不出王花奎葫芦里到底卖的什么药,只好坐在车里等候,静观其变。约半个小时,王花奎领着一位窈窕姑娘从大门里走出来,直接上车返回了原路。鲁根继续跟着,一路很奇怪,以为这年轻姑娘是王花奎的相好。跟到周县城郊的一个村庄后,鲁根才放下心来,赶紧抢先返回了他们在县城的住处。刚进门,正巧碰上周广生,问他到哪里去了,鲁根笑了笑说:"随便转转,打发打发时间。"

再说爱洁,她在车里问王花奎:"爸爸,介绍对象为啥到周县来,这男的是周县人吗?"

"不是周县的,是咱们红城县的。"

"既然是咱们本县的人,为啥到周县来呢?"

"这小伙子在咱们红城县工作,我的一位周县朋友与这小伙子相识,因此在周县给他介绍一位女朋友,结果他没相中那个女孩。当时我见这小伙子不错,与他谈了一会儿,发现他不但相貌出众,而且言谈举止也与众不同,我就断定这人绝非等闲之辈,将来肯定能成大器。这样,我就请周县朋友帮忙撮合你俩。人家本来打算今天就回红城去的,由于等你才没回去。情急之下,嫌乘客车耽误时间,我就直接租了一辆车专程赶了过来。不过闺女,你可得记住,到地方时,别喊我爸爸!"

"我不喊你爸爸,喊你啥?"

"叫我大叔就行啦。"

"这又是为啥?"

"先别管恁多了。听话就行了。"

爱洁点了点头,又问:"他既然准备回红城,咱们为啥不在红城等他呢?"

"你小孩子不懂,他要真的来红城了,谁在中间给你牵线搭桥?你爸爸总不能给你当媒人吧。"

爱洁听后,再没说什么。一路上,她像做梦似的,感觉此事来得太突然了。在她正想时,王花奎突然问道:"闺女,咱家出的事,你知道吗?"

爱洁反问道:"出啥事了?我不知道。"

　　王花奎见女儿不知道,觉得孩子每天在厂里上班,不知道也在情理之中。他本想把传俭所说的情况告诉她,可又不想让她担心害怕,徒增烦恼,因此随便回了一句:"没什么,我只是随便问一问,还是前几年贷款的事儿,也许你妈早都把钱还上了。"

　　随后,二人再没言语。爱洁想,这小伙子肯定是被我爸爸看中了,不然他不会专门租车从大老远来接我,但此人在婚姻上有什么具体要求,家庭状况又怎样,性格爱好又是啥,这些情况,爸爸都没告诉我。管他呢!反正从小到大,我的一切都是爸爸提供的。爸爸看上的人,准没错。王花奎想,爱洁见到鲁根,可别让女儿看出了破绽,把好事整黄了。

　　出租车一路颠簸,到了一个村庄前停了下来。这个村庄,叫周庄,王花奎在这里说书唱大鼓时,结识一个叫金贵的朋友。王花奎先下车到金贵家说明来意,并交代了一番,然后让爱洁在这里等着,自己去接传俭。见了鲁根,王花奎直接说了相亲的事情,鲁根以为王花奎是在开玩笑,也没往心里去。谁知王花奎一本正经地告诉他,女的就在县城北边周庄等着。

　　鲁根听后,严肃地说:"花奎哥,这不是开玩笑吗?婚姻大事岂能这样草率?"

　　王花奎说:"怎能是草率,现在毕竟是让你们见面而已,又不是叫你们结婚,相中了就谈,相不中就不谈,就这么简单!"

　　鲁根太感意外了,心想,这哪儿成,王花奎这帮人都是鸡鸣狗盗之徒,认识的女人能有正经的吗?况且自己到周县来是有任务的,怎么能去谈情说爱呢?于是说:"花奎哥,这可不行啊,咱们干这一行的,要是娶了良家的姑娘,岂不是糟蹋人家吗?"

　　鲁根愈是这么说,王花奎心里愈是对鲁根赞赏,觉得他有责任心、正义感，于是说："这有啥，给你实话说吧，姑娘不是别人，是我的亲侄女，起先我并没有这个想法，可最近几天咱在一起相处，我觉得你这小伙子值得托付，所以就给你提了这桩婚事。"

鲁根见他那种虔诚的神态，再不好说别的了。于是二人一同乘车到了周庄金贵家。刚进屋，就看到一位文雅端庄的姑娘在沙发上坐着，那姑娘脸蛋白里透红，眸子有如秋波荡漾。她起身笑迎鲁根时，落落大方，彬彬有礼，几句问候，几句寒暄，没有丝毫扭捏拘谨，鲁根不禁为之一动，自己倒显得有点不自然了。

实际上，爱洁这是第一次相亲，心里难免也有些紧张，刚才也是故作镇定而已。特别是看到鲁根目光如炬，气宇轩昂，心里更加紧张了。

大家坐定后，金贵以媒人的身份对二人进行了介绍，随后与王花奎一起走出来，故意给他俩留出空间。本来，两人都紧张，剩下两人独处时，更是不自在了，空气像凝滞了一样。别看鲁根是行伍出身，平日对一切都毫无畏惧，可在男女情感上，倒是缩手缩脚地腼腆了。最后，还是爱洁先张口，打破了沉默。他们聊得很投缘，有不少共同话题，屋里不时传出来爱洁"呵呵呵"的笑声和鲁根"哈哈哈"的笑声。临走时，鲁根说："爱洁，你觉得我怎么样？"

爱洁抿着嘴笑了笑，低着头，没回答。或许，这已经是一种回答了。

鲁根又说："今天，我和你大叔还有事，要回红城，回头我一定会给你写信的。"

鲁根亲自把爱洁送上了返回红城的客车，直到客车消失在视线之外，鲁根才依依不舍地离开。

下午四点，鲁根与王花奎同乘一辆客车回了红城。快到王庄桥车站时,王花奎对鲁根说:"你先回县城,把借同学的钱赶快还上,完后直接来我家就行啦。"

鲁根"嗯"了一声,一会儿客车到了王庄桥,王花奎下车往自家方向去了。走约一百多米时,路旁有一辆小汽车向他鸣笛,王花奎走近一看,是周广强,很惊讶地问:"你怎么在这里呢? 什么时间过来的?"

"来这里已经好大一会了,老大广法对你放心不下,他说这两天心里老是发慌,唯恐你有意外,让我在这里等你,以防不测。"

王花奎连声说"好",对广强说:"让司机回去吧,这里离我家不远了,咱们走着去就行了。"

广强不解:"现成的车,为啥不坐?"

"家里的事,你不了解,咱还是步行吧!"

实际上,王花奎不知家里情况到底怎样,怕开车进村招摇,引起不必要的麻烦,所以他要步行回家。

王花奎下车不大会儿,鲁根也下了车,在路上拦了一辆去凡集的顺路车,直接到乡政府找丁春霞去了。结果丁春霞不在,说是在贾寨村还没回来。鲁根顾不上回家,又坐上三轮车去了贾寨,路上正巧碰上丁春霞。鲁根张口就说:"王花奎回来了,估计现在已到了家中,只要他一到家,咱的所说就会不攻自破,因此得尽快赶去,以防王花奎溜走。"

春霞感到时间确实紧迫,搞不好煮熟的鸭子就会飞掉。她坐上鲁根的三轮车,又到了贾寨,对子军做了安排。子军带上几个得力人员,按丁春霞的吩咐,秘密潜伏在王花奎的住所附近。

春霞与鲁根直接来到王花奎家门口,从门缝里往院中瞅了瞅,里面静悄悄的,一点动静也没有。春霞问鲁根:"王花奎下车后,到底回了自己家还是到别的地方去了,你能确定吗?"

鲁根说:"王花奎下车后,我亲眼看见他直奔家的方向去了,这是确定无疑的。至于回自己家还是没回自己家,我没看到。"

稍停,鲁根又补充道:"丁老师,你放心。王花奎百分之百地回了自己家,在他没弄清真相之前,不可能去别的地方。"

二人说到此,春霞让子军通知贾兴道、刘加训、贾兴水三人来到现场,把监视王花奎的任务及注意事项向他们交代了一番,春霞与鲁根便返回了乡政府。

王花奎下车后,天色已黑,确实哪里也没去,和周广强直接到了家中。刚一坐定,他就急着问妻子闫氏:"丁长发死后,他的家人来咱家闹事没有?"

闫氏被王花奎问愣了,反问道:"你说啥?"

"我说丁长发死后,他家的人来咱家闹事没有?"

"你这说的哪里话,丁长发活得好好的,怎么能说他死了呢,我怎么没听说?"

王花奎一惊:"真的没死吗?"

"你听谁说他死了? 他前天刚出院。"

王花奎大惊失色,如临大敌一般,又紧张地问:"他出院后,你亲眼看到他没有?"

"没有! 不过他没死,这绝对是千真万确。"

王花奎心里还是不踏实,又让闫氏去丁长发家验证。闫氏刚到丁长发家门口,就看到丁长发端着一碗面条吃得正香呢。闫氏回家告诉了王花奎自己的亲眼所见,王花奎二话没说,起身锁上院门,带着广强去西头的那间房子藏了起来。他对广强说:"老弟,咱们被鲁传俭那小子耍了!"

广强道:"没关系,不就是两万元钱的晦气吗?"

王花奎愤愤道:"要真是两万元钱,我们倒轻松了。"

"那还能有啥?"

"两万元钱不是问题,我担心鲁传俭是公安派来的探子,或者是有人在背后故意指使,如果是这样,岂不坏了大事?"

"不会!鲁传俭本身就是一个逃犯,无论如何他也不能和公安搅在一起。"

"是不是逃犯,都是他自己说的,我们并不知道。"说到这里,他又把闫氏叫过来,说:"从现在开始,无论谁问你家里来人没有,你就说没有!"

闫氏点了点头,回厨房去了,一会儿把饭菜端了过来。要是搁在平时,王花奎准是大吃大喝一顿,可今天六神无主,思前想后,一点吃饭的胃口都没有。周广强却不在乎这些,仍像往常一样大吃大喝,才一会儿,一瓶白酒就下去了大半瓶。饭后二人又谈起了眼下的事情。

周广强说:"依我看,鲁传俭那小子别无他意,纯粹是为了骗钱。你想啊,他与咱们素不相识,是在饭店无意相识的,老大爱他的武功才收留的他。再说,他身为逃犯,这类人的特点你还不知道吗?能坑就坑,能骗就骗,根本就没有什么义气可言,所谓的义气也就是骗人的花招。这次被他骗了两万元钱,以后能没有见面的机会吗?早晚都要与他算清这笔账的。"

王花奎开始也是这么想的,但他最纠结的是,丁长发没死,鲁传俭偏说他死了,可见他所说的在县卫生院的一幕全是其编出来的。话说回来,鲁传俭从来不认识自己,更不知自己家中的情况,为什么他能知道我用刀子扎伤了丁长发,而且还说出了一套切合实际让人相信的鬼话呢？这说明背后有人给鲁传俭介绍了我的情况。可以肯定的是，这绝不是无缘无故的巧合，而是有计划、有目的的安排，这个人是谁呢？是本村的，还是外地的？难道自己的所作所为被人发现了？他越想越困惑，越想越糊涂。

王花奎把自己的想法告诉了周广强。周广强一听，也认为这里面大有文章，绝不是单纯骗钱的问题了。二人都意识到问题的严重性时，周广强提出赶快离开此地，免得落入法网。

王花奎没吱声，起身把一张床推开，然后用脚一蹬，床下露出一个口子来，周广强惊问道："这是地下室吗？"

王花奎没作声，瞥了他一眼，朝他招了一下手，端着蜡烛，带他进了里面。地下是间方方正正的屋子，床、桌子、被褥等生活用品一应俱全，比地上一层的物品还多。

周广强四处摸摸看看，王花奎解释说："这个地下室，是我父亲当年亲手建成的。解放前，兵荒马乱的，我家财产多，因此处处格外小心，为防意外才建造了这么一个地下室。当时，为了不走漏风声，专门从离家几百里的丰县请来建筑工匠，房子刚一竣工，就打发工匠们走了，所以就目前而言，这个地下室除了你我知道外，就再没别人知道了。因此在这里的安全问题，绝对可以放心。"

周广强还是不放心，坚持要立即离开这个地方。王花奎说："不行！现在已经太晚了。你想，假如鲁传俭真是受别人指使，说不定咱们现在已被他们盯上了。"

"那该怎么办？总不能在这里坐以待毙吧！"周广强急了。

"眼下没什么更好的办法，只有在这里静观其变，等到夜深人静时，看一下风声，要是没有人盯梢，再走也不迟。"二人说完，便相向而坐，等待着时间一分一秒地过去。

估计过了好几个小时,夜已很深了。王花奎认为时机差不多了,便从地下室钻出来,来到院子的墙根下,站在板凳上偷偷往外张望了一会儿,发现周围有人来回走动,不知是公安人员还是一般民兵,心里甚为恐慌,回地下室与周广强商议。

周广强说:"不管这么多了,趁夜黑赶紧逃走算了。"

王花奎说:"这样不妥,风险太大了,万一被公安人员抓获,后悔可就来不及了,不如再拖一天,看是否有合适的机会。"

周广强没办法,只好按王花奎的意思继续等。

第二天一早,春霞来到村里,兴道几人有点怨言,说:"我们几个在这里守了一夜,连王花奎的影子都没看见,是不是搞错了,王花奎根本就没回来?"

春霞道:"你们只管保持高度警惕,认真监视,有情况及时跟我联系,至于其他问题,我再考虑。"

话虽这么说,春霞心里也有了疑问,难道王花奎回来后,是真的没回自己家,还是发现异常情况又溜走了?

带着这些疑问,春霞决定和刘加训一起到王花奎家去一趟,看看到底怎么回事。到了王花奎门前时,闫氏走了过来,把丁春霞迎进屋里。

春霞道:"大嫂,我是乡政府包村干部,叫丁春霞。"

闫氏心里一惊,暗想王花奎又在外惹祸了吗,怎么把政府的干部都招惹到家里来了?

"我们今天来呢,也没有啥大事,还是关于上次你家王花奎与丁长发的那件事。现在长发出院了,还欠卫生院三百多元的医药费,长发听说你男人昨天回来了,请我们来给你男人谈一谈,把欠的钱赶快还给人家。"

因王花奎之前对闫氏有叮嘱，所以闫氏结结巴巴地说："没，没见他回来呀！"

"他回来了，一点不错，可能临时有其他的事情，还没来得及回家。"

闫氏道："那也许吧。"

坐了一会儿，春霞像没事似的，随便在屋里屋外瞅了瞅，看了看，发现最西边的一间房门紧闭着。看完这些，她心里便有了数，随身走出院门，往乡政府找鲁根去了。

这时，已经上午十点多了，鲁根还在睡着，并不时发出的鼾声。这些天，他和王花奎一伙周旋，精神高度紧张，确实累了。见他熟睡的样子，春霞不忍心再打扰他，想让他多休息一会儿，于是转身要离开。谁知转身的瞬间，一不小心碰倒了洗脸盆架，惊醒了鲁根。鲁根猛然坐了起来，见是丁老师，慌忙起身下床。丁春霞简单说了几句，给鲁根交代了接下来的策略。

到了夜晚，村里静得只剩狗叫时，春霞与鲁根来到王花奎家门口，轻手轻脚攀墙跳进了院里，向四周看了看，春霞躲在暗处，鲁根走到堂屋门前，敲了几下门，屋里传出警惕的声音："谁？"

鲁根没答话，接着又敲了两下。闫氏以为是王花奎，便披上衣服，慌忙起身开门。门一开，见是陌生人，吓得她失声"啊"了一声。鲁根忙压低声音，说："嫂子，不用怕，我是花奎哥的朋友，我叫鲁传俭。"

闫氏仍是惊慌害怕的样子，鲁根又安慰说："嫂子，别怕，我真是花奎哥的朋友鲁传俭。你告诉他一声，我是给他送两万块钱来了。"

奇怪了，不是来偷钱的，是来送钱的。闫氏缓了缓，半信半疑地问鲁根:"你是从哪里来的? 怎么这么晚来了?"

"嫂子,干我们这一行的,你还不明白吗? 见不得光,啥时候不都是黑里来黑里去的。"

闫氏与王花奎虽然是夫妻,但只知道他常年在外说书唱大鼓,至于到底做了些什么,她并不知情。因此对鲁根说的话,她越听越糊涂。又加上王花奎有过"无论谁问,你都不要说家里来了人"的叮嘱,所以,闫氏直接对鲁根说:"花奎没回来。"

听闫氏这么说,鲁根道:"嫂子,我三更半夜来这里,冒了很大的风险,还不是为了奎哥的大事。有这两万块钱,就有他的命。没有这两万块钱,可就出大事了。"

闫氏道:"我怎么没听他提过两万块钱的事?"

"嫂子,你怎么能知道呢? 这是我俩的秘密,除了我们二人外,就再没人知道了。你要不是嫂夫人,我也不会告诉你的。实话说吧,这两万块钱是奎哥在外边偷的,结果被人发现了,他把钱转给了我。这些天,我东躲西藏,好不容易才把钱送过来。"

闫氏想想鲁根的话,又想想昨天王花奎不安的表情,她似乎明白了,原来是因为这两万块钱。想到此,心中便打消了疑虑,说:"这样吧,大兄弟,你把钱放在这里,等他来了,我转交给他。"

"嫂子,这可不行! 钱必须我亲自交给他本人,这是花奎哥亲口安排的。"

闫氏不便再往下说,出门到西边的那间房门前敲了敲门,里面一点声响都没有,于是转身拿来钥匙开开门,鲁根也跟着进了屋里,点上灯一看,屋内什么人也没有。闫氏也奇怪了,自言自语道:"人呢,吃晚饭时还在屋里,怎么现在没有了呢?"

"嫂子,是不是他走了?"

"没听他说要走啊,也没见他走。"

没错,王花奎不在,闫氏确实不知,这间房子的钥匙是王花奎昨天才交给她的。王花奎平时不在家时,这把房门钥匙都是随身带着,闫氏也没进来过。昨天,闫氏接过这把钥匙,除了来这个房间送饭之外,其他时间再没进过,更不知屋里其他的事情。

看闫氏的表情,也确实不像撒谎。鲁根忽然想起王花奎在周县旅馆对他说的话,"我有一个谁也不知道的藏身处",可当时彼此刚认识,不方便往下再问,照此看来,王花奎现在很可能就在那个藏身处。但这个藏身处在哪里呢?鲁根说不准,便对闫氏说:"这样吧,嫂子,等花奎哥来了以后,你就给他说,鲁传俭拿两万块钱来找他了,明晚我再来。"

春霞在暗处看得清清楚楚,鲁根、闫氏从屋里走了出来,等闫氏转身关门时,春霞踩着西屋外边靠墙的木凳子,稍一用力,翻身过墙。刚过去,她琢磨着,太巧了,那里怎么会有个木凳子呢?会不会是王花奎翻墙用的,难道他真的逃走了?一路上,她都在想这个问题,不知不觉来到了和鲁根约定的地点。鲁根把看到的、听到的,以及王花奎在周县说有个藏身处的话都告诉了春霞。

根据鲁根及张子军、刘加训等人反映的情况,丁春霞在心里经过认真分析、推理,断定王花奎肯定还没有逃走,那个凳子肯定是他用来观察外边动静的。鲁根说的那个藏身处,很可能是在他自己家里。既然是在王花奎家里,那么不在地上,肯定就在地下,这么说来王花奎肯定是藏在地下室了。

再说鲁根离开王花奎的家后,闫氏再也合不上眼了,脑子里云里雾里想个遍,也想不出一个所以然来。最令她奇怪的是,王花奎吃晚饭时还在家,为啥刚才开门时,屋里却没人了呢?也没见他开门出去啊！她越想越感到奇怪。就这样,她躺在床上,睁着眼,想了又想,直到天亮才有困意时,王花奎却推开了房门,看她还在床上睡着,便叫了一声:"起来了,你怎么到现在还睡着?"

闫氏听到声音,吓了一跳,一个激灵从床上坐了起来,见是王花奎,急忙说道:"我的天哪,你死哪里去了,昨晚有个人来找你,你到底出啥事了?"

闫氏这么一说,王花奎立刻警觉起来,问:"昨晚有人找我?谁?人呢?"

"人走了,我也不认识那个人,他说他叫鲁传俭,是你的好朋友。"

"他昨晚什么时间来的?"

"应该是半夜。"

"他来干什么?"

"他说是来给你送钱的。"

"什么钱?"

"他说拿了你两万块钱,给你送回来。没见到你,就又把钱拿走了。"

"他告诉你去哪里了吗?"

"没有,他说今晚还要再来找你。"

王花奎心里十分焦急,这小子到底想干什么?怎么老是阴魂不散地缠着自己呢?

带着疑问,他转身回到地下室,和周广强商量起来。

周广强道:"他来不正好吗?咱们不是正想找他吗?"

"事情不是你说的那么简单,原来咱们以为他是骗钱,可现在他又来送钱,这说明什么?"

"管他说明什么,兵来将挡,水来土掩就是啦!"

"要是鲁传俭那小子今夜真来了,你能对付了他吗?"

"这个不需你担心,兄弟也不是吃素长大的,对付他还是绰绰有余的。"

"吹牛吧,要是你能对付他,为什么他在周县与广生交手时,你没露一手,反而让他占了上风。"

"那是咱老大想收留他,不让我出手,怕伤了和气,不然我定叫他知道老子的厉害。"

二人你一言我一语地说了一大阵后,心里像装着什么东西一样,不是个滋味,专等鲁传俭夜晚再来,看他到底还能再玩出什么花样来。

丁春霞、鲁根也在商量,到底是鲁根一人去见王花奎,还是俩人一起去见王花奎呢? 要是二人同时进屋,怕引起闫氏的怀疑,惊动了王花奎。最后决定,让鲁根一人进屋,另一人在外策应。万一出现紧急情况,则有个缓冲的余地。但二人都没想到,王花奎的朋友周广强也在里面,这是一个劲敌。

等到深夜,丁春霞二人到了村里,绕着王花奎家观察了一遍,仍是静悄悄的,没一点动静。刘加训等人同样也没发现什么动静,春霞让他们继续在周围监视。

鲁根来到王花奎家的大门前,敲了敲门,没动静。又敲了敲,闫氏披着衣服,从屋里出来,警觉地问:"谁?"

"我,嫂子。"

闫氏开了大门,领他进了堂屋。鲁根瞅了瞅,没发现王花奎,于是问闫氏:"花奎哥还没有回来吗?"

"他昨晚后半夜回来了,可是今天天不亮就又出去了。"她向鲁根瞟了一眼，说："那两万元钱，直接给我就行啦！花奎临走时这样安排的。"

鲁根急遽思考着。不对，刚才刘加训他们还说没发现一点动静，王花奎怎么可能走呢，难不成长翅膀飞走了？

"他走时说什么没有？"

"没有！"

鲁根想了想，说："嫂子，你休息吧，他什么时间见我，我就什么时间把钱给他。"说完，拔腿向外走去。

刚走几步，闫氏在背后小声道："传俭，别慌走，差点忘了，还有一件事情没告诉你。"

闫氏从抽屉中拿出一张纸递给鲁根。

鲁根返回屋里，借着灯光一看，上面写着："传俭，我和你向来无冤无仇，不知你为何多次骗我，以后再见吧！"

鲁根拿着字条，没说二话，走出大门。见到春霞，说了进屋的前后情况，春霞大感意外，马上把刘加训几人叫过来，问："昨晚后半夜，你们都去哪里了？"

加训有点蒙，说："哪里也没去啊，一直都在王花奎家的周围盯着，眼睛眨也没眨。"

"这期间有没有离开过？"

"没有，肯定没有，这几个人都是忠诚可靠的。"

一个大活人难道蒸发了不成？春霞满腹狐疑，决定隐蔽起来再看看情况。

再说王花奎，自从听闫氏说鲁传俭今夜还要再来的消息后，就盘算着如何利用这次机会逃脱。想到最后，便想出个将计就计的妙策，于是就安排闫氏一套鬼话，让闫氏带给鲁根一张纸条，谎称自己已经离开了家。鲁根看完字条，果不出他所料，真走出了他家。王花奎暗自高兴，便从西边那间房子里走出来，准备动身逃走。

这时，丁春霞正在房顶上趴着观望，发现一个人影从屋里走了出来，刚一出门就鬼鬼祟祟地向周围瞅了瞅，又把整个身子蹲在地上，然后搬了一把凳子，放在西屋旁边的墙根下，踩上去，趴在墙上向外扫视了一会，又搬着凳子爬上东南墙，同样向外扫视了一遍。这时，鲁根正在王花奎院子里的一垛秫秸处隐藏着，他看得清清楚楚，此人正是王花奎！王花奎没有发现异常，便走向大门，准备开门逃走。

鲁根像是狩猎的豹子，等猎物出现，随时准备伺机出动。丁春霞在房顶上着急了，心想，鲁根你可千万别轻举妄动。她担心的事情还是发生了，鲁根见王花奎走向大门，以为他是逃跑，便一跃而起，疾步冲向王花奎。

王花奎见突然间蹿出一个人来，吓得一屁股坐在了地上。

春霞在房顶上重重叹了一口气，她本打算顺藤摸瓜，主动放王花奎走出大门，然后再紧盯着他，看他背后到底还有哪些猫啊狗啊的。

实际上，王花奎也没打算单独逃走，他出来是想先望望风，然后再和周广强一起逃走，可惜鲁根打了提前量。

王花奎坐在地上，紧张地问："谁？"

"花奎哥，你不是走了吗，怎么现在还坐在这里？"

王花奎一听是鲁根的声音，真是又惊又恼，但他毕竟是经过场面的老江湖，马上又镇定下来，说："原来是传俭，你怎么在这个时候过来了？"

"我昨天不是告诉嫂子了吗？说好的,今晚要来。"

王花奎脑子一转,计上心来,说:"是的,你嫂子说了你要来,正因为这样,我才赶紧从朋友家赶了回来。走吧,咱们屋里去。"

他明知鲁根的出现,对自己是凶多吉少,但他仍装出一副泰然自若的样子,把鲁根领进屋里,关上了门。门刚一关,屋里黑漆漆的,只听周广强急问王花奎:"外面怎么样,可以走了吗?"

听到这声音,鲁根大吃一惊,这不是周广强的声音吗?

王花奎没有说话,点燃了蜡烛。烛光下,鲁根一看果然是周广强,二人相视,都愣住了。鲁根万万没想到,周广强也会在这里,真是太意外了。

稍许,鲁根故作激动地说:"广强哥,你啥时候来的?"

周广强怒道:"鲁传俭,你小子别再演戏了,我们不是三岁的孩子任你要弄!你到底是什么人,想干什么?"

王花奎向周广强使了个眼色,打起了圆场:"哎呀!广强,你这是怎么啦?传俭年轻,办事有个性,何必当真呢,来来来,坐下,咱们好好喝两盅,为传俭洗洗尘、接接风。"

王花奎说着,伸手开了几瓶罐头,又转身到堂屋拿了两瓶酒。倒上酒,三人对坐,饮了起来。

王花奎说:"传俭,你这两天到哪儿去了?我们与你素无冤仇,为什么存心为难我们呢?你要是想要钱,直说就是了,何必要花招呢?"

"花奎哥别说了,都是我的错,家里太穷没钱花,才出此下策。后来我越想越对不住你们,所以今晚特来赔罪。"

王花奎说:"这些不用说了,传俭,我问你,你说过你家在城郊乡,离我家有几十公里远,你怎么能知道我家的情况呢,是谁告诉你的?"

"这个事,说来也巧,我那天从县城乘车去大岗乡时,路过王庄桥车站,客车出了故障,一时走不了。我下车买烟时,听到卖烟的人议论你的事,我借题发挥,想出了这个馊主意,还望二位老大原谅。"

广强挥挥手,说:"算了,算了!还提这些作甚!明天咱们一起离开这个地方不就得了嘛!"

花奎道:"行!不提这些不开心的事了,伤感情!今后咱们还是好兄弟。"

说罢,王花奎给鲁根、周广强倒满酒,三人对饮起来,气氛极其融洽,兄弟长兄弟短的,好像过去的事情从没发生过一样,其实三人各怀心事,都在尽情表演。

两瓶酒,很快下了肚。鲁根开始头晕眼花,想往外走,一个跟头便栽倒了地上。花奎对周广强诡秘一笑,冲着鲁根,恶狠狠地说:"你小子还想再耍我们一次吗?"

而后又对广强说:"先把他送进地下室再说。"

"费那力气干啥,干脆直接把他勒死算了。"

"不行,要是现在出了人命,会招来更大麻烦,还是把他暂且放到地下室吧。"

春霞在房顶上焦急地观察着动静,开始还能听到一些声音,后来却一点声音都听不到了。她慢慢向下滑了几步,仍是听不到声音,不过屋里的灯光仍亮着。难道出了什么事?不会呀,要是论功夫,王花奎根本不是鲁根的对手,肯定是出现了意外。春霞不敢再等下去,迅速从房顶上顺着墙跳了下来,轻声走到房门前,侧耳细听,仍是寂静无声。她试着推了一下门,门不动,又顺着窗户往里看了看,见桌上放有酒菜,却没有人。她越想越奇怪,肯定这屋子里有地下室或通道,就打算撞门而入。刚要撞门时,屋里却传来脚步声,她急忙往门旁一闪,这时门开了,春霞顺势往屋里走去,恰巧挡住王花奎外出。

王花奎大吃一惊,定睛一看,是包村干部丁春霞,顿感不妙,有点慌了手脚,但他很快镇定了下来,说:"噢,是丁干事,快进屋!"

"丁干事深更半夜到我家来,肯定有要事吧?"

丁春霞看了看饭桌上的三双筷子,三只酒杯,一切全明白了,说:"没什么要事,只想喝两盅,要是晕倒了,也把我送进地下室。"

王花奎听春霞这么说,心中一惊,马上意识到鲁根的所作所为必定是这个女人在背后指使,这一念想一闪即逝,马上道:

"丁干事,您这话是什么意思?我不太明白。"

"花奎,别自作聪明了!"

"什么自作聪明,你深更半夜私闯民宅,居心何在?"

"你说我私闯民宅?呵呵,你看看这个!"说着掏出一个证件,在王花奎眼前晃了晃。

"你到底想干什么,直说就是了。"

"好,那我问你,喝酒的人呢?"

"人早走了。"

他以为丁春霞没有发现自己的秘密,因此一口咬定人走了。二人在上面一问一答时,在地下室的周广强沉不住气了。他琢磨着,王花奎到上面看一看有没有什么动静,应该很快回来的,可怎么一去不复返了呢?难道又出什么事了?想到这里,便走到地下室的出口处推开封盖。王花奎见状,"噗"一下把蜡烛吹灭了,屋内顿时一片漆黑。可是丁春霞还是看见了动静,不过没看清楚,她还以为鲁根的酒醒了呢。万万没想到,地下室的这个人就是她的劲敌。

周广强料定上面出现了意外,缩了回去。但又一想,自己走南闯北这么多年,还从未遇到过对手,不信能在这个小小的乡旮旯里翻船。想到这里,他又推开封盖,喊道:"花奎哥,快点上蜡烛,我得出去透透气,快憋死了。"

春霞听到喊声,猛然一惊,这不是鲁根的声音,鲁根往哪里去了,这又是谁的声音?

王花奎听到喊声,知道事情已经败露,再遮掩也没必要了,于是点燃了蜡烛。烛光下,春霞见周广强高高的个儿,膀宽腰圆,气势逼人。周广强看到原来是个女角儿,心里顿时松了半截。

春霞站在屋子西南角,周广强站在屋子北边,王花奎站在靠门的地方,室内空气顿时紧张起来。

春霞说:"王花奎,今天是在你家,这个该怎么办,你说就行啦。"

"丁干事,我不知道你在说啥。你半夜闯到我家,肯定是你有事,你说什么事就是了。"

"我问你把鲁根藏到哪里了?"

"什么鲁根、树根的,我不懂你的意思。"

周广强在一旁不耐烦道:"别废话了,我叫周广强,是王花奎的朋友,鲁根这个人我们从没听说过,更不认识这个人。"

然后又狞笑道:"我说你一个女的,晚上主动送上门,该不是在家里寂寞了吧,如果你想玩一玩的话,大爷愿陪你开开心。"

"王花奎,我再问你一遍,你把鲁根藏到哪里去了?"

"我刚才说了,不认识什么鲁根。谁是鲁根?"

"鲁根就是玩你们的那个鲁传俭。"

丁春霞这么一说,王花奎、周广强全明白了,原来鲁传俭是一个化名的卧底探子。

春霞又说:"实话告诉你们吧,鲁传俭就是鲁根,传俭这个名字是故意玩弄你们的。再告诉你们,他家也不是城郊乡的,而是凡集乡政府的,他更不是什么逃犯,而是一名堂堂正正的复员武警战士、共产党员,现在清楚了吧?你们这些人,连一个刚步入社会的小青年都看不透,还闯什么江湖,尽给江湖人丢脸。"

王花奎听了这话,像泄了气的皮球,身子一下软了许多,周广强则不以为然,此时他恨透了鲁根,更恨透了眼前的这个女人。王、周二人现在才知道,先前发生的一切,都是丁春霞一手策划的。周广强恶狠狠地向丁春霞道:"你敢玩弄我们,真是活腻了。今天我周广强不跟你见个高低,誓不为人。"

春霞连正眼瞧他也没瞧,不以为然道:"你做的是见不得人的事儿,能有啥本事?"

"少废话,看拳。"

说罢,周广强伸拳就打。他想先下手为强,所以一招刚过,就拔出匕首猛然刺了过来,春霞急闪,锋利的匕首深深扎在了门框之上。一刺未成,周广强紧接着又擎起那张小桌向春霞砸去。双方激烈对打时,王花奎灵机一动,窜出了门外。春霞只顾鏖战周广强,没留心王花奎,待和周广强拼打一阵子后,发现王花奎不在了,此时她只想尽快脱身追赶王花奎,可周广强死缠不放。

外边的刘加训几人听到院子里噼雳啪啦的对打声,急忙跑了进来,手电筒一照,见是一个陌生人与丁干事正在猛烈对打。春霞大喊:"王花奎跑了,你们赶快去追!"

这几人感觉在这里也帮不上忙，便转身追赶王花奎去了。

在地下室的鲁根药力过去之后，头脑有点发蒙，发现自己躺在一张床上，手脚都被捆绑着，又听到上面的对打声，再看王花奎、周广强二人都不在场，一切全明白了，上面肯定是丁老师与周广强在对打。他又向周围看了看，一支蜡烛已燃尽一半多，又仔细辨认一会儿才确定这是一个地下室。他心急如焚，该如何脱身出去呢？

他看了看燃着的蜡烛，于是把身子挪至蜡烛跟前，两腕放到烛火中，不大工夫，绳子被烧断了，他搓搓手，活动一下筋骨，迅速把脚上的绳子解开，纵身跳出了地下室。春霞见鲁根出来，心中大喜，吩咐道："快去追王花奎。"鲁根拔腿向外冲去。

丁春霞与周广强打了半天，仍然不分胜负。周广强懊恼，没想到今夜确实遇到了高手，恋战绝非上策，得尽快想个脱身之计，于是只守不攻。丁春霞看出了他的心思，心想无论如何也不能放过这个不法之徒，可凭着拳脚一时很难分出胜负，幸亏她来时身系一条钢鞭，说时迟那时快，钢鞭一出，正中周广强的小腿骨。周广强当时就栽倒在地，春霞抬脚压住了他的身子，伸手拧住他的右臂，捆了起来。接着又清理了现场，把地下室的封盖恢复了原样，派人把周广强押进了凡集乡派出所。

十一、正邪斗法

　　抓住了周广强,但是王花奎跑了。丁春霞、鲁根很是失望,原以为只要引来王花奎,从中发现线索,弄清窝点,贾寨村长期被盗的问题就可迎刃而解了。现在看来,问题并不是那么简单。

　　鲁根说:"目前,王花奎仅仅是一个重点怀疑对象,并没有掌握他在贾寨村作案的真凭实据。这种情况下,别说抓不到王花奎,即使抓到了,又能奈何他呢?因此,依我之见,眼下不要急于抓捕他,而是给他来个欲擒故纵,让他露出真面目,再来个瓮中捉鳖。"

　　春霞很赞同鲁根的意见,但抓不到王花奎,要解决偷盗的问题,该从何入手呢?

　　好大一会儿,春霞才果断地说:"追踪王花奎的事,就按你的想法,缓一缓再说。不过我们也不能被动地死等,眼下必须拓宽思路,不能仅盯着王花奎一人,除他之外,我们还要考虑在贾寨村范围内,有没有直接参与行窃的人员,如果能抓到这样的歹人,问题就有了突破口。到那时,王花奎只要在其中,就会露出马脚。实际上,我们这次施计把王花奎从周县引来,目的就是,看是否能从中发现他在贾寨村的同伙,结果他提高了警惕,到家之后始终未敢出门,因此村中有没有他的同伙就无法验证了。"

二人正在分析时,张子军、刘加训走了过来,说今天早上他们各自在自家的院内捡到一封信,信的内容是一样的。说着,子军便把信递给了春霞,上面写着:

张子军,你个蠢货,丁春霞是国家干部,随时都有离开贾寨村的可能,你和刘加训两个土包子生在这里,长在这里,能离开这里吗?笨蛋!做事也不往后看看,这样下去,能有你的好日子吗?现在我郑重提醒你们两个笨蛋,今后少管闲事,否则将会大祸临头,不信你们就走着瞧!

很明显,这是一封恐吓信。从时间上分析,王花奎昨晚逃走,张子军、刘加训今天早上就收到恐吓信,十有八九是王花奎的同伙所为,而王花奎就是贾寨村偷盗团伙的幕后指使人。并且还可能,王花奎昨夜逃走后,并没走远,而是去和有关人见面通话去了。这封信看似是为王花奎助威呐喊,实质上是暴露了他的行踪,帮了倒忙。现在看来,首要任务就是如何引出他的同伙。

鲁根听完春霞的分析,说:"情况虽然是这样,但要使他们现身谈何容易!眼下王花奎如同惊弓之鸟,其同伙必定高度警惕,谨慎行事。"

春霞点了点头,说:"你暂且回去好好休息休息,有事我再通知你。"

鲁根走后,丁春霞继续思考着王花奎的问题。既然他不会远离,但他能到哪里去呢,谁又是他的同伙呢?

王花奎昨晚确实没有远离,而是在本村同伙家里住了一宿,直到得知周广强被擒,又与同伙商量一些事情后,才离开贾寨村,悄悄到红城县一家旅馆住了下来。一躺上床,几天来的事情就浮现在眼前,他不禁忧心忡忡,心惊肉跳。周广强被送进派出所,会不会牵连老大周广法?要是老大被擒,大家今后咋办?这些问题如乱麻一般,使他坐卧不安。他清楚地知道,在这个问题上,搞不好就会有牢狱之灾。想到这些,他懊恼老大周广法千不该、万不该收留鲁传俭,要不是这小子在中间搅和,怎么也不能到这步田地。又一想,这件事也不能全怨老大,归根结底还是自己惹的祸。再一想,这件事情的根本,还是在丁春霞身上,要不是她,周广强无论如何也不会落入法网,他越想越感到太窝囊了。

但在这件窝囊事情里,他反而又有所开心,因为在与丁春霞的较量中,至少证实了鲁传俭的真实身份是走正道的。这一点,他确实为之高兴,更为他的女儿高兴。鲁根和他的女儿已有婚恋关系,王花奎之前一直担心他的身份不正,就瞒着女儿,犹豫将来该怎样向女儿交代,现在再不用担心这个问题了。如果真要担心的话,他倒是担心鲁根会不会因为他这个父亲不走正道而影响其对女儿的看法,不愿意与女儿再恋爱下去。因此,从出事那刻起,他就担心这个问题。想到最后,他还是决定,无论如何都要促成女儿这桩婚事,只要女儿定下了这桩事,自己今后的结果如何也就无所谓了。

想到这些,他第二天就去陶瓷厂见了女儿,再三叮嘱她一定要谈成这桩婚事,之后他就直接去了周县,到了朋友金贵家,详问了周广法等人的情况。他原以为,周广强被抓,会牵连到老大广法,但是周广法并没有受到任何牵连。王花奎轻松了许多,只想下步如何与广法大哥取得联系。在没有联系上之前,他在金贵家暂住下来。

几天后,春霞在自己的办公室也收到一封匿名信,内容如下:

丁干事：

　　有些事，也许你不知道，我提醒你一下，从改革前的人民公社到改革后的乡政府，在贾寨村包村的乡干部已有几十人了，但这几十人中没有一人不招麻烦，最终都是灰溜溜的结局，离开了贾寨村。可你到贾寨村这段时间以来，干部群众对你评价很高，大家也很尊重你，到头来肯定不会落个像他们那样被群众轰走的下场。这是为什么，你自己应该清楚。但如果多管闲事，他们的下场可能就是你的明天，别以为自己身怀绝技就可肆无忌惮，要知道人外有人，天外有天，明箭易防，暗箭难躲。现在提醒你，我们没有一点想跟你作对的意思，并永远尊重你，敬佩你！但如果再逼人于难处，你要知道，狗急还会跳墙呢！望你好自为之！

　　　　　　　　　　　　尊重你的人　抒言

　　从表面看，此信写的倒是平和，但内容隐藏着杀机，分明是恐吓信。对方用这种方式对付她，想使其动摇初心。可碰上丁春霞，对方确实是看错了人，选错了对象。在贾寨村被盗的问题上，她是发过誓的，表过决心的。每想起受害群众在自己面前的哭诉，她就心如刀绞，岂能因一封信中的几句吓唬就改变初心呢！此时，她恨不得一下把这个祸根彻底挖出来，早日除掉这个大患，还百姓一方平安。因此，看过信后，她不但没有退却，反而更激起了她的斗志！

　　通过这封信，她也看出了写信人的一些想法，眼下确实对自己没有恶意，更不想与自己为敌，不过这是建立在不干涉他们违法行为的基础上。反过来,如果干涉了他们的违法行为,那就无客气之言了。春霞心目中总认为这个写信人,不像素不相识的人,可这个人是谁呢?一时又说不出来。

围绕这封信,她想了一阵子,最终还是归结到如何尽快在贾寨村发现目标,彻底解决被盗的问题。针对这个问题,她想了几个方案,但都不可用,唯有一个方案,她认为比较可行。因此,她带着这个方案去了贾寨村,立即召开了村组全体干部会议。

会上,她首先讲了乡党委、政府调整农业结构的任务要求,按照一村一品、一户一业的发展规划,贾寨村的重点是发展蔬菜温室大棚,然后又让村干部汇报各组的致富能手。通过汇报,排出致富人员的名次,其中首富为第二生产组的老党员贾正礼。首富推出后,村委决定明天召开群众大会,让贾正礼做典型发言。

第二天,春霞提前一个多小时到了贾正礼家,说:"正礼,你是老党员,又是致富能手,领导群众对你寄托着很大希望,今天我到你家,有件要事想与你商量,不知你是否愿意?"

"你说,丁干事,只要我能做到的,您尽管安排,我保证尽力办好!"

"这件事对你来说并不难,只是动动口而已,不过告诉你这件事之后,一定要守口如瓶,绝不能向任何人透露一点,包括你的家人,否则将影响咱们村的大事。"

"行,放心吧,这些我都能做到,你只管吩咐吧!"

春霞压低声音说:"一会儿,你在大会上介绍致富经验时,你就夸大一点说,一亩蔬菜收益上万元,两年种菜的收益十多万元,家里存款十万元。"

"丁干事,这能行吗?一亩地只收入三千多元,给群众不能说假话啊！不行，不行，这事我做不了。"

"正礼，你可是一位老党员，现在正是党需要你的时候，也是党考验你的时候，你以为这样安排，就是让你说假话吗？那你错了，告诉你正礼，领导任何时候都不会让你说假话，丁春霞更不会让你说假话。因为这个事，事关重大，不得不如此，这也是解决问题的一个策略，至于为什么，现在还不能告诉你，事后你就明白了，会上只管按我安排的去说就行了，要是在这方面出了问题，我承担全部责任，与你无关，请你相信我！"

大会开始了，贾正礼按照丁干事的吩咐，一本正经地介绍了几年来种植蔬菜的收入、管理、销售以及今后的打算。当大家听到一亩地收入上万元、他存款十万元时，参加大会的群众无不动心。

贾正礼介绍完后，丁春霞又向大家讲道："同志们，今天为什么开这个大会，主要是从贾正礼同志身上引起的，昨天上午我从银行往乡政府上班时，正巧碰上他在银行取款，我一看存折上是十万元，他准备取走八万元，我问他一次取这么多钱做什么，他说要与朋友合伙买辆大卡车跑运输。我听后感到十分震惊，靠种植蔬菜收入十万多元，这在整个红城县也不多。为此，村两委研究召开这个群众大会，其目的就是让广大群众学习他的致富经验，尽快使大家都富裕起来。今天下午，我就要与领导一块去山东省滕州市学习考察去，得过一个星期才能回来，怕正礼买车不在家，所以提前开了这次大会。"

散会后，子军问丁干事下午几点出发，春霞说："听领导的安排吧，这几天你多辛苦，我这就回去。"

村组干部及群众，还真以为是让贾正礼典型发言呢，其实也不尽然，鼓励群众致富，春霞确实也有这个意图，但更主要的意图是引蛇出洞。王花奎逃脱后,她就一直考虑,如何能引蛇出洞,让歹徒出现。想来想去,只有让贾正礼虚张声势,夸大其词,故意说出家里有那么多钱。哪有苍蝇不闻腥的道理,这样一说,是在故意给小偷传递信息。小偷听到后,必定眼红心动,打贾正礼的主意。为麻痹小偷,她又故意散布要离开贾寨,往山东考察的信息。至于这个计策能否成功,她也没有十分的把握,不过按常理推断,小偷应该中计。

一切安排妥当之后,她找到鲁根把此事说了一遍。鲁根异常兴奋,坚信此计必能成功,于是二人便做了夜行的准备。

十月的北风袭面而来,人们已感寒意。春霞二人徒步走在通往贾寨村的道路上。进入村西南角时,二人停住了脚步,认真地观察了周围,而后又往前走了一段,春霞用手指了指道:"这个地方,就是我上次碰到贾运发家出事放车子的地方,东北角第一家就是贾运发家,从运法家直往北,就是贾正礼的家,这些地方,我白天已经看过了。"

快到贾正礼家时,丁春霞又对鲁根说:"前面是条沟,靠沟的北面有棵老槐树,到地方你可先攀上那棵树,那树枝繁叶茂,完全可以隐蔽下来。槐树东边就是贾正礼的家,你在树上可看到他家的情况,我在东南角的秫秸垛里藏下来,只要贾正礼家有动静,便可一览无余。只要看到有人往里进,那就是我们所要的目标。"

春霞安排好,时间已近午夜一点。北风仍是丝丝刮着,空中缀着几颗寒星,千家万户都在甜蜜地熟睡,庄里庄外万籁俱寂,除了偶尔听到夜猫的叫声,再没有什么声音了。春霞再看手表时,时间已近深夜三点,周围的一切仍是静悄悄的,鲁根在那棵老槐树上蜷缩着,感到浑身发紧发冷,幸好没有雨雪。又过了一会儿,他实在坚持不住了，便向周围看了看，慢慢滑到树下，伸伸筋骨，运动一会儿，又爬到了树上。

春霞依旧缩在东南角的秫秸垛里，两眼紧紧盯着贾正礼家，却一直没发现一点动静，此时她在想，贾正礼白天在大会上介绍的信息，难道没有传出去？是王花奎逃离之前对同伙有安排，还是王花奎根本就没参与本村的盗窃？人们常说兔子不吃窝边草，难道王花奎也属此类？想着想着，东方天空已映出红霞。一夜就这样过去了，俩人一无所获，疲惫地离开了。

回去之后，春霞仍在考虑这个问题，她坚信自己的计策不会落空。按偷盗者的心理讲，只要捕捉到信息，怎会轻易放过呢？他们肯定在暗处观察风声，核实自己有没有真去山东学习考察。因此，第二天春霞窝在家里，没见任何人，目的就是防止他们窥探。

晚上，她约鲁根来家，特意让功明做上几个菜，拿出一瓶皇沟御酒，三人边吃边喝，议论着昨晚之事。夜里十多点钟，二人带上所需之物后，又踏上了去往贾寨村的路。到贾正礼家时，已近十二点。二人与昨晚一样，到了各自的监视点。将近一小时后，春霞忽然听到轻轻的脚步声，随之鲁根就看到一个黑影，稍停又出现两个黑影。来人都蒙着面，三人先是聚到一块，其中一人用手指了指，随后三人就散开了，只见一人站在了大门旁，其余二人纵身翻越围墙进了贾正礼家，春霞悄悄从秫秸垛中就地一滚到了东边的围墙，扒上围墙往里瞅了瞅，见那二人正在堂屋一东一西的窗户下猫着腰，伸着头，显然是在观察室内的动静。

鲁根在老槐树上看到二人进院子后，就想冲上去抓住他们，可丁老师一直没向他发出信号，所以他只得忍了下来。那二人又耳语了一会儿，便直往堂屋门前去了。到堂屋门前，其中一人从身上掏出一硬物拨开门闩,轻轻地推开一扇门。这时丁春霞从东墙迅速跑到大门的东南角,扯出白布条,对着那棵老槐树摇了摇,而后一个箭步,伸手卡住了守门人的脖子,掏出一块布堵住了他的嘴巴。

鲁根看到信号,急忙从树上跳了下来,到春霞跟前时,她已把那人捆绑完毕。把那人隐藏在一边,二人到了东边的围墙,春霞抬手扒住围墙,往里看了看,院中没有一人,断定二人已入室内。春霞往西一指,鲁根绕到西墙,待二人都跳入院内时,屋内已亮起了灯光。鲁根守在门旁,春霞走到窗户前往里看时,蒙面人正晃动着铮亮的匕首恐吓贾正礼,老实巴交的贾正礼活了大半辈子,何时见过这等场面,吓得直哆嗦:"你们是谁? 想干什么? 我与你们无冤无仇,为啥这样对我?"

一个蒙面人说:"不错,我们是与你无冤无仇,今晚只要你交出那八万元钱,一切都好说,不然别怪我们不客气,你是要命,还是要钱,自己决定吧!"

"我哪来的八万元钱?"

"昨天群众大会上,你亲口说,取了八万元钱准备买大卡车,又怎么说没有呢?"

"我啥时候说过这话,那是包村干部丁干事说的。"

另一蒙面人性急,说:"别跟他啰唆了,先给他一刀算了。"

"你就是杀了我,也拿不出八万元钱。您要真是要钱,家里只有一千二百元钱了,要是不嫌少,我这就给你们拿。"

说着便从床头下边拿了钱,给了蒙面人。蒙面人接到钱后,似是想到什么问题,自言自语道:"不对! 想起来了,八万元钱真是丁春霞说的,不是他说的。不好,这里面有诈。"

想到这里，猛然大悟，随向另一蒙面人招手道："走，快走，我们上当了。"

二人转身就向外跑，刚出里间的门，便发现堂屋门旁已经有人，蒙面人情知事情败露，便急中生智，退回去揽住了贾正礼，把匕首直接压在了老贾的脖颈之上。老贾的妻子见状，上前哭着求情道："钱已经给你们了，您还想怎么着？求求你们，放了他吧！"

她一说不打紧，另一蒙面人把她也揽在了怀里，匕首同样压在了她的脖颈之上。有人质在他们手上，这是春霞二人先前没想到的，此时该如何是好呢？逼紧了，这些歹徒真能做出伤天害理的事。要说放走他们，也是不可能的。但无论如何，此事总不能僵在这里，于是春霞对二歹徒说："你们两个要理智点，按理说，你们的所作所为，也不算什么大问题，充其量是个小偷，让你们退还赃款、批评批评也就完事了。如果你们用刀子伤人，造成了后果，性质就严重了，就成了故意杀人犯，杀人可是要偿命的，你们二人应该知道这个道理吧？别把鸡毛蒜皮的小事戳成个大事，别现成的活路不走，偏偏走死路，你们仔细想想，是不是这个道理？"

两歹徒听了春霞的话，心中似有所动，但在这个时候，他们哪能相信春霞的话呢！

其中一个胖点的蒙面人说："我们既然到了这个地步，也不存什么希望了，你只要放我们走就行啦，保证不动他们一根汗毛，否则别怪我们手狠！"

春霞见二歹徒已横下心，便说："这样吧，咱们各退一步，你们把老贾的钱还给他，这就放你们走，行吗？"

二歹徒想，只要能跑掉，还要这些钱干啥呢？于是掏出那钱扔在了床上。就在这时，正东方向传来了救火的呼喊声，春霞听到这声音,料定外面肯定发生了火灾,因此说道:"你们快走吧!"

二歹徒押着老贾两口走出院子大门,见四周无人便推开人质,拔腿就跑。

其实,在没放歹徒逃跑之前,春霞二人就已心照不宣了,因此当歹徒逃跑时,他们二人连大门都没经过,直接一东一西越墙迅速扑向了歹徒,追了四五十米便抓住了他们。这时她已清楚地看到村里的火光,春霞来不及与鲁根细说,把办公室的钥匙递给他,迅速跑向了火场。到了火场,只见贾兴水的妻子王小花没命地喊着:"救人啊,救火啊! 张子军让人放火啦!"

屋内也传出了救命的喊声及孩子的哭声,许多人站在周围,有用盆端水的,有用桶拎水的,也有拿着棍子嗷嗷喊着乱跑的,场面混乱一团。尽管屋内连连发出救命的喊声,但熊熊烈火已封堵了屋门,没人敢往里冲。春霞见状,脱掉上衣,往头上一蒙,抢过一桶水,"哗"一下浇在自己的头上,快步冲进屋里,顺着喊叫的声音摸到了一老一少,于是两臂各携一个向外奔去,快到门前时,屋架突然塌落在地。春霞屏住呼吸,用尽全力,猛抬右腿,把挡门的屋架踢向一边,继续奋力向外冲去。最后,火被扑灭了,人被救出了,春霞再也支撑不住,昏倒了。

着火时,贾兴水与张子军正在兴水的新家吵架。看到火光冲天,听到人声嘈杂,兴水仔细一看,着火地方正是自家的老房子,此时他什么也不顾了,想到屋内还有七十多岁的老父亲和五六岁的小儿子,于是撇下子军,疯一般地往家跑,到地方见老父亲及儿子已被救出,丁春霞却在冰凉的地上躺着,顿时他全明白了,是丁干事救出了他家的一老一少。他拨开人群,赶忙叫几人轻轻把春霞抬到自家新房内,一边生火取暖,一边熬了姜汤,忙活一阵后,春霞渐渐苏醒了。兴水见春霞醒了过来,什么话也没说,双膝跪在地上,紧紧抓住春霞的手,激动得泪流满面,说:"丁干事,您的大恩,我一定要报。"

兴水给春霞披上一件大衣,扶她从床上坐起来,又端来一盆温水让春霞洗了脸,他本想给春霞说一下张子军的事情,但见她熬了一夜,现在身体又虚,就没好意思说出口,只是说:"丁干事,我先送你回去,有些事情改日再向您汇报。"

兴水骑自行车把春霞送到乡政府,春霞让他回去收拾家里的摊子。春霞刚进办公室,就听两人喊老师,接着二人就"扑通"跪在了她跟前。春霞见到眼下情景,也糊涂了,看了看鲁根。

鲁根笑了笑说:"咱们夜里追赶的蒙面人,就是他们两个,后来我把他们的面纱摘掉了,一看是同学,也是您的学生。"

春霞听到"学生"二字,心中颤抖了一下。

鲁根接着说:"他是贾生,那位是张伦。"

春霞仔细地瞅了瞅二人,倒有一些印象。二人面对老师同学,真是无地自容,羞愧地耷拉着头,痛哭不已。

春霞也感到难堪,自己的学生怎么会这样呢?无形之中也产生了羞辱感,连连发出了哀叹声。春霞忽然问道:"不对呀,还有一人怎么不在?"

鲁根道:"正想给您说呢,昨晚你匆忙走后,我押着他们两个回到原处找那个人时,那人却没有了影,没办法只好领他们二人到你办公室来了。"

春霞心里很是诧异,这就奇怪了,当时分明是把他绑到门框上的,后来又让鲁根换个地方,难道鲁根没把他绑牢靠,或是被人发现放走了?于是问鲁根:"我让你把他藏起来,最后你把他绑到哪里去了?"

鲁根道:"秫秸垛里有棵树,我把他绑到了树上,然后又用秫秸挡住了他,应该不会被人发现。"

春霞看了贾生二人一眼,她想这个问题也许从他们二人身上能得到一些线索,因此她把话题又转向了贾生。

"贾生,老师不明白,你们在学校时都好端端的,毕业后年纪轻轻不过二十来岁,怎么能走上这条不归路呢?"

贾生哭诉道:"我毕业后,在家没事干,就到离贾寨村十多里路的双楼村学武去了,在那里学了一年回来,还是没事干。就在这个时候,家中出现了一场风波,我姐姐与圣庄姓丁的一家婚事告吹了,男方逼我家退赔六千元彩礼钱,那时家里一分钱没有,没办法父亲只好给他们说好话,哀求宽限几天,男方坚决不从,兄弟几人到我家大吵大闹,强迫我姐与他结婚,如不愿意结婚,两天之内必须退还他六千元的彩礼钱,不然就往凡集大街上吆喝我姐。当时姐姐气得要死要活,吓得一家人不敢离开她半步。两天的时间到了,家里只凑了两千元钱,怎么办呢?父亲只好到乡里找司法所长去调解,而司法所长往县里开会去了。到了晚上,那姓丁的又到我家要钱,不给钱,扬言就要去凡集大街上吆喊。父亲着急,仍是没有办法,找亲友邻居家借吧,可实在没法再借了,母亲得肝癌,病了一年多,花了不少钱,所有能借的亲友邻居都借了个遍,结果母亲的病也没治好,钱也花了,人也死了。刚死两个月,又出现了姐姐这桩事。"

春霞问:"你姐姐为何不愿意嫁给姓丁的呢?"

"说起这事,倒是简单。我姐和姓丁的订婚以后,有一天晚上,圣庄放电影,我姐姐去看电影,月光下,姐姐正巧发现那个姓丁的,在一个僻静处和一个姑娘调情,自此之后姐姐就对那姓丁的产生了厌恶,无论谁说,她都听不进去,一定要和那姓丁的决裂,就这样闹起了退婚。那天,姓丁的一早就到了我家,扬言要在凡集街上吆喊我姐姐,要让我姐姐身败名裂。父亲求着不让他们去,但手里又没有钱,一时都想去寻死,没办法坐在地上大哭起来。就在这时,唱大鼓的王花奎不知为什么,来到了我家,掏出一沓钱交给了父亲。此时父亲如旱地得雨,感激得不知如何是好,随即就让我喊他干爹,可王花奎不同意,让我喊他大哥就行啦,这干爹不好叫,大哥却是好叫的,当即我就双膝跪下叫起了大哥。"

"那后来呢?"

"后来就更奇怪了。他帮助了我们,我们还没来得及报答,他反而又要教我学唱大鼓,说今后是个吃饭的门路。我与张伦特别要好,又向他提出能不能让张伦也跟着的要求,他满口答应了下来。就这样,他帮我家渡过难关后,我和张伦就跟他外出学唱大鼓去了。在学唱大鼓期间,他天天让我们练武,除此之外,他还经常给我们讲人与人之间都是尔虞我诈的关系,根本就没有什么良心道德之说,他每说这些事的时候,都举一大堆的例子让我们听。几个月后,我俩的想法就有了转变,认为人世间只要有了钱,什么事都能办,对其他的一切就觉得无所谓了。在这种情况下,王花奎也许认为对我们的教化已经成功,就开始唆使我们做了一些不轨的事情。"

"都有哪些不轨的事情?"

"第一次,就是从到我家逼婚要钱的丁家开始的。王花奎向我们介绍了好多经验,又给我们提供作案工具。那次很成功,就偷来了三千多元,我们把这些钱交给了王花奎,他返给了我们一部分。以前我认为,他让我们偷姓丁的钱,是为我家出气……"

"你们是被他利用了。"春霞说。

"这件事做过之后,他又把我们介绍给他周县的几个朋友,说是今后跟着他们可以发大财。可惜最后,他的那几个朋友没看上我们哥俩,后来就再没提过此事。"

"后来还偷过吗?"

"有一次,王花奎从外边回来,他的侄媳找他借五百元钱,说是村干部贾兴玉罚她缴超生费。当时,王花奎啥也没说,掏出五百元钱交给了侄媳。到了晚上,他就安排我们到贾兴玉家,把所收的五百元钱,还有其他所有的超生费,共计六千多元,全部偷了过来。和以前一样,我们把偷来的钱交给了他。就这样,几年下来,我们也不知偷了多少。可能是村民被偷穷了,后来王花奎不让我们在本村偷了,只让我们给他提供有用的信息就行啦。"

听到这里,春霞问:"贾运发家发生的那件事,你们知道吗?"

"不知道。"

"我再提醒一下啊,前段时间,贾寨村一夜被盗七家,丢失现金一万二千元,这件事你们参与没有?"

"没有。"

"那前几天给我的那封匿名信,是你写的吗?"

贾生显出十分难堪的样子,答道:"是"。

春霞又问:"昨天与你们一块去贾正礼家的那个人是谁,是哪村人?"

"我们也不知那个人叫什么,只知道他姓周,我们管他叫周哥,是周县人,昨晚与王花奎一块来的。"

春霞、鲁根一听"王花奎"三字,顿时来了精神,春霞问:"王花奎不是外逃了吗,什么时间又回来的?"

"他外逃不错,但昨晚又与姓周的一块回来了,是我们给他提供了贾正礼的消息后过来的。起初,他并没有回来的意思,主要对我们提供的信息感到不踏实,特别是提到你在大会上说贾正礼取款的事,他心中疑虑较大,老认为其中有诈,因此特意安排我们,一定要摸清贾正礼的底子及你往山东去的动向。确定你往山东去后,他才与姓周的一块直接来到我家躲避了起来。夜深人静时,按照他的安排,他在家守候,我们哥俩和姓周的开始行动。要说那个姓周的不在了,十有八九与他有关,很可能是他救走了姓周的。"

"王花奎在你家没出来,又怎能救走那人呢?"

"王花奎那个人行踪不定,他给你说往西,也可能就往东去了。贾寨村他又熟悉,也许我们走后,他不放心又跟了过来,这些情况都说不定。"

"你估计一下,假如那人是他劫走的,他们能往哪里去,会不会再去你家?"

"绝对不会,这一点敢肯定。如果他劫走了姓周的,那姓周的必定告诉王花奎,贾正礼家里发生的事情。你想,他还敢再去我家吗?"

"你们给王花奎报信让他回来,是在哪里找到他的?"

"在周县北周庄金贵家找到的。"

春霞引蛇出洞的计划虽然实现了,但最终还是没能抓住王花奎。不过抓住贾生二人,也算收获不小,起码清楚了几个问题,下一步就是如何将王花奎捉拿归案了。

摆在眼前的问题是,该如何处理贾生与张伦呢?春霞心里产生了矛盾,如果把他们交给派出所,二人毕竟是自己的学生,要不是贾生当年家里有特殊情况,又受到王花奎的教唆,估计也不会走上邪路。况且,二人都还年轻,今后的路还很长,如今也有悔改之意。从这些角度来讲,春霞确实不忍心把他俩交给派出所处理。但是转念一想,如果不把他俩交派出所,放他们回去,显然是在包庇纵容。这几年,村民一直对偷盗问题恨之入骨,对干部的不良作风深恶痛绝,一旦知道放走了他俩的消息,该如何向村民解释呢?她思前想后,考虑再三,痛下决心说:"你们做了违法的事情,我作为你们的老师,现在很想帮助你们,可我也无能为力。我是国家干部,要为群众的利益负责,所以必须公事公办,不能包庇你们。事情到了这般地步,你们也不用多想,也不用埋怨,就让派出所处理吧!不过以后,走上正道了,我还是你们的老师,有需要帮助的,尽管来找老师就行了……"

这席话,是丁春霞的真情流露。贾生、张伦发誓要痛改前非、重新做人。

十二、化解误会

贾兴水一直在想自家失火那天晚上与张子军发生冲突的事，越想越感到张子军欺人太甚。一个外姓之人，小户人家，竟敢深夜闯到我家闹事，并指使人放火烧房，真是胆大包天，猖狂至极。如果再不给他点厉害，恐怕他张子军就不是张子军了，我贾兴水也不是贾兴水了。他越想越恼，恨不得一下子结果了张子军，于是叫来贾老黑一帮人商量此事。这帮人听后都愤愤不平，齐声问兴水怎么办，贾老黑说："我们听你的，必须出了这口恶气。"

兴水说："先打他一顿，后烧掉他的房子。"

兴水的三哥贾兴恩插话道："不能烧他的房子，只能扒他的房子。"

几人听了，都不解其意。贾兴恩解释说："你们想到没有，烧房子太危险了，万一危及邻家，引起大火灾，我们岂不是自找麻烦吗？"

大家认为有道理，把烧房子改成了扒房子。主意拿定之后，贾兴水领着一帮人向子军家涌去。

兴水往常处理问题、应付事情，从不出头露面，总是在背后出谋划策，指使别人向前冲，可这次却一反常态，带头冲锋。

　　见到张子军,兴水开门见山地说:"今天我带人来找你,有两件事:一是劈头盖脸打你一顿,直到鼻口蹿血为止;二是你暗地指使人烧了我家的房子,今天我不烧你的房子,要扒了你的房子。"

　　不等张子军说话,兴水一挥手,上来五六个人抢拳就要打,张子军大叫一声:"贾兴水,先等等,我问你一个事,说完后,随便你打,行吗?"

　　兴水迟疑一下,道:"行,问吧!"

　　"我问你阴历初七、初八两晚上,你干啥去了?只要你实话实说,打死我都不亏,你敢说吗?"

　　"这有何不敢说,初七、初八我哪儿也没去,也没做什么,在家睡觉。"

　　"谁能证明你没做啥?"

　　"我全家人都可以证明。"

　　"你家里人证明顶个屁用,谁能相信?他们还不是都听你的!"

　　贾兴水一听,怒喝道:"问的什么屁话,今天你无论怎样玩花招,都必须得挨。给我打!"

　　五六个人一哄而上,噼里啪啦地把张子军打得鼻口蹿血。而后,兴水又一挥手,道:"扒他的房子!"

　　一声令下,十来个人抢起工具就要扒房。这时,贾运昌的女儿贾淑英跑了过来,大喊一声:"都住手!"

　　一群人看着这个小姑娘,一时愣住了。

　　贾淑英走到兴水跟前,说道:"兴水叔,听说丁春霞为救你家两条人命,险些丧掉自己的生命,你就是这样领着人给她报恩的吗?这种行为是在给丁干事添麻烦,懂吗?"说罢,转身离开了现场。

贾兴水说话从来都是干脆利落，口没吃过、脸没红过，而此时贾淑英的几句话，让他口也吃了、脸也红了。他看着淑英的背影，耷拉着脑袋，羞惭地带着人走出了张子军家。他边走边想，虽然淑英这孩子说得有道理，但张子军深夜闯到我家，不但动了口，而且又动了手，更令人不能容忍的是，我贾兴水千错万错，你张子军也不应该指使人烧我家的房子！旧社会的土匪也不过如此。这不是硬骑在人头上拉屎吗？真是欺人太甚，是可忍孰不可忍。

冷静一会儿后，他又想到张子军平常不是这种作风的人，不会这样鲁莽行事的，那么是什么原因让他那天如此激烈生猛呢？思来想去，也找不出答案。

这时，张子军刚才问他的话又响在了耳边，张子军问这话是什么意思？是怕挨打的托词，还是另有他因？这个问题，他想了一路。但有一点，无论是什么原因，他这次都不能饶恕张子军，一定要让张子军付出代价。

第二天，贾兴水去乡政府见了丁春霞，说了自家失火那晚发生的事情。春霞为更进一步弄清真相，便问："张子军到底是因为什么闯到你家的？要据实说，不要有半点隐瞒，否则后果自负。"

"后半夜，一点多钟的时间，我们全家人正熟睡，猛听到急促的敲门声，接着便听到有人骂，说，贾兴水，你小子有种就出来，今天姓张的非要你的命不可！"

春霞点点头，示意他接着说。

"我一听，是张子军的声音，当时就感到莫名奇怪，赶紧起身穿衣。小花害怕有意外，不让我出去看，但张子军把门敲得直响，我一个大老爷们，怎能忍下去呢？因此不顾小花的劝阻，起身开门,走了出去,小花也跟着走了出来。"

"然后呢?"

"张子军见我出来,张口就骂,说什么贾兴水,你欺人太甚,把屎尿屙到我姓张的头上了,今晚就算你是石磙,我是鸡蛋,也得跟你碰,说着伸拳就向我前胸打来。"

"他为什么要打你,你不知道吗?"

"对天发誓,我真不知道。我一边躲,一边喊,这到底是为了啥,可他根本不听这些,也不容我说,发疯似的向我扑来。出于本能的反抗,我只好抓起一根棍子向他打去,幸亏他躲得及时,不然脑袋也得开花。见我拿了棍子,他也抄起一根棍子向我打来,二人正大打出手时,突然看到外面火光冲天。我感觉不妙,着火处正是我家的老房子,那里还住着我七十多岁的父亲及五六岁的小儿子,我哪还有心思再和张子军打架呢?就左闪右躲,方得脱身。等我赶到火场时,父亲、孩子已被您从大火里救了出来,后来发生的事情您都知道了。"

"那我再问你,你们打架时,张子军说过什么话没有?"

"没有,看样子是气得不轻,至于什么原因使他发如此大火,到现在我也不清楚。"

春霞边听边想,子军平日里性情温和,很少和街坊邻居红脸吵架,为什么这次很反常,大晚上去找贾兴水,又是打架又是烧房子呢?按常理推断,这些事情张子军根本是做不出来的啊,其中是不是有别的原因?更何况张子军又不会分身术,怎么可能边打架边烧房子呢?如果不是张子军烧的,又会是谁呢?会不会是张子军指使别人干的呢?

带着一连串的问号,春霞问兴水:"你相信子军会烧你家的房子吗？"

"平心而论，无论如何，我也不敢相信他能做出这等事来。甚至我都不敢相信，他会晚上到我家大闹。但现在不管信或不信，事实就摆在眼前，不信也得信。"

"这个问题，我劝你还是要沉住气，别忙于下结论。你冷静思考一下，张子军为什么早不找你、晚不找你闹事，偏偏在昨晚找你闹事呢？再者，就算是张子军指使人放火，你又有哪些证据呢？"

"这个问题，虽然没抓到什么证据，但着火时就没见其他人出现，只有张子军到了我家，我认为这就是证据。这种情况下，不是他指使人干的，又会是谁干的呢？"

"这算什么证据，你又没有亲眼看到张子军放火，不能凭个人的猜测。你想想，要是子军指使人放火，他还有必要再到你家闹事吗？这样不是自找麻烦吗？再说，在咱们农村烧人家的房子，是极其恶劣的事，要不是有天大的仇恨，一般人是做不出这等事的，况且你与张子军也没有什么仇，所以，对这个问题，咱还不能轻易下结论，待我进一步核实后再说吧。"

张子军被兴水带人痛打一顿后，肿着脸，红着眼，左思右想，心中说不出是什么滋味。原本他是想找贾兴水大闹一场出口恶气的，结果不但没出气，反而被兴水痛打一顿，还落一个放火烧房的恶名，这算哪档子事呢，难道就没有一点天理了吗？想到这些，他心里愈加烦躁，无论如何都接受不了这个现实。因此，不顾浑身疼痛，要想去找丁春霞，非得评评这个理不行。

张子军刚出屋时，丁春霞已进了他家院里。他激动得双手抓住春霞的手，一句话没说，就哭了起来，任凭怎么安慰，还是哭个不停。

子军哭了一阵子，情绪稍稍缓解，便向春霞诉说了兴水领人到他家打人、扒房的事儿，并说要不是淑英那孩子说了一句话，我的房子早被扒成废墟了。

又说："丁干事，贾兴水欺人太甚，这次您无论如何都得给俺主持个公道。"

春霞问子军："你说兴水欺人太甚，我听说，是你先跑到人家闹事的，又烧了人家的房子……"

春霞这么一说，子军又气又急，高着嗓门说："丁干事，你别这么说！按他的所作所为，我到他家闹事都是轻的，杀了他也不解我心头之恨。"

这没头没尾的话，更让春霞感到糊涂，到底是什么原因使他发这么大的火？春霞再三问他，他始终也不肯说。

没办法，春霞只好说："子军，这样吧，你既然不肯说，我也不能强迫你说，但要说明一点，不了解事情的真相，我是没法解决这个问题的，那你们只有法庭上见吧！"说罢，起身向外走去。

子军急了，慌忙说："丁干事，这个事不是不对你说，而是实在不好开口。说出去，姓张的脸就丢尽了，今后就没脸见人了。"

"那你就别说，免得今后没脸见人！"

子军见春霞如此，一时也不知如何是好。

春霞说："子军啊！事情都到什么地步了，什么有脸没脸的，你还在这里迂腐。说吧，只要说出事情的真相，我会给你解决好的，不然事情可就闹大了。如果按照私闯民宅、行凶放火来论罪的话，是要判你大刑的。我不瞒你，兴水把此事已经告诉我了，如果不处理，他马上要报案，到那时，谁也管不了你们的事了。"

子军连咳几声，犹豫了一会儿，才说："丁干事，贾兴水确实不像话,欺人太甚。我弟弟刚刚结婚不到半年,就外出打工去了,贾兴水在这个时候却跑到弟媳家做出了那种畜生不如的事。一旦我弟弟知道了,他该如何看我,他不说我这个哥哥无能吗? 所以我忍无可忍,怕张扬出去,才夜间闯到了他家。"

春霞问道:"你弟媳的事,是你亲眼看到的,还是谁告诉你的?"

"是弟媳王玉仙亲口对我说的。"

"你认为这个事是真的吗?"

"肯定是真的。要是没有这事,弟媳会给我乱讲吗? 你想想,这是啥事,关系到女人一辈子的名节,能随便乱说吗?"

"照你这么说,就是真有此事了? 那么是通奸还是强奸呢?"

"肯定不是通奸,要是那样,弟媳还能主动给我说吗?"

春霞又问:"除了这件事,你和贾兴水之间还有没有其他矛盾?"

"也有,就是在闹事的那天夜里,三组党员贾兴伟给我说我预备党员转正不通过,都是贾兴水在背后煽动的。"

"还有这事? 兴水是怎么煽动其他党员的?"

"他说,只要我贾兴水在,张子军就别想入党,反正是说了好多不利的话,也记不清了,我也不想记它。说实在的,这次跑到他家,就是准备与他拼个鱼死网破的,什么党员不党员的,我也不在乎了,就是村主任不干,也没有什么大不了的,当时心里只有一个念头,死活都不能再受他这样的欺侮了。"

春霞问:"兴水一家人都说是你指使人放火烧了他家的房子,这到底是怎么回事,是不是你干的?"

"干干事,我拿我的两个儿子和七十多岁的老母亲赌咒,我要真是做了那伤天害理的事,就让他们都死在大年初一。当时我在气头上,我承认自己不理智,跑到他家大吵大闹不对,可要说放火烧他家的房子,绝对是没影的事。当时,只顾与兴水厮打,根本就不知道他家啥时着的火。待我们知道时,火势已经蔓延开了,你要是不信,可以问兴水是不是这个情况。再说了,这种缺德的事,我也干不出来啊!"张子军嘴唇都颤抖了,唾沫星子满天飞。

春霞明白了他夜间去兴水家的原因,只是这种事兴水到底有没有做,凭子军的一面之词还不能定论,还有待进一步核实。想到这里,她认为有必要见一下王玉仙,但这种事,又该如何与她说呢?还是先与子军沟通一下比较好。

因此春霞对子军说:"在你与兴水的问题上,你弟媳王玉仙很是关键,她与兴水的关系是真是假,直接决定着你的祸福,也决定着你与兴水今后关系的好坏。为澄清这个问题,我要找王玉仙过来核实一下情况。你看行吗?"

子军犹豫了一会儿,说:"这种丑事,她怎好意思说呢?"

"这个你不用担心,只要她来,我自有办法。"

子军把王玉仙叫过来以后,知趣地走了出去。

春霞瞟了王玉仙一眼,只见她脸上涂了一层厚厚的粉,风吹后干得掉渣,就这一点上春霞心中已有了看法,张口问道:"你就是王玉仙吗?"

"是的,丁干事,叫我有什么事吗?"

"没大事,随便聊聊! 你嫁来贾寨村有多长时间啦?"

"半年了吧。"

拉了一会儿家常,春霞把话题一转,问:"玉仙,你知道张子军是做啥的吗?"

"他不是村主任吗？"

"对！他是村主任，正因为他是村主任，事情才可怕。前天夜里，他与贾兴水的事，你听说了吧？现在贾兴水已把他告到公安局去了，说村主任仗势欺人，私闯民宅，行凶放火。"

"我知道他与兴水打架了，但不知为何打架，更不知他行凶放火的事儿。"

"这个也许你不知道，但子军为何去兴水家打架，他已经告诉我了，这事都是因你而起，你知道吗？"

"因为我？丁干事，这话从何说起？他们男人打架，跟我妇道人家有啥关系？"

"因为你对子军说，贾兴水欺负了你，子军想给你出气，所以才夜里到兴水家打架的。"

听到这里，王玉仙低头不语，有点慌张了。因为粉底太厚，也看不清是不是脸红了。

春霞说："这个问题事关重大，今天让你来，一定要实话实说，只有这样，才能有办法保你哥哥张子军不出问题，不然公安和法院会治他罪的，到时也会牵连到你。要真是到了那一步，事情就难办了。我知道，年轻人看不透问题的严重性，说话办事不考虑后果，随便一些，这是很正常的。但法律只讲事实，不讲人情，搞不好，你和张子军都会坐牢的。"

听春霞这么一说，王玉仙更加紧张了。

"玉仙，情况我已如实告诉你了，子军与你下一步或好或歹，就看你的了。要想害你哥哥的话，你就说假话。要想救你哥哥的话，你就说真话。现在你说出来，还有挽救的余地，如再拖延，可就没办法了。"

"丁干事,我要说了实话,你真能保我们不出事吗?"

"能!只要你说实话,我就能保你们不出事。"

"那好,我说。丁干事,这件事确实是我一时糊涂,给哥哥说了假话。"

事情原来是这样的:跟王玉仙有染的那个男人,不是贾兴水,而是在她家后面住的小伙子贾存喜。从王玉仙嫁到贾寨村那天起,贾存喜就看上了她,总是找机会想跟她接触,时间长了,二人心里都产生了邪念。王玉仙的丈夫张子华同本村几个年轻人外出打工了,这样便给他俩创造了机会。起先,二人特别小心谨慎,生怕被别人发现,时间一长也就放松了警惕。一次偶然,被贾兴水发现了端倪。后来风声大了,传到了张子军耳朵中,旁敲侧击地问过玉仙。王玉仙本来就心虚,以为子军真的发现了她的奸情,灵机一动,随口把这盆脏水泼在了贾兴水身上,说兴水一连两夜都去骚扰她。王玉仙这样说,因为她和贾存喜的奸情,是贾兴水最早发现的,风声没准就是他传出去的。二是兴水在村里有人有势,她估计子军不敢去质问贾兴水。谁知子军立即暴跳如雷,当即说非要教训教训贾兴水。当夜,他就像一头野牛,气呼呼地闯到了贾兴水家里。

春霞得知实情后,对王玉仙说:"这个事已经发生了,到时候,子军与兴水说起这件事,必定得牵连到你。为了你的面子,你不如把这件事写下来,让他们二人一看,我再在中间加以调和,此事也就过去了,你看行吗?"

王玉仙认为有道理,就把事情的经过一五一十全写在了纸上。玉仙走后,春霞把她写的情况让子军看了,子军鼓鼓的一肚气瞬间瘪了下来,像木头人似的傻眼了。

　　春霞说:"走吧! 咱们一块去兴水家走一趟,沟通一下。"

　　到了兴水家,春霞让其家人全都过来,将事情经过仔细解释了一遍。原来是一场误会,双方懊悔不已,子军当场向兴水及其家人深深鞠了一躬,以示歉意,双方言和。

　　冲突化解了,那兴水家的房子是谁烧的呢?

　　大家都在思考这个问题,始终没有答案。这时,忽然听到外边有人喊,春霞出来一看,是乡政府通信员小张。

　　"丁干事,宋书记说有急事找你,让你赶快回去一趟。"

　　"你知道是什么事吗?"

　　"不知道,看样子,宋书记很急,咱们赶快走吧。"

　　春霞来不及再说什么,匆匆回了乡政府。

十三、一波三折

　　春霞刚进乡政府大院，就碰到了办公室主任杨从昌。他神色慌张地与春霞打了个招呼，说："宋书记正等你呢，快点去吧！"

　　春霞到了宋书记办公室，见派出所胡所长和两名公安人员在屋里，个个神情严肃，像要审判犯人似的。宋书记向两名公安人员介绍道："这就是我们乡的组织干事丁春霞同志。"

　　两名公安人员点点头，说："春霞同志，我们是县公安局的。我们今天来的目的，刚才已经向宋书记汇报了，是有个案子直接牵涉到你，想找你核实一下，希望你能配合我们的工作。"

　　春霞心头紧了一下，怎么又牵连上案子了？

　　"行，有什么需要，您只管安排，保证配合好你们的工作。"

　　"丁干事，阴历十月十八日那天夜里，你到哪里去了？"

　　春霞想了一会儿，屈指算了算，说："那天是星期五……哦，想起来了，那天夜里，我去贾寨学校了。"

　　"去那里干啥？"

　　"也没有什么事。我是从教育战线调到乡政府工作的，和凡集乡各学校的很多老师都认识。我到贾寨包村已经四五个月了，还没往学校去过一次，怕以后见了老熟人不好说话，那天下午处理完事情后,正巧路过贾寨学校,碰到他们的校长等几个人,便聚在一起吃了晚饭,然后就回去了。"

"那天吃饭,学校的教务主任贾兴才去了吗?"

"去了,大家都在一起的。"

"你和贾兴才是什么关系?"

"同志关系啊!"

"平日有没有来往?"

"没有什么来往,就是见了面打个招呼,巧了吃顿饭而已。"

"那天你们喝酒了吗?"

"喝了,喝了点酒。"

"喝酒时,你俩发生什么争执没有?"

"发生了,不过彼此心里并没有什么矛盾。"

"争执的焦点是什么?"

"都是因为十多年前的事。我们都学过武术,但不是一个老师。喝酒时,他说我师傅不行,带有贬低、污辱的意思,于是我们就争执了起来,不过争论一阵子后也就没事了。"

"当时喝酒,你俩谁喝得比较多?"

"他是男的,当然是他喝得多。"

"你们是一起回家的吗?"

丁春霞的性子本来就急,这一连串的问题把她问得有点不耐烦了。

"同志,到底出什么事了? 您痛快点,行不行?"

"春霞同志,先别急! 请先回答我们的问题。"

"好好好! 出学校大门往南的一段路,我俩是一起走的,走几分钟便岔道了,他往东去村里,我往西去乡政府了。"

"你知道吗,这次你们是永远岔道了。"

"什么意思?"

"他死了!"

"死了?"春霞嘴巴张得圆圆的,脸上布满吃惊。

"怎么,你不知道?"

"那天喝酒时还好好的,怎么可能死呢?"

"是在井里淹死的。"

"不可能吧,他都那么大人了,怎么会想不开跳井淹死呢?"

"春霞同志,请听好了,我们是说他在井里淹死的,不是说他自己跳井的。好了,好了,直接说吧,现在有人揭发你,说死者贾兴才是你趁他酒醉之机,把他推进井里淹死的。"

这下,春霞不干了,火暴脾气立马点着了,"噌"从椅子上站起来,厉声说:"是哪个缺德的,这样诬陷我?现在我就要跟他对质。"

公安人员向她招了一下手,说:"不急,有让你跟他对质的时候。春霞同志,我再问你,你们那天一起在路上时,见到别人没有?"

"没有。"

"可人家是有证据的,也就是有人亲眼看到你把他推进了井,并且看到你的那个人,还愿意出来当面做证。"

"既然他看到我把人推进了井,为什么当时没有呼救,偏偏现在才来告发啊。"

"这个事,当时我们也是这样问他的,对方说,你的武功相当厉害,若是呼救,恐怕连他一块都推进井里去,所以当时一直躲在暗处,没敢吭声。"

春霞哭笑不得,对公安人员说:"这是什么逻辑,真是荒唐至极,岂有此理,难道你们公安人员也相信这话吗?"

宋书记劝解道:"春霞,这个事毕竟只是在调查阶段,别人告你,那是别人的自由,但事实总归是事实,假的永远是假的,沉住气啊!"

"宋书记,我怎么能沉住气,这根本就是与我八不沾九不连的事,纯粹是诬陷,我一定要和他当面对质,弄个明白,看他到底是何居心。"

她又转向公安人员,问:"敢问两位贵姓?"

"不客气,我姓田,叫田希;他姓武,叫武振邦。"

"好,老田,能否告诉我举报人是谁吗? 现在我就想跟他对质。"

春霞又对宋书记说:"现在我真是尝到是非村的滋味了,上次我救了村民,反倒诬陷我杀害了村民;这次,又诬陷我把人推井里,乡干部在他们眼里就是这么容易被诬陷的吗? 贾寨村啊贾寨村,你真不愧为一个是非村。"

她咬了咬牙,自言自语道:"只要我丁春霞在贾寨村工作,非得把这种邪气压下去,不理顺贾寨村,誓不罢休!"

宋书记道:"老田,你现在告诉她举报人是谁,也无妨。放心,我保证不会出现打击报复的事情。再者,举报人又愿意当面对质,你还有什么顾忌的?"

老田说:"现在告诉春霞同志,有点不妥。"

宋书记说:"你们不说,我说,这个举报人叫贾兴河,据他说,那天晚上,起来小便时,发现自家的一头猪没有了,因此便到村里四处去找猪,碰巧发现两人在搏斗,起先他并不知道是谁,走近看时,才确认是春霞和贾兴才。"

春霞听到"贾兴河",便立刻想起,他不就是贾生的哥哥吗?前段时间,还来说情,希望放了贾生。想到这里,她心里全明白了,这纯粹是报复,于是向老田道:

"老田,我想跟你们介绍一下我与举报人的关系,行吗?"

"行!你说吧。"

"其实,我与举报人贾兴河谈不上什么直接关系,但我与举报人的弟弟贾生是师生关系。贾生毕业后,由于各种原因走上了犯罪道路,因偷盗抢劫被我当场抓获,交给了乡派出所,这点胡所长是知道的。他的哥哥贾兴河,就是你们说的举报人,找我说情,想让放了他的弟弟,我没答应,他就怀恨在心,认为是我毁了他弟弟,是我把他弟弟送进了监狱,这就是我与证人的关系。"

大家听了春霞的介绍,有所悟,但依然不能排除对丁春霞的怀疑。宋书记看了下表,已经十二点多了,便示意胡所长安排吃饭,又说:"春霞,今天就不让你陪客了,你先回去吧,吃过饭随叫随到就行啦。"

几个人去胡所长屋里正吃饭时,外面响起了敲门声,胡所长起身开门,一位白胡子老人声音颤抖着问:"您是胡所长吗?"

"是的,请进屋里来吧。"

老人没客气,进了屋里。几人让他吃饭,他不吃,嘴里哼哼道:"人老啦,不中用了,连自己的儿子也管不住了。"

胡所长一听,认为又是和儿子闹矛盾的,因此就想安慰他几句算了。谁知,没等他说话,老人又说:"我是种了一辈子地的人,是吃粮食长大的,不能昧良心啊!"

胡所长越听越感到不明,问:"你有啥事,就直说吧。"

老人气愤地说:"我那儿子贾兴河干了缺德的事,得告诉您,千万别听他的话,包村干部丁春霞是个好干部,她为老百姓立了大功,抓住了小偷,贾寨村现在平安了。"

这几句话骤然引起了在场者的注意,目光齐刷刷地看着了老人,静静听着老人的一字一句。据老人说,事情是这样的:

贾兴才落井的第二天早上,家里人看小学生都放学了,而贾兴才昨晚没回来,今天早上又没回来,让他的弟弟毛堂去学校找。学校说昨晚就与丁春霞一块走了。毛堂听了这话,就去张子军家问丁春霞来了没有,子军告诉他没来。他心想,哥哥可能与丁春霞一起办什么事去了,想到这里就回家去了。他的母亲是个细心人,对儿子说,你再往村后找找吧,往学校去的路旁有口井,别万一掉井里去了。这句话提醒了毛堂,他拔腿就往井边跑。到地方往井里一看,里面果然有具尸体。他慌忙喊人把尸体打捞了上来。大家一看,死者正是贾兴才。一家人闻听噩耗,除了哭还是哭。因为贾兴河与贾兴才来往甚密,毛堂便去请贾兴河操办后事。贾兴河得知贾兴才是与丁春霞等人一起喝酒后出的事,心里打起了歪主意,假装如梦方醒一样,对毛堂说:"对了,毛堂,我差点糊涂了,你哥哥不是自己掉井里的啊。"

"那是怎样掉井里的?"

"是别人把他推进井里的。"

"是谁?"

"肯定是包村干部丁春霞,你不是说你哥与丁春霞一块喝酒的吗?我几乎忘了这事,昨天半夜,我起来小便,发现我家的一头猪没有了,就穿上衣服去找猪。恰巧发现有俩人在那井边搏斗。你想深更半夜的,谁还能在那里搏斗呢?不是丁春霞与你哥哥,又会是谁呢?"

贾兴河添油加醋,把此事说得有叶有梗。毛堂当时处在极度悲痛之中,也没有多想,便信以为真,拿起棍子就要找丁春霞拼命,被贾兴河拦住了,劝说道:

"这样不行,你哥哥一身武功,都不是他的对手,你能行吗?再说,你说她把你哥哥推井里了,她会承认吗? 大家会相信吗?"

毛堂愣住了,说:"那你说,该怎么办?"

"这个事好办,你先找人写份诉状,我给你做证,人证物证都有,丁春霞想跑也跑不掉。到那时,除了要追究丁春霞等人的责任外,还能得到一笔安葬款、赔偿费,一切问题不就解决了吗?"

毛堂找人写了一份诉状,签上证人的名字,送往了县公安局。

贾兴河以为这步棋一举两得,既为贾生报了仇,又可让丁春霞倒霉。但是,他俩合谋陷害丁春霞的整个过程全被他的父亲听到了。

老人回想一下,昨晚儿子根本就没起床,更没有外出找猪之事,所以就骂儿子干缺德事不得好死,贾兴河根本听不进父亲的话,还说父亲老糊涂了。

老人见儿子不听劝阻,便瞒着儿子往乡政府找到胡所长,说出了事情的真相。

胡所长等人听了这些,对丁春霞终于解除了怀疑。

再说丁春霞从乡政府回到家后,刘功明已经吃过了饭。她看了功明一眼,什么也没说,疲倦地躺在了沙发上。功明见她神情异常,就问:"今天又出什么事了,吃饭没有?"

春霞还是没吭声,过了一会儿才对功明说:"可能这几天,会有一个大麻烦,实际上这个麻烦已经有了……"

"又惹麻烦啦？不会是杀人了吧？"功明半开玩笑地说。

春霞一本正经地说："对，还真让你猜中了，别人就是告我杀人了。"

功明一听，立马严肃道："春霞，我相信你不会杀人。你听我一句劝，咱无论如何也不能在贾寨村干了。几个月来，怎么尽出这样的事，你叫我还活不？这整天过的是什么日子呀，天天为你担心害怕！"

"你不用担心，没什么大不了的事，他告我杀人我就杀人了？我倒不是担心这个，关键是怕万一到了公安局，就会耽误时间，贾寨村的工作就不能按计划实施了。"

听春霞这么说，功明一肚子的火马上像炮弹一样炸了起来，他气恼地说：

"贾寨，贾寨，当初不让你去，你偏偏逞英雄，非要往那儿去，现在你总该尝到甜头了吧？人家有多年经验的老干部提起贾寨都望而生畏，你可倒好，自己偏要去贾寨。"

他越说越气，又说："人家张思允专门找人给你联系到人事局工作，风吹不着雨淋不着，不用天天费脑筋，可你不去，偏要去那个鬼不缠的地方，真是烦死人了！"

春霞也不示弱，说："你不用这么说，如果我不去贾寨，今天你能说出这些话吗？任何事情都有利有弊嘛！"

功明见她到了这个地步，还有心思说俏皮话，心里更是气愤，说："行！这次你有经天纬地的才华去公安局展示吧。"说罢，转身躺在了床上。可躺了一会儿，心里老是七上八下跳个不停，再看看春霞，她还是那个满不在乎的样子。

功明问："难道你心里就没事吗？"

"哦,想起来了,有事,中午饭还没吃呢。"

"你不是说过包贾寨村的干部本事大,不吃饭都撑得慌吗?"

这本是一句气话,春霞听了,却哈哈大笑起来,说:

"行,刘功明有水平,这话说得好,包贾寨村的干部就是个铁人,不吃饭照样工作。"

功明嘴上这么说,心里却心疼她,慌忙起身做饭去了。

这时,胡所长走了过来,春霞心里又是一沉,料想肯定是传唤自己去接受审讯。谁知胡所长走进屋里,向春霞笑了笑,说了事情的原委。

春霞不知该喜还是该忧,同上次见到胡所长一样,握着他的双手,两眼湿润了。

"没事,春霞,贾寨村的群众是拥护你的,领导是相信你的,正义是永存的!"

十四、梦醒时分

春霞遭诬陷这一劫过后,她想起了兴水家房子着火的事情。张子军的嫌疑已经排除了,这个放火的人到底是谁呢?

在农村,放火烧房报复人,是极为罕见的,除非仇恨已经到了无法调解的地步。贾兴水为人圆滑,遇到矛盾都是绕着走,不可能和人结下深仇大恨,所以遭人报复的可能性很小。

春霞又想到那夜逃走的那个犯罪嫌疑人,按当时捆绑的情况,他不可能挣脱而逃,必定得有人帮助方能脱身,他是外乡人,这个帮他的人会是谁呢?贾生说,这人是与王花奎一块从周县来的。那夜三人外出作案时,王花奎在贾生家守老营,会不会是他们没有及时返回,王花奎去接应他们时,发现了那个被抓的人?

如果是这样,那人肯定是被王花奎放走的。在放走那人的同时,王花奎必定也知道了贾生与张伦二人的处境,两人赶紧逃离了现场。

再往细处分析,王花奎就有了放火嫌疑,为救贾、张二位同伙,王花奎会不会用放火来一个调虎离山?

通过分析,丁春霞推测王花奎是放火行凶之人,就是这个偷盗团伙的幕后人。从贾张二人提供的情况,贾寨村出现的几次大的入室抢劫案中,贾张二人都不知内情,更没有参与,这说明王花奎还另有同伙在行动,这伙人可能是他勾结的外地人。是不是这种情况,她没有十分的把握,但有一点可以肯定,所有这些事情王花奎都参与了。不除掉王花奎这个祸害,贾寨村还是不得安宁。

可怎样才能让王花奎归案呢?

想来想去,她想到了鲁根,或许只有他能找到王花奎。因为王花奎给鲁根介绍的对象就是他自己的亲侄女,于是她决定让鲁根见一下王花奎的侄女,看能否由此探知王花奎的行踪。想到这里,春霞找到鲁根,问:"你和你那个对象还联系吗,进展如何?"

鲁根说:"这个事,我正想请教你呢。按原来与她的约定,应该去见她了,但眼下王花奎处于这种情况,这个时候见她是否妥当,有没有妨碍,我一时拿不定主意。"

春霞道:"正因为王花奎处于这种情况,你才有必要去见他侄女。至于王花奎是什么样的人,做了什么样的事,和你们谈对象是两回事。王花奎不正,不代表他的侄女不正,说不定通过与他侄女的接触,还能了解到王花奎的藏身之处呢。所以对这个事,你不用犹豫,抓紧时间与她接触,尽快摸清王花奎的底细。"

鲁根打消了顾虑,骑上摩托车去了陶瓷厂。

爱洁与鲁根一样,最近也在考虑如何与鲁根见面的问题。恰恰这时,鲁根出现在她的面前,真是喜出望外,彼此亲热地嘘寒问暖。

爱洁直言道:"我爸对咱们的事特别关心,曾专门来这里嘱咐我不要犹豫,要及早定下终身大事。"

鲁根道:"哦,怎么你爸爸认识我吗?"

"你忘了吗,你在周县不是跟他见过面了吗?"

　　鲁根听糊涂了,啥时候见过她爸啊。于是他问爱洁:"你爸爸啥时候去的周县,那不是你叔叔吗?"

　　"我叔叔就是我爸爸。"爱洁"咯咯"笑了起来。

　　看鲁根还是不明白,爱洁说:"看你傻的,我爸爸就是王花奎,王花奎就是我爸爸,他那天假装是我叔叔,因为爸爸领女儿见对象不合适。"

　　鲁根这才明白,缓了一下他想起春霞交代的任务,问道:"你爸爸啥时候又来这里了?"

　　"快一个月了吧。"

　　鲁根料她还不知王花奎的真实情况,现在是否告诉她呢? 一旦告诉她真相,会出现什么样的结果呢? 可不告诉她也不成,眼下毕竟还想通过她了解王花奎的情况。想到这些,他最终还是决定告诉爱洁真相。

　　"爱洁,你爸爸是做什么的,你知道吗?"鲁根问。

　　"知道,不就是常年在外说书唱大鼓嘛,他还能做什么?"

　　"要真是如你所说,咱们两个真是万幸了。"

　　"说个书,唱个大鼓,很平常的事嘛,干啥就万幸了呢? 你真是太看起他了。"

　　"爱洁,恐怕你还真不知道他在外面做什么,实际上他不是在外说书唱大鼓,他是在……"

　　鲁根的话没说完,爱洁就笑了起来,"传俭啊! 是你知道我爸爸,还是我知道我爸爸?"

　　"现在是我知道,你不知道。"鲁根说。

　　"你知道就知道吧,反正说书也好,唱大鼓也罢,都是平头百姓,对咱们两个都是无所谓的事。"

"真要是无所谓的话,我们就万幸了。"

"传俭,你有话就直说吧,别让人那么累,你应该不是那种说话绕来绕去的人。"

"那好,事情到了这个地步,就给你说实话吧!我的名字不叫鲁传俭,而是叫鲁根,这些你爸爸没告诉你吗?"

"没告诉我,传俭也好,鲁根也好,名字不就是一个代号嘛,追究这些有什么意思?"她显出一副漠不关心的样子。

鲁根顿了顿,换了口气说:"爱洁,情况是这样的,我之所以叫鲁传俭,是骗你爸爸那伙人的,不然怎能混进他们团伙里面呢?又怎能知道他们的所作所为呢?你爸爸不是什么说书唱大鼓的,而是以说书为名,去干偷盗之事,他是偷盗团伙中的一员,不但在外边偷窃,在自己村里也是如此。"

爱洁再也听不下去了,气愤地说:"你这个人是不是中邪了,在这里胡说什么!简直是无中生有,污人清白!"

鲁根说:"爱洁,我是一位中共党员、复员军人,爸妈都是国家干部,请你相信我绝不会无缘无故地说谁一个不字,我与你爸先前素不相识,更是无冤无仇,是什么就是什么,有必要去侮辱他吗?你要是不信我说的这些情况,现在就可去问他本人是否有此事,你知道他在哪儿吗?"

爱洁无论如何也不相信鲁根说的是事实,问道:"你是怎么知道这些事的?"

"告诉你爱洁,你爸在周县与周广法、周广强、周广生三兄弟是一伙的,他的任务主要是利用说书打探消息,给他们提供偷盗线索;在自己村里,他在贾生、张伦一伙背后负责策划指挥。现在贾生、张伦已被收监,周县的周广强也已被抓,剩下的周广法、周广生二人,公安人员正在缉拿。你爸也是缉拿对象。不知现在他是否和周广法、周广生在一块。这些情况都是我打入他们内部了解到的,绝没有任何谎言。"

爱洁的表情发生了急剧变化,一时陷入了无限的痛苦之中,一向被她尊敬的爸爸此时成了她的耻辱,她无颜面对鲁根。鲁根安慰她:"你爸爸走这条路绝非他本意,他是被周广法一伙人所迫才误入歧途,你不用因此感到惭愧,人的一生总是有许许多多坎坷不平的事情,我们只有既来之则安之,正视现实,一切烦恼悲痛都是无济于事的。再者,我也向你发誓,在咱俩的个人问题上,只要你不嫌弃,我绝不会因此而反悔。在我心里,你永远都是最纯洁的。"

鲁根的这番话,实实在在地打动了她的心,使她万分激动,于是两眼含泪扑向他的怀抱,失声痛哭起来,边哭边说:"我向来敬重的爸爸为我付出了很多,我一向都认为他是最伟大的。真的做梦也没想到竟会是这样的。鲁根,事已至此,下一步该如何是好呢?"

"没有什么好的办法,只有劝他尽早洗手,投案自首,争得政府的宽大处理,否则将会越陷越深,直至不能自拔,走上绝路,给亲人带来更大的悲伤。"

"你这次,就是专门为我爸的事来的吗?"

"不全是,最主要是见你一面,谈一下咱俩的事。不过,叔叔的这个情况也有必要让你知道,以便更好地帮他迷途知返。"

"他已经犯下大错,又咋帮他呢?"

"至少我们能劝说他弃暗投明,争取宽大处理!"

接着,鲁根又问爱洁:"你知道他在哪里吗?"

"很可能在周县的朋友家。"

"要不然,咱们往那去一趟,见到他当面劝劝最好。"

二人商定后,鲁根骑摩托车带着她到了周庄,见到了王花奎的朋友金贵。金贵说,王花奎离开这里已经好几天了。

鲁根问:"往哪里去了,您知道吗?"

"他说回红城老家看看。"

鲁根说:"没见他回去啊。"

"这我就不知道了,反正临走时,他是给我这样说的,如果没回老家,也许往利阳县去了,那里也有他的朋友,但不知去没去,只是估计他可能往那儿去了。"

"您知道他的那位利阳县朋友是谁吗?"

"知道,他叫管应春,住在县城东郊。"

鲁根问完这些情况,二人便返回了红城。鲁根想,爱洁对其父亲的情况尚有不信之处,这样就有必要让她回家一趟,看一下那地下室的情景。想到这里,便问爱洁是回陶瓷厂还是回老家。

爱洁道:"爸爸出现这样的事情,我想回家见妈妈,不知妈妈知不知道这个情况!"

鲁根把她送到村西头,二人分手。鲁根回了乡政府,见到丁春霞,把见爱洁和周县的情况说了一遍,而后说:"爱洁不是王花奎的侄女,是他的女儿。"

春霞道:"是他的女儿不更好吗? 这样就更有利于做王花奎的工作。"

鲁根说:"爱洁回来了,我想咱们不如往她家去一趟,让母女俩清楚王花奎的真面目,以便更好地配合咱们下一步的工作。其实我也告诉了爱洁实情,可她还是有点不相信的感觉。"

春霞道："好,那咱们就去一趟。"

到了王家,春霞领着爱洁母女去了西屋。

春霞把屋里那张床挪了挪,用脚一踩,平地立即打开一个洞口。

母女二人面面相觑,直瞪瞪地看着洞口。

春霞道："这个你们知道吗? 走,我领你们下去看看。"

几人跟着春霞进了地下室,点上蜡烛,母女俩顿时惊叹不已。闫氏嫁到王家二十多年了,从未听任何人说过此事,更没有见过这个地下室。

春霞道："现在你们该明白了吧,这就是王花奎藏身的地方。"

说到这里,闫氏方才明白为什么王花奎进了这间屋会消失不见,原来是躲进了地下室。

春霞接着又说了王花奎的真面目。

闫氏知晓了这一切,慢慢发起了呆。一会儿,自言自语地说："王花奎,你这个该死的老东西,叫我们娘俩今后怎么见人啊!"

春霞见她这样,说："这个事,你们母女也不用烦恼、不用自卑,王花奎是他作他受,与你们没有任何关系,这点你们放心,政府会分明是非的。"说罢,又走到鲁根身边,拍了一下他的肩膀,对闫氏说："嫂子,你认识他吗? 他可是你未来的驸马,爱洁的对象。"

闫氏正在苦恼之中,听春霞这么一说,心里又是一惊,丈二和尚摸不着头脑,两眼瞅了瞅鲁根,又看了看女儿。

爱洁红着脸点点头。

闫氏看鲁根一表人才,心中大喜,请二人到堂屋坐,又是递烟,又是倒水,然后说："丁干事,您放心,花奎一旦回来,我一定领他去见你们,争取改邪归正。"

大家把事说定后,春霞二人回到乡政府,对王花奎归案的问题进行了具体分析。二人一致认为,在此期间,王花奎不会轻易再回老家,甚至春节也不可能回来。

按照乡党委批准的贾寨村工作计划,现在已到了健全班子的关键时刻,春霞对鲁根说:"王花奎的事情,暂由爱洁你们两个看着办吧,主要是摸清他现在的隐藏地点,待我把班子健全后,再全力处理这个问题。"

十五、如愿以偿

　　围绕健全村领导班子问题,丁春霞与全村二十六名党员分别谈心,又结合自己几个月来在贾寨村工作的实际情况,对现有班子成员进行了综合考量,虽然心里对书记、主任的人选问题还是没有十分把握,不过对于怎样产生书记和主任人选,进而健全班子,她有了思路。

　　春霞写了一份健全贾寨村领导班子的实施方案,上报给乡党委。宋书记看后,想到贾寨村非同一般村,不做这项工作便罢,做则必须成功,不能失败。为慎重起见,宋书记召开了党委专题会议,针对丁春霞上报的方案进行审议。审议过程中,组织委员王永昌说:"我个人认为,这个方案总体还是切实可行的,不过在选举产生书记、主任问题上,与常规要求有所不同。常规要求党员投票产生书记,而她的方案里面是党员和群众一起投票产生书记;常规要求是群众选举产生村主任,她的方案是书记提名村主任,然后再通过群众选举。"

　　王委员说出这些不同后,引起了大家的议论。宋书记突然想起没通知春霞参加会议,因此又赶忙通知她过来。她刚到会议室,王委员就对她说:"丁干事,你上报的方案很好。不过,在产生书记、主任人选问题上,与换届时的常规要求有所不同,你能向各位领导汇报一下理由吗?"

春霞道:"各位领导,是这样的,在书记、主任的选举问题上,之所以与常规要求有所不同,是建立在走访党员群众基础上而采取的措施。贾寨村有五个生产组,两千六百人,其中姓贾的占一千八百人;二十六名党员中,姓贾的二十名。按常规要求,选举书记必须是党员投票,非党员不得参与,这样在贾寒村选举书记时,就容易出现极端。由群众、党员共同参与选举书记,然后再通过党员投票表决,报乡党委审批,这样就比较有广泛的代表性,不会留下后遗症。按常规要求,村主任由村民直接投票选举产生,结合贾寨村的实际情况及多年来主任与书记在工作配合中出现的问题,我认为,在产生主任时,应由书记提名后,再通过群众选举,报乡党委审批,这样产生的村主任与书记的工作配合就比较得力,同时也可避免出现拉帮结派的现象,不过在选举时并没定死,不一定必须按书记提名的人选去投票,选举人也可另选他人。"

看看沉默不语的宋书记,春霞又道:"现在对贾寨村的班子,毕竟是补配人员,健全班子,并非村两委换届,没必要咬文嚼字,死抠章程⋯⋯以上是我的汇报,错误之处请领导批评指正,最后肯定还是以乡党委的意见为准,我绝对服从党委的安排。"

与会领导听了春霞的意见,认为言之有理,所做的工作深入、细致、扎实,上报的方案可行。

宋书记见大家没有异议,便总结性地说:"如前所说,春霞同志工作有创新性,精神可嘉,党委同意所报方案,并全力支持她的工作。"

贾寨村选配班子的消息刚一传出,乡政府大院内就开始了议论。前几任包村干部在贾寨村调整班子时,出现了许多触目惊心的问题,让乡党委感到非常棘手。可以说,贾寨村的班子调整,就像是一个炸药包,谁碰谁倒霉。这次轮到了丁春霞,会是怎样的结局呢?大家都为她捏把汗。

就在选配班子要进入实质性阶段时,村治保主任贾兴水又来报告:昨晚刘加训、张子军两家的牛被人偷走了。与此同时,乡政府通信员小张给春霞送来一封信,上面写道:

丁春霞同志:

　　我是一个没与你打过交道,只听说过你的人。我在红城的朋友、周县的朋友皆因你的缘故,坐牢的坐牢,流亡的流亡,他们被你整得有家不能归、有人不能见,你好大的本事啊!老子闯荡一生,走遍大江南北,还没有碰到过你这样的硬茬。现有幸听说了你,真是我一生快慰,因此特捎信与你,给你送上两条路,一是咱们结为生死朋友,二是咱们结为生死对手,两条路任你选择。到时,我会找你,当面聆听你的答复。

这是一封匿名信,春霞看后,深思一会儿,随手把信放进了抽屉,又把两家牲畜被盗的事情报给了派出所。目前,她要排除一切障碍,集中精力,尽快解决健全班子的问题。

按乡党委的要求,春霞到贾寨村召开了全体党员、全体村组干部、群众代表参加的大会,共有二百三十八人参加。会议分为上午、下午两个阶段,上午主要是传达选配班子的精神要求,完后党员继续开会,讨论张子军预备党员的转正问题。下午进行村两委班子的相关选举工作。

传达完乡党委的精神后，丁春霞说："近段时间，大家都比较关注张子军同志的组织问题，前些时候已经开了支部大会，会上没有通过转正的问题。当时有个争议，有同志说张子军的预备党员没经支部会讨论通过。对此问题，组织上派专人做了调查核实，结果呢，有的说没有召开支部大会，有的说召开了支部大会。根据支部大会记录，确实是召开了这个会议，并且也通过了他为预备党员的决议，因此组织最终认定召开了支部大会，认定了他为预备党员这样一个事实。子军的预备党员到期，如没有其他问题，理应转为正式党员，结果支部大会上没有通过转正，当时会上也没说出具体意见，是延续预备期还是就此取消他的预备党员，都没有说明。今天在这个会上，有必要向大家做出说明。前些日子，子军误听谗言，闯到兴水家大吵大闹，并发生了打斗，在群众中间造成了极坏的影响，所以党委研究决定延长其预备党员的预备期，同时批准张子军辞去村主任职务。"

丁春霞宣布这一结果后，现场鸦雀无声。贾兴水站了起来，说道："丁干事，这个问题，我说两句行吗？"

"可以。"

"那天夜里，子军到我家确实发生了厮打的事情，但责任也不能全归他，事出有因，我也有一定的责任。退一步说，即使子军再错，我也不应该带人到他家扒房子，这一点，我愿向子军全家道歉。"

春霞示意他继续说下去。

"至于子军的党员转正问题，我认为乡党委不应该以我们两人发生的冲突为由延长他的预备日期，他到我家去时毕竟是误听谗言，气愤至极，那种事情放谁身上，恐怕都会有过激行为。平时，他还是一个比较持重的人,所以我同意现在就开支部大会讨论通过他党员转正的问题。至于他要辞去村主任的职务,乡党委更不该在这个时候同意。"

兴水说完,春霞解释道:"关于子军的党员转正延期,乡党委考虑的并不是因你们发生冲突,而是按照一个预备党员转正的标准做出的结论。村主任辞职的问题,是他个人再三要求的,辞职书早已交到我手里,当时没给答复,后来他又几次强烈要求,所以组织上才同意了他的辞职,这些都与你兴水毫无关系。"

兴水道:"如果这样的话,请求组织也给我一个处理。"

"你能认识到自己的不足,刚才又愿向子军全家道歉,这就是对你最好的处理,希望你散会后,落实你的诺言。"

兴水一百八十度的大转弯,确实让人惊奇,按他平日处事的风格,现在这个态度,简直是脱了胎换了骨,大大出乎人的意料。但稍加留心的人都可发现,贾寨村何止是兴水一人在变呢?而是整个村的人都在变,其根源主要来自丁春霞在贾寨村用一言一行做出的示范。

贾兴水还有更惊人之举,在会上当众把自己提前写好的检讨书交给了春霞,还说愿意当众检讨。春霞看后,认为他的检讨态度非常真诚,敢于揭短亮丑,有必要让他当众宣读一遍。于是,丁春霞说:

"大家注意了,现在兴水同志对个人问题有了认识,不妨让他给大家谈一谈。首先说明这是他本人的自我认识,并非领导安排。"

兴水从春霞手中接过自己的检讨书,向大家说道:"同志们,我确实该向大家检讨了,特别是该向丁干事检讨,我对不起丁干事。"

兴水在检讨书中承认了村中这段时间的许多矛盾、纠纷都是由自己而引发,不仅伤害了丁干事,还造成了班子不团结,干群关系不和谐,因此特向领导、同志们做出深刻检讨。并表态:"任凭组织处理,我都愿意接受。下一步,本人就算成为一名普通群众,也一定严格要求自己,痛改前非,跟着丁干事学习怎样做人,怎样做事,怎样工作,团结一致向前看,和大家一道努力把贾寨村的工作搞好,齐心协力奔小康。"

兴水的检讨承认了大量的错误,但与会人员并没因此痛恨他,反而还增添了对他的好感。大家认为,他能认识到自己的错误,敢于自我揭短,态度端正,坦白诚恳,凭着他一身聪明劲,今后一定能工作好。春霞也没想到他能认识得如此深刻,从内心感到兴水的检讨对大家也有教育意义,真是千金难买。几个党员说,自己也想借此机会谈一下个人的不足,只可惜今天不是一个民主生活会,以后有机会再剖析自己的毛病吧。

下午便开始了选举工作。春霞把选举规则和要求给大家讲了,她说:"按照乡党委的安排,这次贾寨村选配班子,一定要从实际出发,打破常规,乡党委不再直接任命村书记,书记由本村群众、党员直接选举产生,村主任及两委成员由村书记提名选举,如对提名有异议,也可另选他人……"

为选出真正出于公心,能为群众办事的班子,春霞再三要求参会的二百三十八人都要抱着为群众负责的态度投上神圣一票。

春霞刚要宣布选举开始,贾兴道站了起来,向大家声明,他自己不再当候选人。丁干事没直接答复,只是说,看选举结果吧。于是,按所定程序要求,开始了选举。

按照投票结果,庄克山当选为村支部书记,刘加训任副书记,贾兴兰也当选为委员。而后,又按程序举行了村委会选举,贾兴水当选为村主任,贾正礼、贾运昌、贾淑霞等分别出任副主任、治保主任、会计等。

十六、原来如此

班子问题解决了,春霞觉得贾寨村的当务之急是解决王花奎盗窃团伙问题。她从抽屉中拿出那封匿名信又看了一遍,而后转给了鲁根。

鲁根看后,笑了笑,道:"这个事显然是王花奎同伙所为,由此可以看出,偷张子军、刘加训两家的牛,不是他们的主要目的,向我们示威才是真正目的。"

"我何尝不知他们是这个意图呢?现在的关键问题是王花奎背后是谁在撑腰?他竟敢如此嚣张。周广强已被捉拿归案,周广法、周广生二人逍遥法外。这封信虽然是王花奎所为,但不一定是他亲手所写,只能说他知道这件事而已。王花奎、周广法、周广生三人即使写,也不是这种口气,这说明,除了姓周的兄弟二人外,王花奎背后还有比周广法二人更强的高手,这个高手会是谁呢?可不管是谁,从信中都可看出,他们这伙人随时都有出现在我们面前的可能,现在就是不知道他们在哪里,以什么样的形式出现。"

鲁根说:"不管怎样出现,最近我们都不要远离,以防不测。我们当心提防,看他们能奈我何。"

"我们这样未免太被动了,现在不是他们能奈我何的问题,而是我们该怎样主动地去奈何他才对。他们在暗处,我们在明处,想主动又该从何下手呢?"

二人正发愁找不到突破口时,刘加训来报,说他两家的牛都找到了。

春霞问:"是在哪里找到的?"

加训说:"在村部院内,是看管村部的贾老三告诉我们的。"

"这么说,那牛不是你们找到的,而是送来的了。"

"应该是送来的。"

春霞心里甚是奇怪,偷牛者既然送回了牛,当初又何必去偷牛?由此说明自己的判断是对的,他们的目的不是偷牛。不把牛送回失主那里,而偏偏送往村部,说明他们在挑衅,于是她与鲁根一块去找贾老三。

老三说:"我也不知道怎么回事。今早起来打扫院子时,突然发现院子里的大杨树下拴了两头牛,我便走近前去看了看。想起了张子军、刘加训两家丢牛的事,心想,这牛难道是他们的不成,于是我去叫张子军他们前来辨认。二人见后大喜,那牛果真是他们的。"

春霞问:"昨天晚上,村部大门关上没有?"

"门不但关闭,而且还落了锁。"

"今天早上起来时,大门是关着的,还是敞开的?"

"大门是关着的,锁也没坏。"

春霞心想,送牛的人肯定是位高手,开门、关门都没留一点痕迹。凭这一点,此人肯定是个惯偷。

两家的牛被偷,又毫发未损送了回来,一时成了人们议论的热门话题。其实这也不足为奇,你想,如果不把牛送回来,干他们那一行的,又咋处理呢?卖掉、杀掉,都易暴露自己。通过偷牛,给张、刘二人敲警钟的目的已达到,要了牛,反而是一个负担。那么送牛的人是谁呢,是王花奎吗?说不定他现在还在红城。

正如春霞所想,王花奎现在的确是在红城,只不过没公开露面罢了。

周广强被抓后,王花奎逃跑了,直接到了金贵家,打探周广法的消息。一连好几天,都没得到周广法的确切消息。这时,贾生过来了,向王花奎说了贾正礼家有巨款的事情,让王花奎想办法弄过来。

王花奎听了贾生送来的消息,心里很不踏实,怀疑是丁春霞设下的圈套,可贾生一个劲地拍着胸脯说:"花奎哥,你放心,贾正礼确实有钱。这一点,我已经核实过了,绝对不假,丁春霞去山东学习考察了,正好不在家。"

王花奎一听丁春霞不在家,心里猛一轻松。因此,他便带着周广军到了贾生家,就如何偷窃贾正礼的这笔钱财进行了商议。

一番周密安排后,他们开始行动。后续细节,与丁春霞的推测大同小异。

救下周广军后,王花奎急得直跺脚,直怪自己太大意了。周广军说:"现在不是自责的时候,当务之急得尽快想办法把他们二人营救出来。"

正当二人一筹莫展时,村里传来大吵大闹的声音。王花奎突然想起一个歪点子,他向贾正礼家北边的草房指了指,说:"眼下没有好办法,只有调虎离山了。"

周广军会意地笑了笑,二人快手快脚跑到草房跟前,点着了火。火着起来之后,王花奎又生一计,在墙外连喊几声:"失火了,救火呀！张子军叫人放火了！"

随后，王花奎便和周广军迅速离开现场。

到了周县，王花奎对周广军说："丁春霞太可恶了，咱们的好事都毁在她手上，我们得尽快找到广法老大，非除掉她不可。"

后来，他们终于在利阳县找到躲藏起来的周广法。周广法听了前因后果，也咬牙切齿地发誓要除掉丁春霞，但凭他们几人的能耐根本就不是丁春霞的对手。周广生说：

"咱们对付不了她，可以再找人，不能这样死等着。"

周广法人脉极广，很快便把在利阳的朋友王法军请来，详细说了事情的经过及个人的想法。

王法军沉默一会，说，"这个事算不了什么，我有一朋友叫马强，很有手段，对付一个丁春霞应该没问题。"

广法问："马强这位朋友现在何处，是做什么的？"

"现在利阳县城居住，没有固定职业，原本就是武家出身，后来到阜阳市一家工厂做活，因脾气暴躁与厂长发生冲突被开除了，现在市上做杂活挣钱养家糊口。去年因与人纠纷，发生格斗致伤六人，至今还欠医院六千多元的医疗费。"

广法道："这个问题不大，今天就帮他还上。"

王法军说："如能这样最好！"

然后，领着周广法几人见到马强。马强有点像鲁智深，竖眉大眼，留着光头，年纪约四十五六，音质浑厚，行家一听就知是一位内功深厚的人。听其言谈，似有一点文才。周广法心中有了数，觉得此人不是凡人，对付丁春霞应该没问题。于是向他介绍了丁春霞的情况，马强起初倒也平静，但听到丁春霞是位武林高手，方圆百余里都没有人敢与她交手，他沉不住气了，起身一拍桌子，傲气十足地说:"什么武林高手,走,老子现在就去会会她,看她是不是个高手。"

广法胳膊一横,拦住他,说:"马弟,这个事不用太急,其实我也没见过这个丁春霞,只是听花奎弟说她如此了得,也许不是个善茬,不然我那广强弟怎能败于她手。因此我们不能小觑她,必须想一个万全之策,打有把握之仗,做好一切准备后再动身也不迟。"

"那好,不过也不能让这个丁春霞天天开心。这样吧,我先给她报个信,刺激刺激她,看她见信后有何反应。"于是提笔写了封信交给了王花奎。

周广法又看了马强一眼,说:"马弟,咱们对那姓丁的,是让她尝尝皮肉之苦还是一刀了之?"

"这个你们看着定吧,反正怎样都行。"

周广法表现得甚为感动,从皮包中掏出一沓钱放到马强面前,说:"这一万元钱交给你,赶快把欠人家的医疗费还上,咱们一块去红城。"

"老兄,这个使不得。初次见面,无功不受禄,怎好让您先破费呢?"

"老弟不用再客气了,法军的朋友就是我的朋友。你有难,我帮;我有难,你帮。相互帮助才是好兄弟。"

这几人与马强密谋后,得意地返回旅社。到了旅社,周广法又问王法军:"马强弟虽然答应了我们,但他的武功到底如何,此番前去能否胜过那个丁春霞,我心里可不踏实啊!"

"你放心,他也是经过名师指点,苦练多年的,要不是挂念家中的老人,恐怕早出去当武师去了,别说一个丁春霞,就是三个五个也不在他话下,他的手段我是知道的,尽管把心放肚子里吧。"

　　此事说定后,王花奎与周广生离开利阳,到了红城县。王花奎想想近段出现的事情,无一不是丁春霞所致。又想到张子军、刘加训监视他,不禁怒发冲冠,心想不但要让丁春霞付出代价,也要让张子军二人尝点苦头。因此,王花奎与周广生把马强写的那封匿名信悄悄送到乡政府办公室后,又去贾寨村牵走了张、刘两家的牛。

　　牛到手之后,该如何处理,正像丁春霞分析的那样,他们心里产生了矛盾,所以最后只好把牛又送了回去。

　　对那封匿名信,春霞自忖道:这个情况告诉不告诉宋书记呢?她想了一会儿,认为有必要让宋书记也知道,免得出事后让他被动。

　　宋书记看完信,表情十分严肃,说:"这伙人太嚣张了,欺负到干部头上了。此事不可大意,从信中可以看出这伙人对你已经是恨之入骨。当然写个恐吓信,说说大话,是一些不法分子惯用的伎俩,也没有什么大不了的事,不过不能认为他们只是说说而已,他们肯定会对你下手,因此眼下你要谨慎行事,多加提防。停会儿,我安排胡所长,让他与公安局的同志对接一下,确保你的安全。"

　　丁春霞自然知道这是领导对自己的关心爱护,但并没同意宋书记的意见,说:"这个事暂时不用给公安上说,因为歹徒是冲我而来的,我理应去面对他们。我也想趁此机会见到王花奎这个罪魁祸首,以便彻底斩断贾寨村的这个祸根。如果一开始就让公安介入,一旦打草惊蛇,我们抓捕的机会就会丧失,他们还会继续祸害百姓。"

　　宋书记说:"话是这个道理,可你对付这些不法分子、亡命之徒是冒有极大风险的。"

"这个应该没有什么问题,您放心就行啦。另外,还有鲁根可以给我帮忙。"

实事求是地说,在王花奎的问题上,鲁根确实出了不少力,流了不少汗。春霞让他看过那封匿名信后,他就一直担心丁春霞的安全,又一直在考虑如何对待王花奎。王花奎是爱洁的父亲,自己与爱洁已定终身,王花奎将来就是自己的岳父大人,面对这一现实,自己该如何是好呢?躲避肯定不行,正面相对吧,心里又很矛盾。自己既然与他的女儿定了终身大事,就应该对他尽责,想法让其早日自首,争取政府的宽大处理,否则将是害他终生。但不知爱洁是如何考虑这一问题的。想到这里,他便马不停蹄地去找爱洁,说出了自己的想法。

爱洁与鲁根不谋而合,可关键不知王花奎身在何处,二人说了一阵子后,爱洁说:"你先回去,一旦有了爸爸的消息,我马上通知你。"

鲁根对丁春霞说知此事。春霞说:"你们想得太天真幼稚了,这些人大多都是顽固不化、不见棺材不落泪的家伙。对待这类人,在一定的条件约束限制下才可能回头,否则是不会悔改的。"

"爱洁劝说他也没有用吗?"

"估计没用,他不会听他女儿的。"

春霞又道:"王花奎的事情,今后在爱洁面前还是少说,她毕竟是个女孩子,说多了会给她带来不必要的压力和痛苦。至于怎样对待王花奎,找到他视其情况再作处理。"

"真够烦人的,为什么王花奎偏偏是爱洁的父亲呢!"

"这个你也不用烦恼,王花奎无论到哪一步,对你与爱洁的关系来说都是两回事,不能混为一谈,总的来说,你只要心中有爱洁,就不要被这个问题所限制,只管在爱情的道路上走下去就行了。"

再说王花奎等人在红城相聚后,周广法问王花奎:"那封信,丁春霞收到没有?"

王花奎说:"应该收到了,信是我亲手送到乡政府办公室的。"

"这几天你听到什么消息没有,有什么异常反应没有?"

"没什么明显反应,不过她看到信后无论如何也会感到不安。"

马强插话道:"周兄这次来红城,对这个丁春霞到底打算做到什么程度? 是让她致残,还是一命归天?"

周广法看了王花奎一眼,说:"按照原来设想,干脆了结她算了,省得再有后患。不知花奎弟意下如何?"

花奎道:"这个问题,我们必须慎重考虑,丁春霞毕竟是国家干部,整死她势必会引起一场风波,政府会不惜一切破获此案。到那时,哪里还有我们的栖身之处呢,结果不就得不偿失了吗?"

周广强问:"那你说咱们应该怎么办?"

"我想,马强弟如果能一举制服她,咱们就趁机提出,让她作保,释放广强及我的那两个兄弟,她本人从此不在贾寨村。如能达到这样一个目的,要远比伤她性命的意义大多了,对我们是最理想不过的结局了。干咱们这一行,就要坚持大案不犯、小案不断的原则,这才是最为合算的。一旦出了人命案,全国通缉,整得惶惶不可终日,家不能回,朋友不能见,我们在这个世上活着,还有什么意义呢?"

广法问:"马强弟,你认为如何?"

"我倒无所谓,你们怎么说,我就怎么办。"

周广法想了想,认为王花奎说得有道理,这样操作即使失手,风险也不大,于是便问马强:"如果按照花奎弟所说,你能制服她吗?"

马强说:"我感觉无论如何,解决她应该没问题。不然传出去的话,以后还怎么混呢?"

"那好,咱们就按花奎弟的意见办吧!"

第二天,王花奎伪装一番后,领着几人去了凡集乡。到乡政府一打听,方知她去了县城,下午才能回来。几人只好在凡集找了一家客店住下来。直到第二天上午八点,丁春霞从街东往西走了过来,几人在街旁正喝粥吃包子,王花奎指了指道:"街上走的那个女人就是丁春霞。"

几人马上警觉起来,只见她昂首挺胸,步履矫健,虎虎生风,内行人一看就知是一位习武之人。周广法倒抽一口凉气,心想怪不得二弟败于她手,于是问马强感觉如何。

马强笑着说:"她算什么,没什么大不了的,我现在就去会会她。"

"不可,光天化日之下,一个陌生男人在大街上与她搏斗,不是自找麻烦吗?"说完几人回到了旅社,让王花奎尾随丁春霞,到了乡政府大门前。王花奎小心翼翼地监视着丁春霞的动向。十多分钟后,丁春霞推着自行车从院内走了出来,鲁根在身后紧跟而来,王花奎自言自语道:"他怎么也在这里?"

他顾不得多想,赶忙到旅社把情况告诉了周广法。广法心想:"难道她已经有了准备?"于是问花奎这二人是怎样在一起的,王花奎说,也许是巧合吧。

广法想了想,道:"绝对不是巧合,肯定是他们已有了戒备。"

马强说:"不必担心,成群结队的对手我都遇过,何惧他们两人呢？不过，为打有把握之仗，现在还是不慌与她见面为好，不如先摸摸情况给她捎句话，看她作何反应，然后再做结论。"

几人都同意这个想法，于是马强写了张字条："丁春霞，我是王花奎的朋友，下午三点整，在贾寨村头相见，是君子就去，不是君子就不去。"写好后交给了王花奎。

王花奎接过字条便犹豫起来，说："这样试探也行，不过这不等于把消息提前告知她了吗？她得到消息后是否会另做打算，联合公安人员将我们一网打尽？再说，下午与他们相会，是咱们这些人都去，还是马弟一人去？"

广法道："奎弟问得好！这个问题我们必须精心安排，行动一定要周密。为避免发生意外，我看就不必提前捎信了，下午我同马弟直接找到她，来个突然袭击算了，反正成败就在此一举了。花奎与广生你们二人瞅好路线，备好车辆，在附近观察动向，见机行事，以防不测。"

一切安排完毕后，马强对广法说："咱们两个去倒可以，但你一定要头脑灵活，到时看我眼色行事。记住，无论出现什么样的结果，你我二人都不能落入他人之手。"

下午，二人直接到了村部，贾老三见来了两位陌生人，上前问道："你们找谁，有事吗？"

二人答道："我们是丁春霞的朋友，请问她在吗？"

贾老三信以为真，慌忙到村书记庄克山家对春霞说了这一情况，春霞对鲁根说："他们果然来了。"

鲁根道："来吧！叫他有来无回！"

克山与兴水都不知内情，便问谁来了。

春霞说："走！到地方你们就知道了。"

双方见面后,马强自我介绍道:"本人叫马强,是王花奎的朋友,久闻你精通武术,打遍红城无敌手,今天特来拜会,如果我败在你手,任凭处置,绝无怨言;如果你败在我手,请你作保,释放周广强、贾生、张伦三兄弟,从此你丁春霞永远离开贾寨村。怎样?这是公平交易吧?"

春霞道:"马强你错了!我们共产党人是为民伸张正义的,在此问题上不存在什么交易,周广强几人,是他们触犯了法律,咎由自取,与我丁春霞没有任何关系,更与你马强没有关系。若是你真的关心这件事,就请王花奎过来搭话,这里没有你的事,你还是去一边玩耍为好!"

"丁春霞,你摆什么共产党人的臭架子,抓几个平民百姓邀功,算什么本事,有本事咱们战上三百合,你敢吗?"

鲁根呵斥道:"马强,你是个什么东西,也不掂量掂量自己几斤几两,竟敢在这里狂野!"

马强说:"你不就是鲁根吗?擅长说瞎话,蒙骗人,今天也该给你算算账了。"

"少废话,有招你尽管使。"鲁根说。

到了此时,双方都憋足了劲,战斗一触即发。马强和鲁根再没搭话,腾身蹿出室外,刚一交手就是一阵急风暴雨,彼此都想一招制胜,可二人的实力不相上下,一招两招是绝对分不出胜负的。十多分钟后,马强暗想,这小子倒是有两下,不过今天的目的并非为他而来,输赢又有什么意义呢?因此他突然露个破绽,跳出圈外,高声喊道:"丁春霞,你想用车轮战吗?我是慕你大名前来,是要与你见高低的,他算什么东西,我不与他战!"

春霞看出了马强的意图,也看出了鲁根与他对战一时半会儿难分出胜负，更没把握让他就擒，这样就不如自己动手制服他，引出王花奎。想到这里，便示意鲁根离开，自己纵身跳进圈里。在来来往往的对打中，马强起初没感到丁春霞功夫如何，可打着打着，他突然感到她功力过人，想胜过她是根本不可能的，顿感事情不妙，于是他狠狠瞟了周广法一眼，示意他赶快离开现场。周广法自然明白他的意思，悄悄溜了出去。马强见广法离开了，心里踏实了许多，又与春霞对打一阵，估计周广法已走远时，喊道："停！我要方便一下。"

二人收住手脚，马强转身向外走去，刚出村部竟如丧家之犬，疯子似的向预定地点奔去。王花奎见马强过来，急忙发动汽车向前迎去。

春霞想到有诈，出去看时，人早已没了影子。

几人狼狈地到了红城，找家旅馆住下后，周广法说："通过这次与丁春霞的交手，静下心来仔细地一想，我们尽管奔波江湖大半生，可做起事来真是太幼稚了。你们想，丁春霞是什么身份，我们又是什么身份。让一个国家干部按照我们的意志去改变，那么这个天下还是共产党的天下吗？实践证明，我们的设想都是妄想，是根本办不到的事情。幸亏行动之前有详细部署，不然这次又惨了，说不定就和广强关在了一起。因此根据眼下的情况，我们只有老老实实待着，万万不可再贸然行事了。花奎还要继续做好信息搜集工作，一旦有机可乘，我们再出手。"

几人按周广法的安排，把对付丁春霞的念头暂且放到一边，继续做起了他们的"老生意"。

十七、真相大白

王花奎几人从红城逃到利阳后，按周广法的安排又干起了偷窃之事，一时倒也痛快。可对于在利阳县赫赫有名的马强来讲，就有所不同了。此时他心里像喝了农药一般难受，与丁春霞交手前，他在朋友面前夸下海口，还收了钱，结果不但没打败丁春霞，反而自己狼狈而逃，对习武之人来讲，这是天大的耻辱。从红城回来，他就一直考虑如何能挽回面子。

马强认识到自己不是丁春霞的对手，无奈之下想到了自己的师傅，便去阜阳市拜见了师傅，把情况向师傅详细说了，师傅说："他们想通过比武，要国家工作人员低头改主意，是根本办不到的事。要说丁春霞武艺高强，与她比个高低，我们可考虑，要说政治上的事，咱们管得了吗？马强啊，为师教你多年，你怎么没有一点长进呢？以我之见，这个事，你还是收手为好，至于那一万元钱，现在如果没钱还人家，可以写个借条，待有钱时再还，千万不能因此而走上错路，你好自为之吧！"

马强本来指望师傅能助自己一臂之力，谁知师傅却向自己泼了一盆冷水，顿时全身凉了半截。后来仔细一想，也不能埋怨师傅，法律的事情岂能是哪个人能扭转的？他告别师傅回到利阳，见了周广法几人,说了情况,又说那一万元钱要给广法先打欠条,一旦有钱马上归还。

周广法听后,生气地说:"马弟,你说的是什么话,弟兄们在一起讲究的是义,还在乎钱吗?事情虽然没达到目的,但你也尽力了,我们还能怪你吗?"

听周广法这么一说,马强更感内疚,暗暗想,朋友大仁,自己也得大义,此事绝不能就此罢休,必须给他们个交代。

想到这里,马强说:"你们放心,师傅固执,下步再联系我的师兄师弟,非让那姓丁的付出代价不可!"

王花奎说:"马弟,这个事,你师傅说得对,他并不是不支持你,细想起来在对待丁春霞的问题上,我们采取硬拼的方式确实不大合适,那样是征服不了她的,更达不到我们的目的。对付她那样的人,还是暗斗最为合适。"

稍后,他对周广法说了自己的想法。广法点了点头说:"按你所想,试试看吧。如能成功,那是最好不过的了。"

王花奎的想法是,制造桃色事件让丁春霞就范,迫使她离开贾寨村。王花奎的外甥贾舟在红城县县城开理发店,此人相貌清秀,头脑灵活,善和女性打交道,老家的住房也正巧与村书记庄克山的家邻近,这样就容易遇上丁春霞,自然也就多了与她接触的机会。

潜进红城,王花奎急急忙忙找到贾舟,满脸愁容地说:"贾舟,你知道舅舅在外说书唱大鼓,逍遥自在多年,生活也算顺心,可从那包村干部丁春霞到咱们贾寨村后,形势就变了,先说我两个徒弟是小偷,还把他们送进了看守所,现在又四处打探舅舅的消息,企图把我也抓进牢房。现在可把我害惨了,有家不能归,有口不能言啊。实在没法了,想起了外甥,你务必给舅舅帮个忙。"说着掏出五千元钱递给了贾舟。

贾舟被王花奎的一番话搞得糊里糊涂的,便问:"我只不过是个剃头匠,能帮你什么忙呢?"

王花奎说:"外甥,我想了,要想解决这个问题非你莫属,你先回老家,这个月的生意让别人给你照看着,一切损失由舅舅我全部包付,事成后舅舅再给你五千元。"

贾舟的媳妇何云是个财迷,在一旁听着,也在心里算着,理发一年也挣不到一万元钱,现在一动不动就拿到了这么多钱,何乐而不为呢? 于是插话道:"贾舟,听咱舅的话,舅舅怎样安排,你就怎样做呗,舅舅还能害你吗?"

走出理发店,王花奎小声对贾舟说了自己的计划。贾舟听后,难为情地说:"舅舅,这能成吗? 人家是国家干部,咱是平民百姓,平时跟她说话的机会都没有,又咋能去做那种事呢? 不行,我干不了。"

王花奎百般解释引导,最终还是说服了外甥。之后,王花奎又叫来贾兴河,教他学会了使用照相机,说了细节,让两人回了贾寨。

丁春霞几乎每天都要到庄克山家去,正好路过贾舟家门口。知道这个情况后,贾舟就在门口等着,找机会与她偶遇,打打招呼。一周多时间过去了,贾舟和春霞偶遇了好几次,搭了好几次话,贾舟心里有了数。这天,他料定丁春霞必来克山家,因此便让贾兴河提前选好拍照的隐身处,专等丁春霞到来。果不出所料,上午十点多时,丁春霞推着自行车走了过来,贾舟装作无意碰上她的样子,热情地向她打了招呼:

"丁干事,你来得正巧,我正说往乡里去找你呢。"

"有什么事吗?"

"有件小事,来屋里说吧!"

丁干事不假思索地把自行车往旁边一放,走进了屋里。贾舟的母亲见家中来了客人,便知趣地走了出去。贾舟倒上开水,放上糖块,然后说:"丁干事,我想请你帮个忙,行吗?"

"你说,帮什么忙。"

"事情是这样的,我在城里开了个理发店,平常很少回家,母亲年岁已大,在家没人照看。为照顾老人,我不想在城里干了,想在村部大门旁开个理发店,这样既方便了村上群众,也方便我照顾母亲,您看行吗?"

没等她开口,贾舟又说:"没事,丁干事,我只是随便向您问一问,成不成都没问题。"

说完后,贾舟又说起了现在青年男女流行的发型,说丁干事您这样的身材脸型最适合留短发,那样人显得格外精神。说着说着,便走到她跟前,用手抚摸着她的头发,说您头发太长了,说着话他迅速用右臂揽住她的脖颈做出二人相吻的样子,又急忙收回右臂,说:"不好意思,我理发习惯了,好做这样的动作,请您别介意。"

贾舟这样一说,她还真不好意思了,起身走了出去。

贾兴河在隐身处抓住最佳镜头,把二人的动作全拍了下来。照片洗出后,王花奎一看如获至宝,得意地自言自语:"丁春霞啊,丁春霞,你武功高强又有何用,这次由不得你了,黄毛丫头想与我王花奎作对,你还嫩着点。"

王花奎想,整治丁春霞的第一步计划算是实现了,下一步该如何办呢,是把照片散发出去,还是直接交给领导呢?散发出去对自己的外甥影响也不好,于是王花奎便以外甥媳妇何云的名义写了一封控告信,信里装进那些"艳照",让贾兴河把信送到了宋书记的办公室。

宋书记从县城开会回来,见办公桌上放着一封信,信封上面写着"控告信""宋书记收"的醒目大字。

宋书记拆开信,没来得及看内容,几张照片已赫然于眼前,仔细一看他大为震惊,当时就皱起了眉头。再看信的内容,只见信纸上歪歪扭扭地写道:

宋书记:

您好!

我是贾寨村群众贾舟的媳妇何云,我向您控告包村干部丁春霞行为不端,多次勾引我家男人。被我发现后,碍于她是一名乡干部,没有当场捉她,又担心被她今后报复,所以一次次地忍过去了,可她不知悔改,反而习惯成性。现在,我确实不能再忍了,壮着胆给您写了这封控告信。俗话说,捉贼捉赃,捉奸捉双。为了证明这件事的真实性,不冤枉她,我特意请人把她勾引我家男人的镜头拍了下来,如再不信,可派专人前来调查。

宋书记,为了乡党委的名誉,此事我没有声张,怕给党委抹黑。但这个事,您必须及时制止,抓紧时间处理,绝不能让这个狐狸精再去勾引我男人。为此,我要求乡党委立即把丁春霞赶出贾寨村,否则我要把丁春霞的丑事全部公开,还要状告乡党委政府不作为,纵容包庇坏人!

控告人:何云

控告信,宋书记以往也看过不少,大都没有特别在意,今天这封控告信却引起了他的高度重视。原因不仅在于实名控告,也不在于信的内容如何如何,关键是那几张"艳照"实在太扎眼了。如果真有此事,此事必须从重处理。因此,宋书记马上安排乡纪委书记丁加信亲自前往贾寨村调查核实此事。

丁加信不敢有丝毫马虎,首先见了贾舟的媳妇何云。何云一口咬定丁春霞多次勾引贾舟。问贾舟时,他却支支吾吾,含糊其词,但最终还是承认了丁春霞与他的不轨行为。

宋书记听了汇报,再看二人的证词,说得有叶有梗,天衣无缝。尽管如此,宋书记还是不信丁春霞会做出这种事情,于是对丁加信说:"此事暂且为止,以后再议。记住,对外暂时保密,这是纪律。"

宋书记相信春霞的人品,这可能是遭人陷害,可那几张清清楚楚的照片又该如何解释呢?谁家的女人愿意往自己男人身上泼脏水呢?何云要求春霞离开贾寨村,似乎是在情理之中。对乡党委来说,这也不算什么难事,可丁春霞毕竟是党委政府派去工作的,如果不明不白地让她离开贾寨村,必然会引起同志们各种猜疑,再者,假若是陷害,在这种情况下让她离开贾寨村岂不正中别有用心者的下怀吗?如果不让她离开贾寨村,举报人肯定不会善罢甘休,必然会再往上级有关部门举报。他想来想去,决定先找丁春霞谈谈。他让丁春霞来到自己的办公室,两眼紧紧盯着她一言未发。

春霞见他严肃的样子,心里犯起了疑问,估计是出事了。沉默了一会儿,她问道:"宋书记,您让我来有事吗?"

宋书记还是没有吭声。又过了一会儿,他才把那封控告信递给了春霞。她接信一看,顿时大怒,起身就要去找贾舟。宋书记向她招了招手说:"不要激动,看看这个吧。"

那几张照片让她更是一惊,一脸迷茫的表情,急问宋书记:

"这到底是怎么回事?我何时与这个人接触过?"

宋书记说:"问题就在这里,你好好想想吧,如果你自己都说不清,其他人不更糊涂吗?"

少许,她恍然大悟:"不错,那天我往克山家去,路过贾舟家门前时,他让我到他家里,说想在村里开理发店的事,难道他在这个时候做了文章?"

这么一说,宋书记似乎明白了,于是问春霞:"你们两个说话时,周围有没有人?发现什么异常没有?"

"没发现什么异常,也没发现其他人在屋。"

宋书记问道:"既没发现人,又没有发现异常,那么这些照片又是在哪拍的呢?"

二人一时都陷入了迷茫。

春霞气愤地说:"宋书记,身正不怕影子歪,我愿意与贾舟,还有他的媳妇当面对质,他们敢吗?"

"他们有何不敢,既然署名告了你,又写出了证词,这就说明他们已经做好了与你对质的准备,况且两个人的事,你说他,他说你,又有什么凭据呢?再者,咱们这个身份的人,为这事也不能与他们大吵大闹去,字是黑狗,越描越丑的道理你不懂吗?"

二人说了好长时间,也没有一个结论。最后,春霞说:"宋书记,你放心,我不会给党委政府丢人的,此事我有办法弄个水落石出。"

春霞窝了一肚火,走出宋书记的办公室,恰巧碰上了庄克山来找她。克山什么也没说,只把那控告信递给了她。

春霞说:"这个我已经看过了,你先回去,到时我还要见你。"

克山走后，丁春霞陷入深思。自己之前从没有与贾舟接触过，也不认识这个人，只不过最近一周见面打个招呼而已，并没有什么恩恩怨怨。他们两口子为什么能不顾廉耻去污辱他人呢？这样的事情，哪是一般人能做出来的！她断定，这对夫妻背后很可能另有其人，在打逼她离开贾寨村的歪算盘。那么是谁在背后主使的呢？带着这个问题她去了贾寨。

克山在村部看到控告信后，也是十分气愤诧异，因此见到春霞，他直言道："丁干事，这个事情肯定是栽赃，但我有一点不明白，那些照片是从哪里来的呢？"

"你的疑点与宋书记相同，我跟宋书记都说过了，现在不用再问这个了，请你相信我是清白的，现在你只需回答我几个问题就行啦。一是贾舟夫妻在贾寨村与谁来往最密切，你知道吗？"

"他们两口子在县城开理发店，平时很少在家，多数时间都在城里，看不出谁与他来往密切。"

"二是贾舟在贾寨村有没有直系亲戚？"

"有直系亲戚，他的姥姥家就是本村的，他的舅舅就是那个王花奎。"

春霞心中一动，但并没有言语。

"三是在贾寨村最痛恨我的人是谁，你知道吗？"

"要说痛恨你的人，就目前我所掌握的情况看，在贾寨村这个范围内，可说没一人痛恨你，你刚到贾寨村时，个别人有些议论，但也谈不上痛恨。后来通过接触相处，干部群众不但对你没有痛恨，反而对你都是赞不绝口。"

春霞不再说话，心想贾舟和王花奎是至亲，难道是王花奎导演了这场戏？从哪些方面能证明是他导演的呢？出这个事时，王花奎根本就没在家呀。可她又一想,不能因为没见到他,就断定他不能在背后使坏。想到这里,她问克山:"信的事除你知道外,在贾寨村还有人知道吗?"

"除兴水知道外,没听说其他人知道。"

"你现在就把兴水喊来。"

兴水来到后,春霞突然向他们二人问道:"咱们贾寨村,在相貌上,有没有长得像王花奎的?"

二人听了一怔,问道:"这与此事有关吗?"

"你们不用问有关没关,只管回答有没有就行了。"

二人想了一阵,兴水说:"四组的贾运良与他长得特别像。"

"你们二人谁与贾运良能说上话?"

兴水说:"他人不错,克山我们两个都能与他说上话,您有什么吩咐只管说吧,我与他说就行了。"

春霞把自己的想法告知了二人,话没说完兴水就全明白了她的意图,可克山还是不大明白。

兴水说:"放心吧,丁干事! 这个事保证办好,让您满意。"

几人说定后,春霞来到派出所,与胡所长进行了沟通。兴水与贾运良说妥后,两人一同到派出所见了胡所长,公安干警像抓捕犯人一样"咔嚓"一声给运良戴上了手铐。与此同时,照相机"咔嚓"几声抓拍下了抓捕的镜头。照片冲洗出来后,春霞让兴水看照片,问道:"像他吗?"

兴水笑了笑道:"很像。"

而后春霞又对兴水耳语一番,最后说:"此举成败,全靠你兴水了。"

"放心吧,丁干事,保证成功。"

兴水拿着照片直接到了贾舟家，问了一些情况，话题突然一转，道："贾舟，眼下你可闯大祸了。"

贾舟心里猛一颤，惊问道："闯什么大祸了？"

兴水神秘地说："贾舟，你如此聪明的一个孩子，怎么能做出那样的蠢事呢？你千不该万不该听你舅舅王花奎的乱安排，这下好了，看你怎么办吧。"

"兴水叔，出什么事了？我啥时候听舅舅安排了？"

兴水板了脸，生气地说："事情都到这地步了，你还瞒着老叔。"

说罢，从衣袋中掏出两张照片往贾舟面前一放。

"你看看这个吧，认识他是谁吗？"

贾舟拿起照片一看，失声地"啊"了出来，而后又故作镇静地说："兴水叔，这是什么意思？"

"贾舟，你是真不知道还是假不知道，照片上的人你不认识吗？你舅舅王花奎在县城作案时被公安局抓住了，这照片就是逮捕他时的照片，这是我刚从派出所得到的。你们几个合伙陷害包村干部丁春霞的事，王花奎都向公安局坦白了，不然派出所的人怎会知道呢？我是看在咱们同族的分上，提前来告诉你的，一会儿公安局的人就会来找你。"

兴水说罢，扭身向外走去。贾舟哪经过这样的事情，急忙上前拦住道："兴水叔，这到底是怎么回事，你给我说呀！"

"你们做的事，我哪里知道，还是去问公安局吧。"

贾舟见兴水如此，再也撑不住了，嘴唇颤抖着说："兴水叔，是我糊涂做了错事，你赶快给我想想办法，无论如何不能让公安局的人来抓我。"

"事情到了这一步,我也没什么好的办法,只有赶快找到丁干事,争取她对你的谅解,或许能躲过这场大难。"

"我做了对不起人家的事,人家会谅解吗?"

兴水说:"单凭你,她肯定不会谅解,不过我领着你见她,也许能给个面子。"

二人急急忙忙去了乡政府,见到丁干事,贾舟承认了自己的错误,说都是舅舅王花奎指使他这样做的。贾舟说完,兴水在旁边说:"丁干事,贾舟年轻,不知轻重,误听了他舅舅的话,念他初犯,看在我给您当兵的分上,请您给派出所通融通融,别再抓他了。"

春霞迟疑一会,说:"看在你兴水的面子上,我可以给派出所的同志去说,不过这个事是县公安局派下来的,贾舟你必须如实地把这件事的来龙去脉告诉派出所,让他们了解真实情况,给公安局有个交代,不然派出所就要把你送到县公安局。"

兴水哀求道:"一切按您说的办,只要不抓贾舟。"

"那好,我去派出所一趟。"

一会儿,春霞从派出所回来,告诉兴水:"你们两个来得真巧,他们警车都准备好了,正准备去贾舟家抓他呢。走吧,现在咱们就去见胡所长,把事情向他们交代清楚就可以了。"

贾舟在派出所把事情的前前后后做了交代,民警制作了笔录,又让他写了一份悔过书。一切完毕后,兴水领着他返回了贾寨。

兴水二人走后,春霞问胡所长:"有必要让贾兴河来一趟吗?"

"这还用说吗?当然他得过来,我已安排人去传唤他了。"

按春霞所想,贾兴河也是受王花奎指使,当面把问题说清算了,毕竟都是村子群众,但胡所长已安排人传唤他,因此她也不再管了,反正事情已经澄清,下步就是如何抓到王花奎了。

再说王花奎自以为得计,一连几日心情都无比兴奋,可一个多星期过去了,并无丁春霞倒霉的消息,他未免心起疑虑。这天晚上,他悄悄去了贾舟的理发店。贾舟两口子见到舅舅,大吃一惊,张口就问:"舅舅,您怎么来了?"

"废话,我怎么不能来!"

"您不是被公安局抓走了吗?什么时间把您放出来的?"

"胡扯,我何时被公安局抓走的?"

贾舟便把贾兴水让他见丁春霞,又到派出所的前前后后说了一遍。王花奎气得额上青筋直蹦,怒不可遏地吼道:"贾舟啊贾舟!你也老大不小了,怎么遇事像头笨猪!这么简单的骗局,你都看不出来!咳,这下你可把舅舅害惨了,真是成事不足,败事有余!"

说罢,王花奎愤愤地走出了理发店,到了旅馆心里仍是气愤不已。他想,人间的事啊,真是谋事在人,成事在天啊!如此精心的安排,到头来还是枉费心机,徒劳一场。

他仰天长叹。下一步该向何处走呢?

十八、晓之以理

王花奎从红城去了周县，他想见见金贵后再去利阳，因此到了周县县城未停，就又找车去周庄。就在他刚上车时，一个后生疾步上前，伸手抓住了他的长发，把他从车上拽了下来，张口就骂："王花奎，你个狗杂种，把我爸弄哪儿去了？还我爸爸！"

王花奎被突如其来的袭击吓蒙了，缓过神来一看是个后生，王花奎抽出匕首对着那后生的胳膊就是一刀，后生疼忍不过，只得松手。王花奎趁机挣脱，闪到一边，大声喊道："你是哪里的野种，不讲一点道理，你爸是谁，与我何干？"

后生不容他把话说完，又愤怒地向他扑来。他闪到一边，大声喝道："你敢再来，我就一刀捅死你。"

这时，迎面又来了一个气喘吁吁的后生，上前拦住了他。王花奎仔细一看，说："这不是周龙吗？"

然后不解地问："侄子，这到底是怎么回事？这孩子不分青红皂白，向我大打出手。"

这两个孩子不是别人，正是周广强的两个儿子，大儿子叫周龙，二儿子叫周虎。王花奎认识周龙，从未见过周虎。周虎二十多岁，行事鲁莽，听说爸爸周广强在红城为了王花奎而被公安局关进了看守所。他认为，爸爸为了王花奎蒙了冤受了屈，王花奎起码得到我家告知一声给个安慰，才是朋友的道理，可王花奎倒好，一走了之。这样他就认为此人不够意思，要找王花奎算账。这回兄弟俩去周庄金贵家打探王的消息，在周县长途汽车站，周龙老远就看到了王花奎，周虎连跑数步，抓住王花奎就打。

王花奎明白缘由后，说："走，咱们先吃饭去，到饭店再与你们细说。"进饭店雅间坐定后，王花奎开口就说："不错，你爸广强确实是为了我被送进了看守所，但内里的情况你们多有不知。起先你爸是如何去我家的，我并不知道，我到家时才发现你爸提前到了我家，听你爸说，才知道是你大伯广法安排他去的，当然是为了我的安全。侄子你俩都是二十多岁的人了，我和你爸的关系，周虎不知，周龙你是知道的。难道我愿意看到你爸被人送进看守所吗？说什么呢，我又有什么办法？为了这事，你大伯我们几人天天都在想办法。说实话，广强被送进看守所，既不怨我，又不怨公安局，要怨就怨那个包村干部丁春霞，要不是她从中作祟，无论如何你爸也不能进那看守所，不但这件事毁在她手里，还有好多事都因她而毁。本来我们做的事与她八不沾九不连，可她偏要管闲事，你爸才有如此结果。"

"事情发生后，你怎么不早点告诉我们？"周虎问。

"事情发生后，本想到你家去一趟告知此事，可在丁春霞的指使下，公安对我穷追不舍，这时如去你家，肯定要连累你们，因此与你大伯我们几人只好跑到外地藏了起来。"

周龙问道："王叔，我不明白这个包村干部与我爸素不相识，她又为啥抓我爸呢？"

"侄子，你怎么还不明白，刚才不是说了吗，这个人爱管闲事，她怀疑你爸和我有偷盗问题。"

周广强分明是自作自受,王花奎为何非得添油加醋地把丁春霞说上一通呢?他的目的是,自己拿丁春霞没办法,不如挑唆这两个浑小子与她大闹一番,自己也好出出心中的恶气。周龙兄弟果然大怒,当即就发誓一定要出这口恶气。

周虎道:"事已至此,我们总不能这样傻等着,让那姓丁的女人逍遥自在,也得让她尝尝苦头才是。"

"这个自然,事情刚发生时,你大伯我们几人就在一起商讨此事,可想了好多办法都没成功。你们不知道,那姓丁的尽管是个女人,武功却十分厉害,十个八个壮汉,都不是她的对手。"

周虎年轻气盛,说:"能有多厉害?咱们现在就去红城会会她,一只母鸡任其叫,还能叫多响!"

王花奎说:"对付丁春霞,不能操之过急,你爸那么高的武艺都不是她的对手,我们几个能行吗?"

周龙说:"我们见她,并非要打打杀杀,采取其他办法不行吗?"

"侄子,你说采取什么办法?这个事,你大伯我们几个可以说是挖空了心思,软的硬的酸的甜的都使尽了,可都失败了。你们两个不用太急,待我去周庄回来后,咱们再从长计议。"

兄弟二人再没有言语。王花奎去周庄走后,兄弟二人自然不能平静。特别是老二周虎,自以为在少林寺学过几年武,听说丁春霞武功高强,心里更是不服,立马就想见到丁春霞比个高低。有了这个念头,周虎对周龙说:

"爸爸被丁春霞无缘无故地送进了看守所,我们做儿子的总不能不闻不问吧?以我之见,不如咱们现在就去找她讨个说法,问个究竟。"

周龙说："即使去，我们两个也不行，别到时偷鸡不成蚀把米，把我俩也搭了进去。要是真去的话，就多带人手，以防不测。"

周虎便找来自己的师兄师弟共十来个人，第二天开着车直接到了凡集乡政府。正巧凡集乡召开村干部大会刚刚散会，院内人声嘈杂。大家正准备离开会场，忽然听到一个如雷的声音：

"谁是丁春霞？给我出来！"

结果没反应。又喊一声，还是没反应。参会人都没弄明白是怎么回事，几百双眼睛相互瞅了瞅，原来声音发自一个年轻的黑脸后生。此人一米八几的个儿，光头，眉毛倒竖，一副凶神恶煞的模样，看上去挺瘆人的。尾随的也都是面目狰狞的年轻彪汉，让人一看就有一种来者不善的感觉。

派出所胡所长听到了，看这一帮人如此嚣张，便喝问道："你们是干什么的，在这里大喊大叫的！"

黑脸汉子答道："我们是找丁春霞要债的，你要想管闲事，最好让丁春霞出来，我们有话对她说。"

程乡长一听就火了，大声说道："胡所长，问问他们是干什么的，在乡政府撒什么野！"

程乡长话音刚落，黑脸汉子就高声喊道："怎么？乡政府是谁的乡政府，难道不让老百姓说话吗？我们是找丁春霞的，她欠我们的债，今天是让她还债的。"

胡所长说："丁春霞不在，有事给我说就行啦。"

"给你说管个屁用，你能代表她吗？"黑脸汉子说。

胡所长厉声说："我命你们马上回去，不然就报警。"

黑脸汉子哈哈一笑说："你们派出所就会报警，还有其他本事没有？我就来找个人要个债,是偷你们了,还是抢你们了,你报的是哪门子警?"

正当黑脸汉子大言不惭、扬扬得意时,人群中走出了一位年轻人,声如洪钟,道:"请你说话放尊重点,我能代表丁春霞,说吧,她欠你什么债?"

黑脸汉子见来了一个与自己年龄相当的小伙子,没好气地说:"我们是找丁春霞的,你是哪里的小毛娃,与你说不着话。"

"老子行不更名,坐不改姓,姓鲁名根,你是什么东西,也配找丁春霞。"

这些爹不亲娘不爱的孩子整日在社会上打打杀杀惯了,岂能容忍鲁根的挑衅,五六个人猛向鲁根扑来。眼看事情就要闹大,黑脸汉子伸手拦住了这帮家伙,说:"急什么,退回去! 冤有头,债有主,我们是找丁春霞算账的,与他没关系。"

说罢,又大声喊道:"丁春霞在吗? 不敢出来了吗?"

其实,春霞一开始就听到了喊声,当时就想往外冲,被宋书记劝住了。此时,她又听到刺耳的喊声,实在忍不下去了,便冲出会议室,站在二楼的阳台上厉声说道:"哪个不知死活的东西找我丁春霞。"

说罢,她"嗖"地从二楼跳了下来,跨步到了这帮人面前。黑脸汉子暗想,看来今天是遇到对手了,便说道:

"你就是丁春霞?"

"少废话,有什么屁该放就放!"

"我叫周虎,是周广强的儿子。丁春霞我问你,我爸违了什么法,犯了什么罪,你把他送进了看守所? 如果能说出个子丑寅卯来,倒还好说,否则休怪我的弟兄手狠。"

春霞听了此话，心想今天乡村干部全都在场，如果灭不了这帮家伙的嚣张气焰，恐怕今后政府就不是政府了，于是，丁春霞向全场人员讲道：

"同志们，今天的事与任何人都无关，周虎一帮人是冲我来的，我一人做事一人当。停会儿，无论出现什么情况，大家都不用参与，胡所长也不用出警，你们有事的去办事，无事的想在此观看就观看。"

宋书记作为领导，考虑较多，在政府大院打架成何体统？但转念一想，这帮混混进了乡政府大院，又如此猖狂，不给他们点教训也不行！于是安排胡所长道："暂不出动警力，先看春霞怎么处理。"

丁春霞对周虎说："刚才，你问周广强违了什么法，犯了什么罪，假若你规规矩矩、老老实实来问我，我可如实回答你，但你今天兴师动众、耀武扬威地来问，我只能告诉你，我想让他进看守所，你管得着吗？你说你是周广强的儿子，我看不像，周广强留着长发，你怎么是个秃头，好像一个没烧熟的土罐子呢？"

"好！丁春霞，你身为国家干部，竟侮辱骂人。"

"我何时骂过人，只不过实话实说罢了，对待尔等不知天高地厚的混混，就是骂你又怎样，你又能把我怎样？"

周虎是横行惯了的，听了丁春霞这番话，顿时暴跳如雷，猛吼一声直向春霞扑来。一同伙上前拦住了周虎，说："大哥，对付一个小女子，何劳您动手，看我怎样收拾她！"

此人说罢便提气运功，出手就向春霞的面部打来。春霞轻轻一闪，站到了一边，说："小子叫什么名字，待会我出手时，你可别嫌痛哟。"

那小子也不理会这些,伸拳又向春霞打来。春霞不屑地笑了笑,照裆一脚把那小子踢了个面朝天,痛得他双手抱着裤裆滚在地上嗷嗷直叫。春霞用一只脚踏住那小子,笑着说:

"就你这个熊样,还敢在这里丢人现眼,以后改不改?"

春霞话没说完,另一家伙气势汹汹地扑了过来。春霞顺手抓住他的手腕,用力往下一按,顿时那家伙痛得又是龇牙又是咧嘴,乖乖跪在了地上。周虎带的那帮人又恼又气,"嗷"一声,倾巢而出,围住了春霞。春霞微微一笑,拳脚并用,不足五分钟,一个个全都趴倒在地。

春霞说:"周虎,来吧!"

周虎恼羞成怒,脱掉上衣,咆哮着:"丁春霞,我跟你势不两立。"

说罢,他向春霞来了一个上虚下实的动作,即左手上扬迷惑春霞,右手实抓春霞双腿,企图一招把她撂倒在地。春霞抬左臂,出右拳,对着周虎肋窝就是一拳。二人大战二十余回合。周虎一看,凭拳脚如何也占不了上风,也不讲什么江湖规矩了,他拔出匕首向春霞刺来。春霞见势,飞起一脚把他手中的匕首踢到一边,接着又飞起一脚,踢到了周虎的脑袋上,周虎当即昏倒在地。周龙见弟弟昏了过去,直愣愣地傻眼了。

春霞说:"不用怕,他死不了。"说罢,她往周虎耳根处一点,周虎立即醒了过来。

春霞说:"你们还狂吗?现在告诉你,周广强是因与王花奎一起偷盗被抓获的,是公安人员依法送他进看守所的,现在明白了吧?今天看在你年轻,是前来比武的分上,就不跟你一般见识了,否则按寻衅滋事论处,足可以把你们全部拘留起来蹲上半个月。"

　　周虎从心里认可了丁春霞的厉害,于是当场就说:"丁干事,我算服你了。"

　　倒在地上的一帮家伙也保证今后再不敢到凡集乡闹事了。寒暄一阵后,春霞把周虎叫到一边,问道:

　　"你怎么知道的?"

　　"别提了丁干事,这都是王花奎告诉我们兄弟二人的。"

　　春霞又问:"你们来时,王花奎知道吗?"

　　"他知道我们要来,但他不知我们今天来。"

　　"你知道他现在在哪儿吗?"

　　"他现在应该在周庄的朋友家。"

　　春霞听到这一消息,放走了这帮人,让鲁根同爱洁一起赶紧去周庄。

十九、迂回取证

鲁根与爱洁急忙赶至周庄。可惜还是晚了一步,金贵说:"王花奎是来过,但今天一早就走了。"

鲁根问:"你知道往哪儿去了吗?"

"听他说,要到利阳县去找周广法。"

二人没办法,只好返回。金贵热情,非让二人吃过饭再走。见盛情难却,二人也不再推辞。鲁根想,既然来了,也不能白来,不如让爱洁给她爸写封信留下来,或许日后王花奎再来,看到这封信能起点正面作用。爱洁同意了鲁根的想法,道:"这样也好,不过该怎样写这封信呢?"

鲁根说:"我先写好,你看合适后,再抄写一遍,行吗?"

"行!听你的!"

一会儿,鲁根写好了信,交给爱洁。她一字一句地看完后,不禁失声哭了起来。信中,父女之情跃然纸上,爱洁此刻真的想念爸爸了,想必爸爸看后同样会想念女儿。爱洁从心里佩服鲁根的才华,堪称是一位文武兼备的人才,怪不得爸爸一再叮嘱要与他定成终身。想到这里,她拭去脸上的泪水,向鲁根笑了笑,抄好了信,交给了金贵。二人吃完饭,便回了红城。

再说王花奎从金贵家走后,在周县县城溜达,正巧碰上周龙、周虎兄弟。没容他说话,周虎就道:"王叔,你说的那个丁春霞果然名不虚传,确实是个厉害人物。"

王花奎惊奇地问道:"你怎么知道她是个厉害人物,难道你见了她不成?"

"对,我带着十来个兄弟去了凡集乡政府,原以为她不堪一击,吓唬吓唬她就成了,谁知她比男人还要凶猛,根本不吃咱们那一套,五六个弟兄在她手里像玩花似的,都败在了她手下。"

周龙说:"那丁春霞不但武功高强,而且处理问题有理有节,今天幸亏是碰上了她,要不然,我们一帮人谁也难回来。说不定现在都进拘留所了。是她对民警说以武会友,我们才得以脱身,否则后果可就惨啦!"

王花奎顿时大失所望,一陷入了无限的茫然之中。绝望之中,他只好去利阳向周广法讨教。

到利阳见到周广法,王花奎从前到后诉了苦。广法仍是信心十足的样子,说:"困境是暂时的。对你来说,丁春霞离不离开贾寨都无所谓。你现在要做的,就是沉住气,静观其变。到时你不想让她离开,她也得离开,不信走着瞧。"

王花奎听广法这么一说,又坚定了信心,又与周广法一起干起了老勾当。

鲁根到周庄未见王花奎,回来给春霞汇报了情况。春霞道:"不急,网中之鱼是跳不出网的。不过,鲁根,我要问你一个问题,你说王花奎为何特别怕我们呢?"

鲁根说:"很简单,怕治他的罪呗。"

春霞说:"这个因素固然存在,但截至目前,由我们所掌握的情况看,他并没有什么大的罪过,只不过与人沆瀣一气,做点偷盗的勾当。而且直到现在,我们也没有抓到多少他犯罪的事实。按理讲,他不至于怕到这种程度。你想想,这是为何?"

这一问,难住了鲁根。好大一会儿,他都没吭声。

春霞说:"他本人的所作所为,罪大罪小自己最清楚,愈是怕见我们,愈说明他罪孽深,只不过暂时还没有得到证实罢了,如果不是这样,他绝不会怕到不敢见面的程度。"

鲁根说:"应该是这个理吧。那么我们下一步该如何办呢?是主动出击去找他,还是在家被动地等他呢?"

二人正分析时,庄克山、贾兴水到了春霞的办公室,报告说,昨晚村里又出现了被盗问题,贾运连家准备给儿子建房的八千元钱全部被盗。

春霞满脸怒气,沉默一会儿,道:"村里还有其他人知道这件事吗?"

克山说:"暂时就我们二人知道。"

"那好,你们现在就回去安排贾运连及家人,这件事不要告诉任何人,我自有安排,另外再通知村两委成员到村部开会。"

村两委会上,她只字不提贾运连家被盗一事,而是安排村干部认真分析村中谁家最富,让大家评出村中的三个冒尖户。待排名出来后,她对参会人员讲:

"最近,县政府准备召开劳模表彰大会,乡政府给咱们村两个指标参加这个大会。咱们村准备上报三户,其中一户是预备户。这样一来,三户中必然得刷掉一户,因此要求大家在上级没有审定之前,此事不宜外说,免得到时出现误会。"

散会后,大家还真以为县政府要召开劳模表彰大会呢。其实不然,这是丁春霞想彻底查出在贾寨村到底谁还是窝犯的一个计策。因此,春霞特意让克山、兴水二人留下。还没等她说话,兴水说:"丁干事,刚才同着那么多人,没好意思问您,县上召开劳模表彰大会,可我们选的这几户虽然富裕,但并不是靠劳动致富的,这样一旦让上级知道,能行吗?"

春霞说:"兴水,这个问题问得好,这就是我们今天所要探讨的一个问题,不靠劳动致富,家庭又没有外援,个人又没有什么一技之长,在这种情况下还能成为全村数一数二的富户,那他们致富靠的是什么呢?留下你们二人,就是来研究这个问题的。"

兴水说:"劳动致富的几条都不占,除非靠偷抢致富了。"

春霞说:"咱们贾寨村多年来偷盗不断,原以为抓走了贾生、张伦,惊动了王花奎,从此贾寨村就太平了,谁知昨晚贾运连家又被盗。"

春霞话刚至此,兴水马上明白了她的意图,说道:"您的意思是,这三户就是怀疑对象了?"

春霞反问道:"难道不是吗?"

三人会意地笑了。克山说:"丁干事,您真是智力过人,我怎么就没想到这一点呢?"

春霞说:"这三户的家庭情况,我不太了解。你们两个可说一下他们是靠什么致富的,家庭有外援还是没有外援,本人有无一技之长。"

二人对这三户进行了认真分析。排名前两位的是贾兴停、贾兴富。贾兴停还好说,儿子在县城开了一个家具店,年收入很可观,又是有名的孝子,经常往家捎钱。但贾兴富靠什么发家致富呢?说不清楚,只知道他家里摩托车、大瓦房及各种家用电器应有尽有。排名第三位的是王传言,他也没有什么致富本领,可家里也是应有尽有。通过分析,显然贾兴富、王传言二人值得怀疑,但怀疑毕竟是怀疑,没有真凭实据,总不能就说人家是靠偷抢发家的吧!

兴水说:"现在必须弄清一个问题,那就是贾运连家被盗,是贾兴富、王传言二人合伙干的,还是某个人单干的。若能确定是二人合伙干的,他们要是不承认,可直接诈他。"

春霞说:"问题就在这里,要知道是谁做的,那就好办了。关键问题是,我们不知道是谁干的啊,现在只是在猜测而已。"

几个人陷入了沉默。

春霞突然问道:"贾兴富、王传言二人在咱们贾寨村最怕谁?"

克山不明白,问:"什么意思?"

"没什么意思,你们只管说他们最怕谁就行了。"

克山说:"在贾寨村,没听说他们最怕谁,怕他们二人的倒是不少。"

春霞顿了一下,说道:"第三生产组不是有个叫贾坤的吗?我听说,在贾寨村,很多人都怕他,那么贾兴富、王传言二人怕他吗?"

春霞这么一说,倒是提醒了他俩。克山说:"他们两个自然也怕贾坤,可这些与咱们要说的问题并没有什么联系呀。"

兴水比较机灵,很快明白了丁干事的意图,说:"贾兴富、王传言从未与贾坤发生过冲突,按贾坤的脾气性格,他是不可能去管这些事的。"

春霞说:"如果你们两个亲自登门拜访他,会如何?"

兴水说:"即使我们两个都去,恐怕也不行。"

克山说:"就是他们两个都怕贾坤,这与偷盗有何关系?"

春霞见克山还是不明白,又解释了几句。克山总算明白了,看了兴水一眼说:"如果是这样的话,贾坤肯定不会参与的。"

春霞见二人对此事没有一点把握,就先回乡政府了。走在路上,她依然在想如何能让贾坤参与配合。思来想去,感觉没有好的办法,只有让张思允见贾坤,看能否说成。

到了乡政府,春霞急忙给思允打了电话,说明了情况。思允听后,立即赶到了乡政府。

思允说:"这个事我可以和舅舅去说,但结果如何,却没有把握。要不这样,咱们一块去见他,到时我先说,然后您再补充。"

二人便去了贾坤家。思允见到舅舅,说了几句寒暄话,而后直截了当地说:"舅舅,我有个同学,又是拜把子兄弟,家就是咱们贾寨村的,名叫贾涛,他爸爸叫贾运连,您认识他吧?"

"当然认识,怎么啦?"

思允说:"是这样的,他家好不容易积攒了八千元钱,准备给贾涛建房结婚的,结果夜里被人全部偷走了。他们怀疑是贾兴富干的。于是,父子俩跑到县城找到我,我能有什么好办法呢? 只好找丁老师,丁老师说要与你商议商议,看如何处理。"

"找我商议什么,我又不是公安局办案的。"

"您老虽然不是公安局的,但是您在村里德高望重,说话管用啊……"春霞给他戴高帽。

"好了,好了,别夸我了。你说吧,需要我怎样做。"

春霞心里有了底,把计划对贾坤详细说了一遍,随后和思允一起在贾坤家的里间躲了起来。

贾坤让人把贾兴富喊过来,直接问道:"兴富,你知道我和贾运连是什么关系吗？他儿子与我外甥是拜把子弟兄！"

贾兴富听了这没头没脑的话，不解地问："坤叔，我不知道这个关系啊！不过您有什么需要我办的，只管安排就是了。"

贾坤突然脸一沉，说："你夜里做的事还记得吗？"

兴富，脸色"唰"地变了，强作镇定说："我夜里没做什么事啊！坤叔，我不明白您是什么意思。"

"好！我把你的手剁掉，看你明白不！人家常说，兔子不吃窝边草，你可好，人家准备给儿子建房用的八千元钱，你一下就拿了个精光。你以为自己蒙着脸，人家就不认识你了？告诉你，就是扒了皮，烧成灰，人家也认识你。"

"您老是听谁说的，哪有这事。"

"说这话有用吗？你当我是三岁的孩子吗？今天你把钱拿回来，我既往不咎，否则我叫你腿断胳膊折！"

兴富狡辩一番，见抵挡不过，最后还是招了，乖乖回家拿钱去了。这时春霞从里屋出来，又和贾坤耳语一阵子。

贾坤听后说："丁干事，我只帮你把钱要回来，至于其他事情，我就不好再管了，你们自己看着办吧！"

春霞本准备让贾坤乘势再对贾兴富进一步试探，从他的身上引出王花奎的问题，但见贾坤摆手拒绝，她也只好作罢。

贾兴富把钱交过来以后，春霞带着钱去了村部，交给克山保管，要他保守秘密，又安排他注意贾兴富的动向。完了之后，春霞想，贾运连家被盗不可能是贾兴富一人所为，肯定还有同伙，谁又是他的同伙呢？还有一点很是奇怪，贾兴富有偷盗行为，为什么平时村里干部群众没一个人提起过呢？看来，他比贾生、张伦藏得深！这次，要不是借贾坤之力，恐怕大家还不知迷惑到何时呢！无论如何,总算发现一点线索了。

贾兴富把钱交给贾坤后,到家蒙头睡了起来,直到天黑透了也没起床。就在他起床想吃点东西时,外面却响起了敲门声。他心头一动,猛然想起了与王传言相约的事情,于是忙开门,来人果然是王传言。

王传言见兴富一副刚睡醒的样子,问道:"怎么今天睡这么早,忘了咱们的事了吗?"

贾兴富摇了摇头,懊恼地说:"别提了,事情出岔了。"

接着,他把出事的经过说了一遍。

王传言也是人精,听了以后,似信非信,说:"不可能吧,贾坤这个人从不干涉别人的事情,全村人都是知道的,怎么现在会管这个事呢?再说此事只有你我知道,他怎知道的?"

"是啊,我也感到十分奇怪,他是怎么知道这件事的呢?"想了一下,贾兴富又说,"不过贾坤说了一句话'别以为蒙着脸,人家就认不出你们了',这句话也有道理,村里都是出门不见抬头见的老熟人,对咱们的举止太熟悉了,能认出咱们也不足为奇。"

王传言听到这里,沉默了起来。

兴富说:"贾坤这么一插手,今后事情就麻烦了,你想有这个先例,今后谁家少了东西不去求他呢?"

"明知事情这样,我们又有什么办法呢?"王传言说。

兴富说:"无论如何,我们都得想个办法,总不能白吃这个哑巴亏,贾坤再厉害,他这次也要为此付出代价。实在不行,就报告花奎老大,让他想个办法。"

王传言突然说:"兴富,这个钱交给了贾坤,不可能吧?"

贾兴富听了,不高兴地说:"传言,你怎能这样说呢,咱们一起共事多年,你应该知道我的性格脾气,我是吃独食的人吗? 如果不信,现在咱们就可以去问贾坤,看是真是假!"

王传言说:"跟你说句玩笑话而已,何必生气当真呢?"说罢,便告辞走了。王传言疑心重,很少相信别人,这次同样如此。他边走边想,会不会是贾兴富做了手脚,想独吞这八千块钱?

第二天,王传言带了两瓶酒,去了贾坤家,说:"贾坤叔,今天侄子有一事相求,俺家孩子王力不想上学了,一心想跟您学武练功,您能收他为徒吗?"

贾坤笑着说:"传言,你是知道的,我虽有一身武艺,可从来没收过一个徒弟,现在还是不收徒弟。"

二人东拉西扯,很快就到了中午吃饭的时间。王传言没客气,在贾坤家吃了午饭。二人喝了一斤多白酒。酒壮人胆,王传言喝了酒,也没有了禁忌,开口就问:"听说昨天贾兴富给你送八千元钱,有这回事吗?"

贾坤答道:"哪有这回事,无缘无故他怎能给我送八千元钱呢?"

王传言一听,心里骂道:"贾兴富,你个混蛋,咱们相处多年,从未分过彼此、论过高低,现在你竟敢瞒着我做出这等事,你以为我不敢去问贾坤,今天我就偏偏问了他,要不然还真被你骗了呢!"

按常理,王传言问起这件事,贾坤肯定会据实去说,但贾兴富给他钱时,再三请求贾坤一定替他保守这个秘密,不能透露给任何人。因此,王传言问起此事,贾坤就一口否定了。这下不打紧,王传言信以为真,辞了贾坤,直奔贾兴富家。刚进门,借着酒劲,红着脸就喊:

"兴富,你太不够意思了。刚才,我去问贾坤那个事了,他说你根本就没有给他钱,你说这到底是咋回事?"

"你真想知道这是怎么回事吗?"

"我就想知道个实情,没交就是没交,为什么告诉我交给人家钱了呢?"

"走!咱们现在就去见贾坤,看他怎么说。不过先给你说明,只要咱一去,咱们两个的事可就彻底暴露了。实话给你讲,在给贾坤钱时,我就告诉了他,千万不能向任何人说出这件事。你问他有没有这件事时,他当然不会告诉你的。如果你不怕暴露自己,现在咱们就可一起去,你自己决定吧。"

话说到这里,王传言像是醒了酒,再不吭声了。兴富又耐心地给他解释了一番,王传言不再计较,回家休息去了。

按照春霞的安排,克山与治保主任贾运昌对贾兴富的行动进行了观察,把情况及时向春霞做了汇报。根据汇报的情况,春霞断定在贾寨村盗窃作案的,不单有贾生、张伦,贾兴富及王传言也在其中,甚至他们比贾生二人的动作还要大。

春霞的判断是正确的。贾寨村这个盗窃团伙是王花奎一手培植起来的,贾、王二人不仅加入早,而且作案也多。贾兴富、王传言不仅在本村、本乡、本县偷,还流窜到邻省去偷,但是从未被抓住过。虽然都是偷,但是他们和贾生、张伦并没有牵连,双方互不知情,都是和王花奎单线联系。

丁春霞决定从贾兴富身上打开突破口找到证据,计划以这八千元钱为导火线,让贾兴富与王传言二人翻脸,相互告发,并叫来克山、兴水面授机宜,以便彻底端掉盘踞在贾寨村多年的贼窝。

二十、擒贼擒王

兴水接到任务后,对贾运连、贾兴富、王传言、贾坤四人在脑子里反反复复过了数遍,终于理出了一个可行的思路。

快到中午十二点时,兴水去了王传言家,这是兴水多年来第一次到他家,王传言自然是热情招待。吃饭时,王传言拿出家中珍藏的皇沟御酒,打算与兴水一醉方休。兴水急忙说道:

"传言,今天我不是来喝酒的,是有一件事要告诉你。"

传言愣了一下,忙问:"什么事?"

兴水神神秘秘地说:"今天上午去乡政府开会,碰到派出所胡所长,他问我认识王传言这个人吗,我说与他是同村人,怎能不认识。他又问咱俩关系如何,我说是亲戚关系。他让我到他的办公室,关起门说,有人举报十月二十八日夜里,你偷了贾运连家八千元钱,今下午就准备把你传到派出所问话。我赶紧拦住了。我说,你们不用去了,下午我领他一块来还不行吗。胡所长没直接答复,说考虑考虑再说吧。传言,这个事非同小可,如果有这个事,得赶快想出应对之策。如果没有,也就无所谓了,他们爱怎么着就怎么着吧,咱们也没必要担心害怕。"

王传言听到这一消息,额上不禁冒出了汗珠,慌忙问道:

"贾主任,是谁举报我的,胡所长说了吗?"

"谁举报的倒无所谓,关键是有这个事吗?"

王传言见瞒不过,当场就承认确有此事。兴水听后,显出很焦急的样子,说:"哎呀!传言,你怎么没长脑子,怎么能做出这等事,派出所来了,可该怎么办呢?"

"贾主任,事情反正这样了,您得赶快给我想个办法呀!"

"想什么办法,除非让那举报人回心转意,不再告发你,可现在我们连谁举报的都不知道,又何谈让他回心转意呢?现在摆在你面前的,就是认真仔细地想一想,是谁到派出所去告你的,又是谁知道你做了这件事。弄清这些后,才能想应对派出所的办法。"

"不瞒你贾主任,这事除我知道外,还有贾兴富知道。"

"兴富又怎能知道是你做的呢?莫非你们两个合了伙?"

"正是。"

兴水道:"事情要是这样的话,贾兴富就不可能去告发你。反过来说,要不是贾兴富,那么又会是谁呢?其他人又不知道这件事,难道贾兴富听说了县乡严打活动就要开始的消息,想立功赎罪?"

王传言道:"贾兴富不可能做出这样的事,难道是贾坤不成?"

兴水道:"你怎么又扯到了贾坤?"

传言道:"你有所不知,这八千元钱,虽然是兴富我们所为,但最终我们并没有得到这个钱。"

"那是谁得到这个钱了?"

"这个钱,兴富交给了贾坤。"

兴水故意装糊涂,说:"传言,你越说我越糊涂了,无缘无故地怎么会把钱交给贾坤呢?"

传言道："因为贾运连的儿子与贾坤的外甥是拜把子兄弟,又是同学,所以贾坤过问了此事。"

兴水道："兴富交钱时,你在跟前看见了吗?"

"没有!"

"那谁又能证明兴富到底交没交给贾坤这个钱呢?除非去问贾坤,才能证实这一点。"

"我已经问过贾坤了,他说根本没有这事。"

"这么说,问题不就很明显了吗?翻来覆去的,问题都是出在贾兴富身上。事情已经明了,别人说都是白说,兴富,是黑是白,你自己最清楚,赶快拿主意吧,一会儿派出所的人来了,麻烦就大了。"

"你让我拿什么主意,我现在脑子里一团乱麻,根本拿不出主意,还是你给我想想办法吧!"

"办法是有,现在的关键在于,你能不能确定是贾兴富告发了你。如果能确定是他所为,你王传言也没什么好客气的了,俗话说,你不仁我也不义,不然他还认为你是个傻子呢,告了你,你还不知道。"兴水又以退为进,说:"深想想,我估计兴富告你,也不是真想害你,不过想在派出所面前卖个好罢了,一旦严打活动开始,他这也算是立功赎罪。这就是他的目的。除此之外,不可能再有其他。"

"贾主任,你好糊涂啊,这样的事不是害我,又是什么呢,难道非得拿刀子捅死我才算害我吗?"

兴水道："无论你怎样认识,反正路给你指了,是东是西,自己决断吧,我走了。"

"贾主任,事情还没说完,无论如何你不能现在就走,得赶快想办法应对啊。"

兴水道:"胡所长既然给我透露了这个消息,说明他相信我。反过来我亲自到你家把消息告诉你,说明我也相信你。按理讲,贾兴富是我同姓同族的爷们,我只有帮他的份,不可能先帮你,可事实上却帮了你,这点你应该理解吧?眼下只有你反过来举报他的所作所为,我再给胡所长汇报,说你有悔过立功的态度,争得他对你宽大谅解。到那时,问题就好办了。像你现在拿不起放不下的样子,何时能解决好这个问题?"

听了兴水的劝说,王传言没再多想,提笔要写贾兴富几年来的所作所为。他正写时,外面忽然传来了警车的鸣笛声。他本来就紧张,一听警鸣声心里更为紧张,想起身就跑。兴水若无其事地向他招招手道:"没事,天塌下来我顶着。有我在,他们不会对你怎么样,写你的材料吧,我去应付他们。"

兴水出来一看,果真是辆警车直奔王传言家而来。兴水也感到意外,计划里没有这一场戏啊!难道是真的抓王传言来了?警车刚到门前,兴水便迎了上去,见是民警王兴建几人,赶紧问有啥事。其实,他们是办案路过此处。兴水这才放了心,然后高声地应承道:"慢走,放心吧,我一定做好工作。"

王传言在屋内把这句话听得一清二楚,对兴水真是感激万分,同时更激起了对贾兴富的痛恨,一股脑地把兴富多年的恶事全写在了纸上。

兴水拿着写好的材料,告辞了王传言,又去见了贾兴富,问:"最近没什么事吧?"

兴富还蒙在鼓里,问:"没什么事,咋啦?"

"你看看这个是怎么回事吧!"

说着,兴水便把手中的材料摊到了桌子上。兴富刚看一页,手就颤抖了。等他看完后,兴水问:"知道是咋回事了吗?"

看贾兴富满脸惊慌、恼恨,兴水说:"现在什么都不用再说了,最近几天,县乡冬季严打工作就要开始了,人家揭发你,你应该怎样保全自己,下一步该怎么办,你就自己看着办吧。这份材料是派出所的一个朋友让我看的,我是看在咱们同宗同族的分上,才偷偷拿来让你看的。你可千万不能告诉任何人,否则吃亏的是你自己。"

兴富看完材料,由惊到慌,由慌到怒,由怒到恨,心里暗想,好你个王传言,果真是个白眼狼。怪不得这两天我的眼皮直跳,总感觉是哪里不对劲。想到这里,他也不顾什么情义了,一口气把王传言这几年所做的坏事写了出来,交给了兴水。

兴水看后说:"兴富你放心,有了这份材料,我一定全力保你在严打中安全无事。"

兴富自然是千恩万谢。

兴水把材料整理好,找到克山,两人一起去乡政府见丁春霞。

春霞拿着两份材料,左看看,右看看,真是又惊又喜。惊的是王传言、贾兴富、王花奎一伙人贼胆包天,不但偷窃群众,而且还敢偷盗政府;喜的是通过二人相互揭发,总算澄清了贾寨村多年的被盗案情。

春霞满意地看了看克山、兴水,说:"这件事暂且为止,记住在王花奎归案之前,与任何人都不要提起,首先要稳住王传言、贾兴富,做好对他们的监视工作,待抓获王花奎后再进一步处理。"

再说王传言,从写了揭发贾兴富的那份材料起,一连几天像是丢了魂似的,坐立不安,大有后悔之意,他想,材料上虽然写的是贾兴富,实际上也就等于写了自己——二人可谓是狼狈为奸,暴露了他,也就暴露了自己。想到这些,他感到后悔不安,无论如何得要回那份材料。于是,他去见了兴水。刚说几句话,兴水就直截了当地说道:"你是不是后悔了?实话告诉你,要不是那份材料,你早不在贾寨村了。是我拿着那份材料,给派出所说尽了好话,人家才放过了你。你以为那是白写的吗?不过,如果你后悔,想要回材料也不成问题,下午我去派出所要回来,到晚上你来拿就行了。"

王传言忙解释道:"贾主任,你别多想,你的大恩大德,我永生难忘。只是感觉那份材料放在派出所,他们随时都有把我抓走的可能。我担心的就这些,其他并没有什么。"

"不必担心,晚上你来拿就行了。"

到了晚上,王传言早早赶了过来。把材料从兴水手中拿走,悬在他心里的一块石头总算落了地。之后,县乡开展冬季严打运动,很多小偷小摸落网,王传言、贾兴富都平安无事,他们不禁从心里感激兴水。

其实,之所以没动二人,是丁春霞的工作策略。她想,只要王传言、贾兴富二人不被抓,他们和王花奎之间必然就会有联系,这叫放长线钓大鱼。但眼下,王花奎像是惊弓之鸟,消失得无影无踪。还有一个问题让人觉得奇怪,那就是贾兴富、王传言在材料中都列举了王花奎的犯罪事实。按江湖规矩,出卖朋友是一大忌。本来,其他人也不知道二人与王花奎有联系,也没有人追问其与王花奎的关系,但为什么两人要不约而同地供出王花奎呢?

对此,春霞和克山、兴水进行了分析,可最终也没找出令人信服的答案。兴水说:"要不然,我再去见他们二人一次,试探一下,怎么样?"

春霞说:"也好!"

第二天,兴水见过二人,弄清了谜团。原来王花奎对他们有过安排,当不得已时,可把他供出来作为一道防线。王花奎认为,自己常年在外,就算是被供出来,公安局也拿他没办法。

春霞对这个解释未置可否。不过,从二人的材料中,至少可断定王花奎就是他们的幕后人,在贾寨村的偷盗团伙中,王花奎是老大。

贾兴富、王传言都不是弱智,他们反复思虑之后,像是大梦方醒,心里都有上当受骗的感觉。二人又走在了一起,大呼上当。愧疚自责后,二人又想,如果贾兴水成心害我们,为什么在这次严打中,我们都安然无恙呢?贾兴水当时就是这样承诺的,他也算说到做到了,二人一时又陷入了迷茫。

王传言说:"好也罢、坏也罢,今后我们头脑再不能这么简单了。"说到此便问兴富:"你写的那份材料,现在何处?"

兴富道:"交给了贾兴水。"

"不行!你必须尽快把材料要回来,我的那份已经要回来了。他们手里没有咱们的材料,就等于没有证据。到时候,要真的吃起了官司,只要我们死不承认,他们也没有办法。"

兴富立即去找兴水要材料。见面后,还没张口,兴水就主动拿出那份材料交还了他,说,多亏有了这份材料,派出所的朋友才格外照顾,在严打中没有把兴富抓走。

王传言、贾兴富愈加糊涂:贾兴水的葫芦里到底装的是什么药呢?要说是骗我们吧,两人在严打中都没事。二人反复分析琢磨兴水的一言一行,最终认定兴水既有袒护的一面,又有从中挑唆的一面。但有一条,二人达成了共识:必须尽快赶到利阳,见到王花奎,把家里近段出现的情况汇报给他,让他拿个主意。

春霞得知贾兴富二人要去利阳,马上找来鲁根让其悄悄紧随其后。

到利阳后,王花奎领着二人到了一家旅馆。刚坐定,贾兴富就说:"老大,不好了,我俩中了贾兴水挑拨离间的奸计了……"

王花奎听后,气得肺都要炸了,抬手照兴富的脸上连打几个耳光,浑身颤抖,气喘吁吁地说:

"你们真是比笨猪还笨,一天吃三顿饭,都长肥肉了,没长脑子。过去我们一次一次的行动能顺利得手,原因是啥?那就是没人发现你们是目标,所以才不让人戒心防备,现在可好,你们不但暴露了自己,还把我也牵扯了进去。你们说说,是公安人员审你们了,还是丁春霞审你们了?在没有任何一个人审问的情况下,咋能把我供出来呢?是吃错药了,还是脑子进水了?"王花奎越说越气,恨不得一刀劈了他们。

两人耷拉着脑袋,一言不发。

王花奎缓口气,又说:"捉奸捉双,捉贼捉赃。丁春霞又没有亲手抓到你们,从哪里能证明是你们偷了贾运连的钱?是个三岁的孩子也不会承认这件事,可他妈的你们……"

贾兴富小声道:"幸亏我们把材料要回来了,要不然更不堪设想。"

"你们以为把材料要回来就没事了吗?错啦!睁开你的狗眼看看,你们拿回来的是什么材料!"

贾兴富胆怯地说:"就是我们亲手写的那份材料啊。"

王花奎抬手又给了他两个耳光,一边打一边说:

"笨蛋!人家不会复印,不会拍照,把柄一定还在丁春霞手里。"

一句话点醒了二人，没等王花奎再说话，二人便举手往自己脸上打了起来。王花奎哭笑不得，大声喝道："算了！再打还有什么用！"

贾兴富恨恨地说："都是贾兴水这个混蛋小子搞的鬼，回去一定找他出这口恶气！"

"你拿什么出气，打又打不过人家，说也说不过人家，即使你能打过人家，恐怕也没有机会了。"

王传言躲在一边，窝窝囊囊地说："那我们总得想个法子，不能白吃这个哑巴亏呀！"

"想什么法子，走！先吃饭去。"

到了饭店，王花奎要了大鱼大肉，三瓶白酒，几人大吃大喝起来。酒足饭饱以后，回到了旅馆，王传言、贾兴富没心没肺地酣睡起来。

王花奎心里有事，直到深夜仍睡不着，索性从床上坐了起来，想着下一步的打算，王传言、贾兴富的身份已经暴露，如让他们二人回去，随时都有被抓的可能。眼下之所以没对二人采取行动，那是把他们当成了诱饵，主要是想引自己上钩，说不定这次二人来，后面就有人跟上了。当前之计，只有带他们暂避几日，看看动向，听听风声，再做下步安排。

鲁根一直在跟踪他们。

第二天上午，王花奎领着王传言、贾兴富往县城的西南去了。走了一里多路，他们进了红星旅馆。大约十二点时，周广法、周广生、王花奎几人从旅馆走了出来。鲁根明白了，原来王花奎在利阳始终是跟着周广法混日子的。他们走远后，鲁根进旅馆做了进一步的核实,确定这家旅馆就是他们常住的旅馆,然后返回向丁春霞说了情况。

丁春霞认为事不宜迟,马上到派出所找胡所长商量。胡所长立即组织人员车辆,按照鲁根提供的地址直奔而去。

第二天上午,春霞把鲁根叫到办公室,嘱咐道:"利阳的事,暂时不要告诉任何人,更不要告诉爱洁。"

鲁根问为什么。

春霞说:"现在你和爱洁感情还不是那么牢固,彼此之间还需要进一步了解,别在这个事上出现误会。因此暂不与她说为好。"

两人正说话,胡所长一行返回了乡政府大院,结果在旅馆里只抓到贾兴富、王传言二人,其他人都蹿窗越墙逃跑了,不知是旅馆老板走漏了消息,还是其他什么原因。

又让大鱼漏网了,丁春霞想,早知事情这样,何苦兴师动众去利阳呢。但事情已成定局,也不好埋怨谁。

只是,下一步该如何寻找王花奎呢?

春霞沉思良久,认为还得从贾兴富、王传言身上想主意。因此,她到贾寨村见了兴水,问道:"现在贾兴富二人已被公安抓了,此时他们二人对你会是什么看法,你能感觉出来吗?"

兴水道:"您什么意思,我不明白。"

"没什么意思,就是说他们二人现在是恨你,还是不恨你?"

兴水说:"恨又怎样,不恨又怎样?"

"如果现在二人恨你,在王花奎的问题上,你就不好与他们接触交谈;如果不恨你,这样就有与他二人接触的可能会,从中探出王花奎的下落。"

"即使他们二人恨我,我也有办法疏通缓解。"

"那好,要是这样,我们先去找胡所长,请他暂时放出二人,让你再落个人情。"二人说罢,去了派出所。

春霞把自己的想法对胡所长说了。

胡所长听后,沉吟道:"暂时放他们回去也不是不行,我担心的是,放走后有没有把握再收回来?"

"这个您放心,包在我身上,如有意外,唯我是问。"春霞郑重地保证。

胡所长按照春霞的意图,去见了贾兴富、王传言,问道:"你们与贾兴水是什么关系?他为什么屡次为你们作保求情?这次,他又全力担保释放你们!"

这时,兴水故意从审讯室门前路过,让二人知道他来了派出所。

二人听了胡所长的问话,简直不敢相信自己的耳朵,唯恐听错,又问胡所长:"您说的是真话吗?"

"怎么不是真话,我作为派出所所长,有必要跟你们说假话吗?"

"我们和他不熟啊!"

"不会吧,同胞兄弟也很难像贾兴水那样死命帮你们!"

二人面面相觑,一时无语。

"好了,这次看在贾兴水的面子上,就放你们一马。现在,你们各写一份悔过书,就可以回去了。"

二人喜出望外,到家后,首先去了兴水家拜谢。

兴水道:"我这个人从来不说假话,说到做到,先前曾与你们说过,写过材料后,保证你们在严打期间平安无事,结果怎样?至于这次在利阳出事,我专门问了胡所长是什么原因,他说是王花奎的朋友周广强说你们是偷盗团伙成员，所以才有前往利阳抓捕的行动。其实，刚一听到这个消息，我就去派出所托人求情释放你们，可胡所长无论如何也不答应，硬说你们是王花奎一伙的。我说，不错，先前他们二人是与王花奎有过来往，但严打之前就承认了错误，并主动揭发了王花奎的犯罪事实，揭发材料你们也都看了，他们二人能弃暗投明，主动交代自己的错误，这是立功的表现，将功补过，怎能再抓捕他们呢？就这样，好话说尽，再三恳求，又写了担保书，胡所长才同意释放你们。要不是你们两个提前写了那份揭发材料，恐怕在严打期间就把你们关进了牢房，现在能平安无事，算你们烧了高香，交了好运啦！"

二人满脸感激，说："幸亏听了你的话，提前揭发了王花奎。"

兴水说："其实王花奎的事也算不了什么大事，他只不过是利用别人偷点东西，况且这些事都发生在外地，在本地并没有发现有什么劣迹，真是出面给他活动活动，事情还是能摆平的。"说到此，兴水故意顿了顿，说："我也是咸吃萝卜淡操心，咱跟他平日里又没有什么来往，没有必要给他帮忙，再说也找不到他啊。"

兴富听得真真切切，当即说："兴水哥，如果你能把事给他摆平，找到他不成问题，到时让他花点钱，你出面给他活动活动呗，这也是成人之美的好事嘛！"

兴水说："你不懂，多一事不如少一事，他本人又没有这个想法，咱们又何必去找这个麻烦呢？"

王传言说："贾主任，这怎能是自找麻烦呢？王花奎毕竟是咱们贾寨村的人，你帮他摆平了这件事，他绝对会感谢你的，说不定今后还能派上用场呢。"

兴水停顿一会，严肃地说："这件事是咱们几个在屋里说的，出了门谁都不要再提这件事了,毕竟王花奎的事,咱们村的人都知道。大家一旦知道我给他帮了忙,你们想,村里人对我会是个什么样的看法?因此,要是管他的事,必须注意方式,慎重考虑才是,在没有十分把握的情况下,一定要保守秘密,守口如瓶。"

二人点了点头。三人开始喝酒,二人直喝得醉醺醺地走出了兴水家的大门。

第二天,兴水与克山到了春霞的办公室,兴水把见兴富二人的情况做了汇报。春霞问道:"这个情况,你们两个有何看法?"

兴水道:"这个问题的关键是看咱们想达到一个什么样的目的,如果要专对王花奎,那我们就想对付他的办法。我们现在有一个优势,那就是贾兴富二人对我比较相信,可说是言听计从。"

春霞说:"他们彼此都是相互牵连的,专对王花奎,也离不开他们二人提供线索,我问你们的意思也就在这里,怎样才能从他们嘴里得到王花奎的消息。"

兴水说:"瞅个适当的机会,再与他们接触一下。通过接触,一定能得到王花奎的消息。"

春霞说:"行,这个事还由你具体操作吧!尽快弄清他的藏身之处,早日结束这场战斗。"

兴水满口答应。从乡政府回来,正巧遇上贾兴富。贾兴富见了兴水,还是那股热乎劲儿,非得让他到家坐坐。兴水顺水推舟,去了他家。

兴富说了一些感恩的话,又谈起了王花奎的事情。

兴水问:"兴富,你极力让我帮他的忙,这个人为人处世到底怎样,可靠不可靠?"

"兴水哥,你放心,此人绝对可靠,为人仗义。现在你有人际关系,最好还是帮他一把,帮个人总比得罪个人强吧。"

"话虽这么说,可我总感觉犯不着操他这份心。"

"单凭他与你的关系,当然是犯不着操这个心,关键是看我的面子,也得管他这个事啊。"

"看你的面子也不行,现在他躲在何处,我们都不知道,想帮也帮不上啊!"

兴富压低声音说:"他没走远,现在仍在利阳。"

"这不可能,公安人员刚从那里回来,他还敢在那里吗?这不是自投罗网吗?"

"兴水哥,这就是他的高明之处,大家认为最危险的地方,他就认为是最安全的地方,况且他在利阳的朋友很多,天不转地还转呢!"

兴水说:"真是这样的话,你就看着办吧,如果你认为有必要帮他这个忙,那就帮呗。不过事情没办妥之前,一定要保守秘密,连王传言都不要告诉他,这样的事,知道的人越多,越容易走漏风声。"

兴富说:"你放心,此事只限于你我二人知道。"

兴水走后,兴富想,这次无论如何都得把花奎这个事办好。上次见面,让他照脸打了一顿,说我无能是个笨猪,这次非得露一手让他看看是无能还是有能。机不可失,时不再来,趁兴水愿意操这份心的热劲未过,得赶快见到花奎,免得夜长梦多,兴水变卦,从而失去这露一手的机会。于是,他又去找兴水商议这件事。

兴水说:"如果你实在想办这件事,就必须先见一下王花奎,征求他的意见,他同意后再办也不迟,免得到时我们落个出力不讨好的下场。"

"说得对,明天一早我就去利阳找他。"

说定后,兴富正要转身离开,兴水突然道:"慢,不行!想起来了,这几天丁春霞正在利阳县学习考察,万一碰上她就麻烦了。"

兴富一听是这事,说:"原来是这样,兴水哥,您太多虑了,利阳虽然不是大地方,可也是个小城市,天下哪有那么巧的事,正好就遇上她了?"说完,满不在乎地回家去了。

丁春霞何时去了利阳?这只不过是兴水的说辞罢了,当然也是有意的。一旦兴富、花奎二人在利阳被抓,证明不是他贾兴水走漏的风声,而是他们巧遇丁春霞的结果,这就是兴水的精明之处。

兴富走后,兴水也未停,骑上自行车去了银行家属院,对丁春霞说了此事。春霞听后,先想此事是否告知胡所长,想了一会儿,认为还是不说为好。于是,让兴水先回去,自己去了乡政府,把鲁根叫到办公室,决定自己带着鲁根亲自去利阳。

鲁根说:"咱们两个去,完全可以,可有个问题感觉还是提前想好为妥。"

"什么问题?"

"也不算什么大问题,我想如果把王花奎从利阳带回来,爱洁一旦知道了这个事,该怎样向她解释呢?"

"这倒是个实际问题,这样吧,你在家,我自个去,量他王花奎也翻不出什么大浪。"

"绝对不行,你自己去,有诸多不便,无论如何都不能让你自己去。我的意思并不是不去,只是想把事情办得更圆满一些,既要把王花奎带回来,又要见了爱洁有个妥善的说法,尽量两全其美。其实这些都是小问题,考虑不考虑无关紧要,因此还是我去,放心吧,这次一定能把他安全地带回来。"

尽管鲁根这么说,春霞心里还是在考虑,毕竟他与爱洁正处热恋之中,青年男女在这期间往往都是最没脑子的时候。如果鲁根亲手把自己的岳父大人从外地抓过来,让他受了审、蹲了牢,确实无法面对自己的心爱之人。想到这里,春霞果断地说:"此事不要再说了,我确定带其他人去,你不用再去了。"

鲁根急了,说:"不行,丁老师,无论如何也不能让你带其他人去,如果那样,我还是你的学生吗?"

丁春霞听到鲁根这句朴实的话,不禁两眼湿润,拍着鲁根的肩膀说:"你是个好学生,爱洁攀上你,确实是她的福分。"

鲁根说:"现在我就去陶瓷厂与她当面说明这事,相信她会理解的。"

"如果你坚持要去,也只有如此了。"春霞还是让了步。

鲁根见过爱洁之后,第二天一早,与春霞在红城租了车,尾随贾兴富乘坐的客车到了利阳。下车后,贾兴富到了一家店里打了电话,不大一会儿,王花奎乘一辆出租车过来了,接上贾兴就离开了。鲁根让司机开车在后面紧跟着,大约行驶一公里,王花奎和贾兴富下了车,徒步走了约五六十米,拐进了一家旅馆。鲁根抬头一看,还是那个红星旅馆,于是对丁春霞说:"这家伙真大胆,上次派出所就是来这个旅馆抓他们,他们现在竟敢又到这里来了。"

春霞说:"这就是他们长期在外躲藏的经验。"

王花奎和贾兴富把东西放进旅馆,一看已是下午一点多了,直接去了饭店。坐稳后,兴富说明了来意,王花奎像职业病一样,疑问道:"我与贾兴水素无往来,他对我不可能有这份善心,该不会又是设下的一个圈套吧?"

"不会,放心吧!本来这次来利阳,他是不主张我来的,是我自己硬要来的。"

"为啥?"

"他说丁春霞这几天正在利阳学习考察,万一碰上她,对你不利。"

王花奎心里便慌起来,凭直觉和经验断定,这事不妙,贾兴富来时必有尾巴,有上次被抓的例子,现在他对此事宁信其有,不信其无。他心里这样想着,但表面上并没有流露出来。他喊老板过来要了几个菜,又到柜台上付了款,然后写了一张字条,折叠后交给老板,指着兴富说:"待那人吃过饭后,你把这张条交给他就行了,记住,一定等他吃过饭再交,如果他问我去哪里了,你就说不知道。"说完他向周围看了看,转身从饭店的后门跑了出去。到红星旅馆拿了随身物品,租上车,直往西北方向去了。

过了好大一会儿,兴富见王花奎没回来,便问服务员:"与我一起的这位往哪儿去了?"

服务员摇了摇头,说不知道。饭菜端了过来,还是没见他回来。春霞二人也发现不见了王花奎,春霞断定他肯定逃跑了。

鲁根说:"不可能吧?自始至终,王花奎并没有发现我们,怎能逃跑呢?况且贾兴富还在那里坐着呢。"

春霞说:"他没动,是王花奎做的一个幌子,用来稳住我们的。如果他们二人同时都不在,我们还会在这里死等吗?"

鲁根明白了,马上就想上前抓住贾兴富,被春霞拦了回来,说:"只要王花奎不出现,就没必要惊动贾兴富,一旦惊动他,下步工作就更难了。只要贾兴富没发现我们,回去之后仍可从他身上得到王花奎的消息。"

鲁根恍然大悟。

　　饭菜已经送上,贾兴富左等右等不见王花奎,只好自己先吃了起来,吃过之后王花奎仍没回来。店老板见兴富吃过了饭,便把那折叠着的纸条递给他。他展开一看,上面写道:"兴富,你永远都是一头笨猪,来时,丁春霞已经把你盯上了,不信待事后慢慢验证吧。我去周县了,以后没有特殊情况就不要见我了。"

　　春霞见兴富接的是一张字条,马上意识到是王花奎给贾兴富的留言条,不用怀疑,他定是逃跑了。

　　鲁根问:"我们该怎么办?是否抓住他问一问?"

　　"不!继续监视他,看他如何行动。"

　　兴富看完留言,又向周围看了看,没发现什么异常,更没见丁春霞的影子,因此自言自语地说:"神经病,自己吓自己,制造紧张空气。"说罢,便返回了红城。

　　王花奎有如惊弓之鸟,偷偷到了金贵家。金贵见他,便说了爱洁鲁根二人前来找他的情况:"你不在,爱洁那孩子给你留下一封信,让我转交给你。"边说边拿出那封信递给了王花奎。

　　王花奎见是宝贝女儿的信,急忙拆阅,看着女儿写的一字一句,簌簌的泪水滴满了纸张,女儿的往事,家中的往事,像泉水一般涌上他的心头,像针一样刺痛着他的心。他再也忍不下去了,先去了周县县城,又乘车返回红城,向陶瓷厂打了电话。

　　爱洁接到爸爸约她在红城相见的电话后,首先就想到了鲁根,这一消息是告诉他还是不告诉他,心里便产生了矛盾。按原来二人商议的意见,应该及时告诉他,但她担心告诉鲁根,爸爸就失去了自由。他毕竟是生自己养自己的爸爸,没有他,自己就没有今天,因此不能对不起爸爸。可这时,她又想起了鲁根的话:"只有劝他尽早洗手投案自首,争得政府的宽大方为上策,否则会越陷越深,直至不堪自拔,走上绝路。"

爸爸这样持续下去,不及早制止,最终是要吃大亏的,她决定把此事告知鲁根。

就在这时,鲁根、春霞从利阳回来,来找爱洁了。听爱洁说了情况,春霞让二人一起去见王花奎。到说定的旅社后,鲁根躲在一边,爱洁一人进了房间。父女相见,都流出了滚烫的热泪。王花奎痛苦不已,惭愧地说:"孩子,是爸爸不好,给你造成了痛苦。"

"爸爸,什么都不用说了,一切我都知道了,您只说下步的路该如何走下去吧……"

爱洁一句话点中了王花奎的要害,他沮丧着脸,低着头,沉默了很久。

爱洁道:"爸爸,事已至此,您应该清醒了,那条路是走不通的,不能一错再错,现在回头还来得及。世上的一切,千好万好不如家人平安和睦好。"

她正说时,王花奎突然问道:"洁洁,你是与别人一块来的,还是自己一人来的,其他人知道我来这里的消息吗?"

"我和鲁根一块来的,除了他知道外,再没人知道了。"

"那他为什么没进来?"

爱洁说:"他让我先见你,如您同意,他便过来。"

王花奎说:"行!让他过来吧!"

爱洁对王花奎没有丝毫疑心,高兴地去喊鲁根。两人进来后才发现人去房空,没了王花奎的影了。爱洁在茶几上发现了一张字条,上面写着:"孩子,爸爸不是不想见鲁根,眼下确有好多难言之隐。你的婚姻问题,你自己看着办吧!给你留下一万元钱,我走了。"

　　鲁根看过字条,才明白王花奎已经逃走了。他心里一直不解,王花奎是从哪里逃出去的呢? 自己始终都在旅馆的大门前守候,并未发现他出去啊! 鲁根又对旅馆的前后左右都进行了观察,发现只有大门处可供人通过,根本就没有其他出路,这就更让人奇怪了。

　　这个问题,别说鲁根想不明白,就是派出所来的几位民警也想不明白。他们一直都在旅馆周围监视,也未见王花奎出逃。

　　王花奎到底怎么逃走的呢? 一开始,王花奎本打算向外逃走,可到旅馆门口时便发现有可疑之人,因此又返回了房间,他先把钱与字条放到茶几上,又把卫生间的窗户打开,造成了逃跑的假象。实际上,他并没有离开房间,而是在卫生间的顶棚里隐藏了起来。如果不是办案老手,看到现场很容易得出人已逃跑的结论。

　　鲁根与民警走后,王花奎便爬了下来,深夜时分回到了贾寨。他还是放心不下女儿的婚事,翻墙进了自家院子,与妻子闫氏见了面,安排了女儿的婚事,又见了贾兴富。拂晓时分,他才离开贾寨返回了红城。

　　鲁根一脸扫兴,回到凡集乡政府,把王花奎逃走的事情向丁春霞细说了一遍。春霞摇了摇头说:"你上当了,从你所说的情况来看,我敢断言,当时王花奎就没离开旅社房间。"

　　鲁根不信,说:"不可能,房间、卫生间的角角落落,我都亲自查看了,根本就没人。他是从卫生间的窗口处逃跑的。"

　　春霞说:"你被骗了,那是假象,房间、卫生间上边有没有顶棚、天窗之类的,你查看没有?"

　　鲁根承认说:"这点没看,不过他逃跑确实是事实。"

　　春霞说:"是的,他确实逃跑了,关键是在什么时间逃跑的。

我敢肯定,当你在房间里找他时,他绝对还在这个房间里。这次对你来讲也是一个教训,今后就有经验了。"她瞟了鲁根一眼,见他还是一脸无辜的样子,又补充说:"你要是不信,现在或明天可以再去那个旅馆核实一下,到时你就知道了。"

鲁根年轻气盛,当即就去了那家旅社,到那个房间重新查看一遍,果然发现卫生间的顶棚有过掀动、藏匿的新痕迹。

鲁根心中说不出是一种什么滋味,懊恼自己太幼稚了,竟让王花奎从眼皮底下溜走了。

鲁根见到春霞,说:"如您所料,王花奎当时就在房间。"

春霞听后,陷入了深思。她想,王花奎在利阳、红城几次得以逃脱,究其原因并非全因此人狡猾,而是我们太大意了。如果一开始就缜密细致,认真排查,他怎能轻易逃脱呢?想到这些,心里便产生了自责感。

春霞看着鲁根,声音低沉地说:"出现这样的结果,是我计划安排不周,与你无关。放心,我们绝不会再在同一地方倒下,等着吧!待摸清王花奎的下落之后,咱们还要行动。"说罢,便通知克山、兴水来到自己的办公室,问了贾兴富、王传言的情况。

兴水说:"贾兴富不是去利阳了吗?"

春霞说:"是的,去利阳了,不过当天就回来了,你们没见他吗?"

二人齐声说:"没有。"

春霞便把事情的经过告诉了二人。

兴水不解,说:"按讲,无论如何,贾兴富回来都应该见我才对,可为什么回来几天不见我呢?"

春霞说:"这没有什么可虑的,就是对你不相信了呗。"

　　兴水挠着耳朵,自言自语道:"他没有理由不相信我啊! 该办的都给他办了,中间没有出现让他怀疑的地方啊。"想了一会儿,也没有想出病在哪里,于是便对春霞说:"我看此事,咱们也不必在这里胡乱猜疑了,还是我去见一下兴富,看他怎么解释吧。"

　　说罢,二人便起身告辞了春霞。兴水到家后,立马安排妻子王小花到兴富家附近探视,看能否见到贾兴富。王小花出门刚走几步,就看见兴富拉着一辆架子车迎面走来。走到跟前时,王小花问:"兴富做啥去了,这几天没见你,昨晚兴水还念叨着要跟你再喝两盅呢。"

　　兴富支支吾吾,说不出个囫囵话来。王小花说:"好啦! 别支吾了,我回去就给兴水说,中午你们兄弟俩喝两盅。"

　　随后,二人一南一北走开了。

　　贾兴富心想,花奎未免太多心了,让我对兴水多加提防,到现在我都不明白提防他什么呢! 人家多次帮助自己,如果对这样的人还猜三疑四,岂不冤枉人吗? 因此中午时分,他夹着两瓶酒去了兴水家。

　　兴水问:"兄弟,什么时间回来的,怎么没见着你?"

　　"别提了,花奎哥这个人太多心了,在利阳吃饭时,刚提丁春霞的名字,他就紧张地说,丁春霞一定跟在了我后面,在监视他,没有吭声他偷偷地跑了,把我一人晾在了那里,没办法我只好返回来了。"

　　兴水听后,哈哈大笑,说:"这岂不是神经病吗? 丁春霞是国家干部,监视你个说书唱大鼓的,又有啥用? 真是自作多情。"

　　"不是自作多情,也许是派出所来利阳抓过他一次的缘故吧!"

兴富的话一落音,兴水接着就说:"当初不让你管他的事,你偏要管,现在还管不?实话对你说,他的事确实不算个事,不就是一句话的问题吗?我贾兴水不是吹牛,无论是派出所还是丁春霞,他们哪一个不听我的?但是王花奎的这个事,咱们不能再管了。你为了他,辛辛苦苦跑到利阳,他竟然不辞而别,把你一人撂在那儿,未免太过分了。"

尽管兴水这么说了,可兴富心里倒没这么想,他依然坚持让兴水再帮花奎一把,为什么呢?除去二人多年合伙搭档的原因外,贾兴富也想在王花奎面前证明自己"不是笨猪"。基于这些原因,无论兴水怎样说,他还是坚持非办不行。

兴水对兴富还是那句老话:"如果硬坚持办这件事,必须先征得王花奎的同意,否则我们没有必要操这份心。"

兴富满口答应:"行,就这么办!我先跟他联系,等有结果了再来见你。"

王花奎从红城到利阳以后,像害了一场大病,一连几天卧床不起。

周广法劝他说:"王弟,你就是无病呻吟,天下之大,哪里不是家,何必为一个区区的包村干部愁眉苦脸呢?"

在常人看来,确实是这个道理,可对王花奎来讲,则不同。民国时期,王花奎的祖上在当地也是望族,其父做过保长。改天换地后,王花奎一直想复兴过去的门庭,可早都时过境迁了。因此,他只有另辟蹊径。这个蹊径就是,虽不能复兴家族过去的显赫,但也要达到为所欲为的目的。所谓为所欲为,就是过去谁分了他家的田地家产,谁伤过他的父亲,谁在"文革"中压制过他,谁得罪了他,都要让其付出代价,尝到苦头。手中无权无势,又怎能让别人付出代价呢？唯一的办法就是暗地里培植一伙人，组成一股势力，作为对人打击报复的工具。自从手里有了这一工具，他想打谁就打谁，想欺负谁就欺负谁，日子过得确实开心，初步实现了目的。

在其多年胡作非为的过程中，历任包村干部都拿他没办法，同时也没发现他。可丁春霞到来之后，打破了这一格局，摧毁了他的美梦。因此，怎么把丁春霞从贾寨村撵走，成了他的心病。

丁春霞也有同感，贾寨村不解决王花奎的问题，群众就永无宁日，这也成了她的心病。王花奎挖空心思要赶走丁春霞，丁春霞想尽办法要抓到王花奎。

贾兴富一心想在王花奎面前露一手，因此与兴水说妥后，就多方与王花奎联系，确知他又去了利阳，便告诉了兴水，之后便独自一人去利阳见了王花奎。这次，王花奎似乎比上次踏实了一点，没有过多猜疑，中午吃饭时，叫上周广法、周广生、马强、王法军一伙狐朋狗友聚到了利阳有名的聚香楼饭店。

当然，春霞、鲁根二人也悄悄跟了过来。

鲁根按捺不住性子，担心王花奎再次逃跑，问春霞："现在是否行动？"

春霞摆摆手，说："不急，现在他们人员集中，行动起来会多费周折，不如等吃过饭再行动。"

二人在附近一家餐馆简单吃过饭后，又去聚香楼隐蔽了起来。直到两个小时后，王花奎一伙才散开，他们六人兵分三路，朝着不同的方向走开了。王花奎、贾兴富一起进了向阳旅馆。

春霞安排鲁根去把车开过来，自己在旅馆门口负责监视。十多分钟以后，春霞到旅馆服务台查看了王花奎登记入住的房间，和鲁根直接去了203房间。

鲁根轻轻敲了敲门。王花奎听到敲门声,小心地把门裂了一道缝,正准备看外边的情况时,鲁根顺势挤住门缝,推开了门。王花奎看见鲁根、丁春霞二人立在自己面前,顿时吓得魂飞魄散,不知所措。定神以后,困兽犹斗,说:"是你们啊!请进!你们先坐一下,我去躺卫生间。"说罢,转身要去卫生间。

鲁根上前拦住了他,说:"王叔,不用多虑。我来时,已经告诉了爱洁,是她让我来见您的。"

王花奎在鲁根面前羞愧难当,低着头一句话再没说。

春霞调侃道:"刘备三顾茅庐,才见到诸葛亮。我们三趟来利阳,才见到你,真不容易啊!"

王花奎冷冷一笑,身子一软坐了下来,心想事已至此,是福是祸已成定局,束手就擒吧。一旁的贾兴富早傻了眼。

二十一、真凶招供

　　丁春霞带着王花奎等人返回凡集乡政府之后，一刻未停，让通信员小张立即通知庄克山、贾兴水马上赶到乡政府。人到齐以后，春霞问："老王，你应该知道为什么把你从利阳带到这里来吧？"

　　王花奎低着头，板着脸，不吭声。春霞准备再问话时，他像刚睡醒一样，忽然反问道："丁干事，我就不明白了，你们几个不是国家干部，就是村干部，俺是在外说书要饭的平民百姓，每年都积极响应村里的号召，支持村干部工作，公粮统筹等各类款项分文不欠，可你们为什么屡屡让我过不去呢？竟跑到利阳把我抓来，我到底犯了什么法，让你们如此穷追不舍？"

　　春霞说："老王，真的不知为什么把你从利阳带回来吗？"说着，从书柜里拿出一沓材料递给他，"你仔细看看这些吧！"

　　王花奎接过材料看了几分钟，脸上似乎消失了理直气壮的神情，但仍不服气地反驳道："这是无中生有，纯属诬陷，我要告你们诬陷好人！"

　　丁春霞一言不发，目光锐利地看了他一眼。王花奎做贼心虚，额上顿时沁出了汗珠。

　　丁春霞说："说呀！怎么不说了？王花奎，我告诉你，这是在乡政府,不是你说书唱大鼓胡言乱语的场子,要说贾生、张伦、贾兴富、王传言这四人诬陷你,难道你的亲外甥贾舟也诬陷你吗?如果这五个人要诬陷你的话,恐怕整个贾寨村再没有不诬陷你的了,事情到了这个地步,你不但不思悔过,反而还大言不惭地说人家诬陷你,真是岂有此理!"

王花奎低着头,用衣袖擦了擦额上的汗珠。

丁春霞拍了拍桌子,怒斥道:"本来让你到办公室看看这些材料,问一下情况,认识到自己的错误,看在鲁根与爱洁的关系上,了结此事就算了,谁知你竟然是这种态度,看来不把你交到派出所审理是不行了。"

这么多年,王花奎接触了不少乡干部,每遇问题都是拉拉关系吃喝一场,然后再送些名烟名酒类的东西就完事了,现今碰上丁春霞,再想故技重演,自己的确是打错了算盘看错了人。想到这些,再也硬不起来了。

丁春霞看出了王花奎的心理,换了口气说:"老王,你做的事,别人不说,你自己也清楚,因此案卷中的事我就不问了,那是派出所的事情,现在我只问你几件事,如果你能据实回答,我可以建议派出所对你从宽处理,否则就是罪上加罪,你明白吗?"

王花奎唯唯诺诺道:"行!只要我知道的,一定如实回答。"

"那好,老王我问你,今年七月三日夜,你到贾运发家做什么去了?"

王花奎一愣,说:"丁干事,哪有这事,七月三日夜,我在外地根本就没有回来,怎能去贾运发家呢?是谁说我去他家了,让他过来当面对质。"

"照这么说,你就是没去他家了?"

"那当然了，我确实没去他家。"

"你认识贾运法，还有他的爱人刘春莲吗？"

"我认识贾运法，从来没见过刘春莲。"

"你既然没见过她，就更谈不上与她接触了？"

王花奎说："是。"

这时春霞突然想起刘春莲曾说过那人身上有一道疤痕，于是说道："你与刘春莲虽互不相识，可她却有那夜你到她家的证据，你信吗？"

王花奎心里一惊，当时的情景全浮现在了眼前，自己分明记得，当时现场没留下任何遗物与痕迹，很可能是丁春霞在诈自己。想到这里，便说："如果她有证据，让她拿出来就是了。"

"你想好了，到时别后悔哟！"

春霞这么一说，他不但不后悔，反而更认为其中有诈，于是答道："没有就是没有，不存在什么后悔。"

"老王，跟你这样说，深更半夜往人家去，肯定不是什么光彩的事，一般这样的事，不逼到一定程度，受害人是说不出口的，现在人家对此事不但说出了口，而且还强烈要求公安机关一定要找出真凶。"

"人家要求公安机关找出真凶，你又不是公安，又何必过问此事呢？"

"作为国家干部，我包贾寨村，村民有了问题向我反映，我有什么理由不管呢？放心，你想让公安机关过问此事，其他问题我不敢保证，在这个问题上保证能满足你的要求。"

"反正我不认识刘春莲，她爱怎么着，就怎么着吧！"

"看来，你对此事是铁了心肠不承认了，那好，刚才你不是说不认识刘春莲吗？反过来,刘春莲也不会认识你了,自然她对你各方面的情况也是不知道的,你说是不是这个道理?"

"应该是这个道理。"王花奎弄不懂丁春霞葫芦里到底卖什么药了。

"那好! 兴水,现在你就去贾寨把刘春莲夫妇叫过来,看她能否当场提供确切的证据。"

不大一会儿,刘春莲两口来到了现场。春霞指着王花奎问:"刘春莲,你认识这个人吗?"

刘春莲仔细看了看,摇摇头,说:"不认识! 没见过!"

丁春霞说:"你再想想,真的不认识吗?"

刘春莲说:"真不认识这个人,不过,我知道那夜去我家的那个人,身上有一道明显的标记。"

"标记,什么标记?"

"那人用手电灯照亮时,我看到他右胳肢窝下有一道明显的疤痕。"

丁春霞转向王花奎,说:"老王,听到了吧? 这样问题就简单了,你到底去没去她家,解开上衣看看不就验证了吗?"

王花奎颤抖着身子,结结巴巴地说:"我感冒还没好,天又这么冷,解衣服最容易着凉,就别看了吧! 反正我又没去她家。"

"怎么,想反悔不成,这可是你自己提出让人家过来的。"

"丁干事,为着这些小事,至于这么较劲吗?"

"小事? 你说得倒轻巧,为着这事,人家住了两个月的医院,险些丧命,还敢说小事,亏得你能说出口。废话少说,你必须解开上衣,当场验证。"

花奎无奈,只得解开上衣,大家一看,他的右胳肢窝下果然有一道疤痕。

真相大白了。贾运法两口子再也忍不住了,长期积压的怒火瞬即爆发:"王花奎,你个畜生,原来是你下的黑手。"说罢,两口子上去就打,被春霞及时拦住了。

在事实面前,王花奎低下了头,老老实实地供认了去刘春莲家的犯罪事实。

丁春霞又问道:"老王,九月三日那夜,贾寨村一连七家被盗,丢失现金一万二千元,这件事你是怎样安排的?"

王花奎心想,这又是在诈我,于是便说:"丁干事,这件事我连听说都没听说过,怎能说是我安排的呢?"

"老王,不要揣着明白装糊涂,既然问你肯定就有证据。"

"丁干事,这件事我真的不知道,如果有证据就拿出来吧。"

"好!克山,你到胡所长办公室去一趟,就说要一份材料,他就清楚了。"

克山拿回材料,春霞把材料往王花奎面前晃了晃,递给他,说:"老王,你看看这份材料上面是怎样说的。"

王花奎拿起材料一看,竟是周广强的口供,在事实面前不得不承认自己安排了那次行动。

这件事,是王花奎带着周县人干的,按他掌握的情况,那夜准备连偷十几家,要弄三万多元的,结果中间意外地遇上了民兵巡逻队,就行动了一半。

春霞再问:"十一月二日夜,贾兴水与你无冤无仇,你为何放火烧了他家的房子?"

"丁干事,这可是天大的冤枉,要说偷点钱对我还有用处,可烧人家的房子又有什么用呢?别说我与贾主任没有冤仇,即使有冤仇,也不能做这等缺德的事,您这是从何说起呢?"

"老王,你说得对,事情一开始,你确实没有烧房子的意思,也确实与贾兴水无冤无仇。不过,我提醒你一下,那天夜里,贾生、张伦二人让你从周县回来,还带来周广强,你安排贾生他们三个潜入贾正礼家,后来你把那姓周的从秸秸垛里劫走了。"

王花奎说:"不错,我承认,安排贾生几个去了贾正礼家,但这与放火烧房有何相干?"

丁春霞说:"老王,你是不见棺材不落泪啊!中国有句古语说得好,'要想人不知,除非己莫为',好好想想,刚才问你的几件事,你开始不都说没有吗,可结果又如何呢? 最终还不都是一个个承认了吗? 在这件事上,是否又想犯老毛病,非得逼我再叫来证人吗? 如果这样,你可是自己把自己逼上了绝路。"

"丁干事,你让我说什么呢? 知道的全说了,放火之事没有就是没有,如果有证人,就让他过来对证吧,何必在这里费口舌呢。"

"行啦老王,别故作镇静了,要知道你放火时,贾兴水与张子军二人正打架,院子里已去了好多人。别以为火光下,你看不到别人,别人就看不到你了,只不过当时情况特殊,没有立即抓你就是了! 如果真想让证人过来对质,现在就可以让他们过来。不过杀人放火堪称万恶之首,到时群情愤怒,对你动起手脚来,保不齐让你断胳膊断腿! 要不是担心这个问题,凭着你这个态度,早就把那群证人喊过来了,不知你老王想到这个问题没有,一旦他们来了,你能受得了吗? 别说放火烧房了,就凭你指使人去贾正礼家行盗这一条,就够你喝一壶了。"

王花奎毕竟心虚,听春霞这么一说,胆怯了。丁春霞趁机说道:"兴水,赶快把那些人全部叫来,要不把你王花奎证死才怪呢。"

兴水自然明白春霞的意思,忙答应一声:"是,我这就去。"说着便抬脚出了房门,王花奎急了,结巴着嘴说:"别,别去了……我说,我说,我都说。"

交代了那夜放火的经过,目的是调虎离山、声东击西,想趁乱救出贾生、张伦。

春霞听了,点了点头,自言自语地说:"果然不出所料。"

多年的悬案终于告破了,春霞松了一口气,说道:"老王,我知道你对我丁春霞恨之入骨,从我刚来到贾寨村,你就开始算计我,为什么呢?关键就是我在贾寨村的出现,妨碍了你为所欲为的好事,我所做的一切在你眼里都是多管闲事,故意和你过不去,因此你便不择手段,想方设法逼我离开贾寨。你在外天天寻欢,吃喝玩乐,你不可能想到也不会想到,一般农户挣几个钱是多么不容易。他们一年到头面向黄土背朝天,起早贪黑,好不容易才挣来几个血汗钱,你不费吹灰之力,就把人家的血汗钱攫取到了自己囊中。你知不知道,你这样做,害了多少人,毁了多少事?"

"我知道是我错了!"

"当然是你错了。还有,哪家不如你的意,哪个干部得罪了你,你便在背后把人整治一顿,弄得整个贾寨村家家户户担惊害怕,惶惶不可终日,对这样的行为、这样的现象,作为一名乡干部,难道不该管吗?如果不管,我还配做共产党的干部吗?"

"对不起,我真的知道错了。"

"在你心里,认为乡政府安排布置的工作只要完成,这个包村的干部就算完事了,再管就是多余的,这正是你王花奎对我丁春霞的认识。现在告诉你,包村乡干部不但要协助村里完成上级下达的各项任务,而且还要配合公安机关确保一方平安。"

"我都明白了,可惜有点晚了。"

"还不算晚,还有改过自新的机会。最后再告诉你,鲁根与爱洁的婚事已定,婚礼由我来主持,你就不用担心了。"

随后,她让人将王花奎交给了派出所。

自此,贾寨村的贼窝被破,贼首被捉,终于恢复了持久的平静。

二十二、一网打尽

　　丁春霞正在贾寨村与干部群众讨论今后三年的发展规划,突然接到通知,让她立即赶到县公安局办公室,通信员说宋书记正在那里等她,公安局还派了车来接她。

　　到了公安局办公室,一眼就看见宋书记也在场坐着。宋书记见到她,微微笑了笑,起身向在座的诸位介绍道:"各位,我给大家介绍一下,她就是我们凡集乡的组织干事丁春霞同志,包贾寨村,最近彻底破获了一个危害群众多年的偷盗团伙,大家如有此类问题,尽可与她交流。"

　　接着,公安局长刘安臣给丁春霞介绍了周县公安局长及刑警队队长,并说了请她来的目的:丁春霞与鲁根联手破获以王花奎为首的偷盗团伙后,此事在红城县引起了巨大反响,消息也传到了周县的城郊乡,而王花奎的老大周广法就是城郊乡人,此人在周县横行多年,颇有恶名。提起他,不但当地百姓畏惧,部分乡村干部也有所畏惧,对其所作所为敢怒不敢言。丁春霞的事被当地人一宣传,她在城郊乡便成了传奇人物。当地群众纷纷议论,人家一个女干部能抓获周广法的同伙王花奎,难道我们周县公安局一帮老爷们抓不到周广法吗?周县公安局感到了压力,这次来红城,一是想通过丁春霞了解周广法偷盗团伙的情况,二是希望丁春霞前往周县帮助破获此案。

丁春霞靠近宋书记,压低声音说:"破案子、擒凶犯,本是公安的事,怎能用得上我这个包村干部呢?况且还是外县的事情。"

"别急,看咱们县公安局的领导如何安排吧。"

一会儿,刘局长示意宋书记出去,两人在外边说了会话。

宋书记回来后,对春霞说:"刘局长的意思是,让你去周县协助他们破案,问你有什么想法没有。"

"宋书记,我又不是公安人员,协助他们破案岂不是笑话吗?在咱们贾寨村一切都好说,但是去外地做这样的事情,恐怕不大合适吧?"

"怎么不合适?你破获了王花奎的案子,维护了一方稳定,而王花奎又是周广法的拜把子兄弟,你对他们的情况比较了解,以前你还制服了周龙、周虎等人,让你去,不是很正常的吗?"

"宋书记,照这么说,你是同意我参与这件事了?"

"你来之前,分管公安系统的王副县长已打过招呼,打黑除恶,匡扶正义,人人有责,何况咱们又是国家干部!"

"早知如此,应该让鲁根一起过来。"

"现在也不晚,随时都可让他来。"

二人正说着,刘局长走过来,笑着问:"怎么样?春霞同志,让你参与这件事有什么想法没有?"

春霞答道:"没什么想法,服从领导,听从指挥!不过我是公安方面的门外汉,参与这件事只能是充数而已,恐怕起不到什么大用,担心给您抹黑。"

"好啦!不用过谦了,你除恶扬善的大名,我早有耳闻,就放开手脚大胆干吧,说不定哪一天,咱们还要同舟共济呢。"

听刘局长这么一说,春霞心中似有一种说不出的感觉,可眼下再说不去是不行了。

回去以后,她和鲁根进行了商议。

鲁根说:"这是一件好事,何乐而不为呢?"

春霞道:"好在哪里,乐在哪里?"

鲁根说:"好在实现了你打黑除恶的心愿,乐在此事充分彰显了你自身的价值,提高了知名度,这可是千金难买的荣誉啊。"

春霞看了他一眼,说:"鲁根啊,虽然你长进了许多,但对人生还要进一步地品味呀。荣誉,是无所谓的事情,今后你要记住,不管做什么事情,问心无愧就行啦!"说罢,她又问鲁根:"这次周县公安局让我们参与破案,你有何看法,怎样才能不辱使命?"

鲁根说:"他们的主要目的是抓获周广法偷盗团伙,想法帮他们达到这一目的就是了。"

"说着倒是容易,关键是怎样才能达到这一目的呢?周广法是个江湖老手,也是黑白道上数得上的人物,当地公安也对他没有啥好办法,这才请我们去的。他们表面上说是让我们配合协助,但实际上是想让我们发挥主导作用!所以这次行动非同小可,成与不成,不单是关系到我们两个人的面子,而且还关系到宋书记、刘局长的面子。"

鲁根听后,反问道:"我们该如何发挥作用,才能不负重托呢?"

"现在还说不准,到时候先看看周县公安如何制订行动方案吧。"

为抓获周广法偷盗团伙,周县公安局成立了专案组,制订了具体的行动方案。在讨论方案时,周县公安局局长孔繁超点名请丁春霞谈一下个人看法。

春霞说:"这个方案很好,结合这个方案,本人联想到几个问题,想给大家汇报一下。一是王花奎与周广法是多年的拜把子兄弟,又是一个偷盗团伙的,可以说二人对我丁春霞早已恨之入骨,他们若是抓到我就是千刀万剐也不解恨。眼下,王花奎已被捉拿归案,但周广法等人绝不会闲着,估计要伺机报复我。鉴于这伙人的报复心理,以我之见,不必急于去利阳抓捕他们,只需在此守株待兔即可。当务之急是尽快散布我在周县协助公安捉拿周广法的消息,只要听到这个消息,我想他们必定会来报复。因此,我们只需潜伏好警力,等待就行啦,一旦他们出现,便可一网打尽。"

专案组人员听了丁春霞的话,有怀疑的,有肯定的,莫衷一是。

孔局长问道:"春霞同志,你能肯定他们会来吗?"

丁春霞非常肯定地回答:"请您放心,孔局长,只要他们得知我在周县,百分之百会来,他们的脉搏跳动几下,我是号过的,不然早败在了他们手里。"

专案组同意了春霞的建议。果真如此,周广法的堂弟周广军听到了这一消息,连夜赶到利阳,把听到的情况详细地告诉了周广法。周广法大为震惊,急忙召集几个兄弟商议应对之策。

马强说:"这个事,有两个办法。一是三十六计走为上;二是直接面对,抓住对方其中之一,要挟交换出花奎大哥。"

周广生说:"走?往哪走?你能走出共产党的天下,躲过初一能躲过十五吗?既然被公安盯上了,想走是走不掉的。可要说直接面对,岂不是以卵击石,自取灭亡吗?别说我们没有那个实力,即使有实力也不可与政府明斗。"

王法军说:"走又不能走,斗又不能斗,那只有束手就擒了?"

几个人你一言我一语,议论了起来,叨叨半天也没有个结果,最后把目光一致投向了周广法。

周广法不愧是这伙人的老大,遇事沉稳,他抽着烟慢条斯理地分析说:"与公安硬斗,绝对不行,只有避其锋芒,先躲起来,伺机而动。现在还没有到死路一条的境地,好就好在我们犯的是偷窃罪,没有人命案,估计他们这回也是给群众做个样子,走走过场,几天的热度过去也就算了。其实,我最恨的是那个丁春霞,她既不是周县人,又不是公安人员,她把王花奎抓走送进监狱或多或少还有情可原,我们不找她的事就已经够忍让的了,可她蹬鼻子上脸跑到周县来找我们的事,真是欺人太甚了。"

说到此处,便激起了几个人的怒火,其中一人说:"不错,公安抓我们是职责所在,没有什么可说的,丁春霞算他娘的哪门子神,也来趁火打劫,是可忍孰不可忍,这次我们宁可鱼死网破,也得与她说个结果。要不是她在中间屡次搅和,无论如何我们也不会落到这般田地,现在也该给她算总账了。"

"那么,这个总账该如何给她算呢?算到什么程度,光说不行,总得有一个可行的办法才行啊!"周广法这么一问,几人都愣住了。

周广法继续,说:"你们都听好了,现在我们要想从丁春霞身上出这口恶气,让她知道我们的厉害,必须变被动为主动,静守在利阳这个地方不行,当务之急是要尽快摸清丁春霞现在的情况,她到底是在红城呢,还是在周县呢?摸清之后,连夜出击,打她个措手不及。不过要注意一点,千万不能置她于死地,闹出人命案。断条胳膊断条腿就行了。"

"老大,这也太便宜她了吧。"

周广法说:"闹出人命,大家谁也跑不了。"又转头对马强说:"强弟,丁春霞不好对付,你要多找几名高手,不信就治不倒这个泼妇。"

"老大,你放心!这次一定要让这个泼妇知道马王爷是几只眼。"

随后,周广军按照周广法所说,返回周县详细打探丁春霞的情况去了。消息确凿后,马强选了五名高手,加上周广法等共十人,分为两组,由马强领一组,周广法领一组。到了夜晚,十人乘车出发了。

丁春霞、鲁根住在城效乡乡政府。这伙人悄悄来到乡政府东南的一片洼地里,停了下来。周广法又做了具体安排。马强带领一队先打头阵,周广军熟悉地形,负责带路,周广法要他领他们到地点以后自己立即返回,防止碰到熟人。

一切安排就绪后,马强带了四个人,跟着周广军到了乡政府的后院,越墙进入了院里。此时已到深夜,丁春霞的卧室还亮着灯光。为稳妥起见,马强向兄弟们打了个手势,几人便隐蔽在一边,等待时机。十多分钟后,春霞卧室的灯熄灭了,整个院子寂静无声。马强领人轻轻上了二楼,老练地打开了丁春霞的房间的门。几人涌进室内,打开手电筒,见里面除了办公用具之外,似乎再没有其他。为看得清楚一点,便打开了灯,发现后墙右侧还有一个套间。马强走在前面,把套间的房门打开。套间里突然亮起了耀眼的灯光,随着灯光的亮起响起了一个浑厚有力的声音:"等候你们多时了,怎么到现在才来?"

马强瞪眼一看,是鲁根,心里咯噔一下,喊道:"不好,中计了。

弟兄们快撤!"正要往外跑时,丁春霞领着十多名荷枪实弹的民警堵住了门,来了一个瓮中捉鳖。咔嚓几声这伙人全部被戴上了手铐。丁春霞细看,发现被擒五人中没有周广法。她急中生智,让公安人员带走了其中的四人,随意留下一人,厉声问那人道:"我是丁春霞,跟你们无冤无仇,为什么晚上来害我?"

那人说:"我是马强的师弟,不关我的事,是马强让我来的。"

"好,那我问你,周广法为什么没来?"

"我不认识周广法,只知道来之前分为两个组,第一组是马强领着打头阵,第二组等待接应,你说这个周广法也许在二组。"

"现在二组在哪儿?什么时间来接应?"

"还没来得及给他们发信号,你们就把我们抓了。现在他们都在东南那片洼地里。"

"怎么发信号?"

"吹三声哨子。"

"那你现在就向他们发信号!"

"哨子在马强身上。"

春霞马上让人从马强身上搜出哨子,对着东南洼地方向连吹三声,周广法以为计划得成,急忙带人冲了过来。到了乡政府院内,却不见一个人影。

周广军指了指二楼的房间,对周广法说:"那就是丁春霞住的房间。"

周广法带人快速上了二楼,刚到房间的门口,忽然感到不对,怎么没有一点动静呢?多年的江湖经验告诉他,中计了,赶快跑吧。刚想跑,两边房门大开,十多名民警围了过来。周广法见势不妙,越过栏杆跳了下去,如丧家之犬,疯一般跑了起来。

丁春霞见周广法逃跑,赶紧喊鲁根,而后纵身跳下楼,追了上去。可还是晚了一步,追到后院,周广法已越过高墙。待她翻过墙时,已不见了周广法。这时,鲁根也追上来了,二人分头,一东一西继续追寻周广法。刚追三十多米,鲁根便看到一人影急急往街里窜,就大喊一声:"站住,再跑就开枪了!"

鲁根哪里有枪呢,只不过吓唬一下周广法,示意丁春霞不用再往西追赶了。

周广法仍没命地奔跑,一拐弯,逃进一条南北胡同,越墙跳进一家院中就消失了。

二人赶到了地方,围绕院子察看了一遍,没发现什么痕迹,随之二人越墙进入院里,发现是一处无人居住的空宅,二人正想仔细查看时,孔局长带人赶到了现场,了解情况后,马上在院前院后设岗、布控,对院里院外展开了全面搜捕。见三间堂屋门锁着,孔局长下令撬开门锁,对屋里进行认真搜查。一直忙到天亮,也没见周广法的人影。孔局长见此,便想撤离。丁春霞急忙建议:"不可,现在不但不能撤离,而且还要加派力量,分两道防线进行监控。"

孔局长道:"房前房后、院里院外、屋里屋外都已搜遍,也没发现他的人影,再坚守还有什么意义呢?"

春霞小声道:"地上看了,地下还没看,要防止地下有洞。"

一句话提醒了孔局长,正好这时天已大亮,孔局长下令重点搜查地下有没有通道。就在这时,周龙、周虎带着一帮闲杂人员闯了进来,拦住了办案人员。周龙大声说:"谁让你们来我家折腾的?是谁给你们的权利私闯民宅?"

孔局长解释说:"公安人员在办案,正搜捕一名逃犯,闲杂人员不得介入,否则按妨碍公务罪论处。"

周龙不依不饶,说:"你们也太过分了吧,我们都是平民百姓,哪里有什么逃犯,你们分明是在扰民。"

孔局长警告说:"你是干什么的,在这里说三道四?请你赶快离开现场,不要妨碍公务。"

"这是我家,你让我到哪里去?"

"你家也不行,在办案期间,任何人不得干扰,请配合工作。"

"那好,既然这么说了,我就支持你,但首先咱把话说明,你搜我家可以,如果搜到了逃犯,咱们万事好说,如果搜不到逃犯咋说?你总得给我们一个说法吧?"

"什么说法,搜到逃犯就带走,搜不到逃犯就撤走,还要什么说法?"

"那不行,搜不到逃犯,你们必须恢复我家的名誉,不然你们大张旗鼓地这样折腾,街坊四邻该如何看待我家,让我们今后怎么见人。"

孔局长道:"再大喊大叫,就按窝藏犯人、妨碍公务罪论处,请你赶快离开。"

周虎也上来了。他本来就是一个天不怕、地不怕的浑小子,他梗着头走到孔局长跟前,说:"我们就妨碍公务了,你能怎么着?"

孔局长见他如此难缠,招了一下手,来了五六个民警,正想对他采取措施时,周虎带的一帮人一下子围了上来。在双方矛盾一触即发时,丁春霞从屋里走了出来。

本来,周虎还要耍横,见到春霞,猛一惊,随转怒为笑,毕恭毕敬地喊道:"师傅,您怎么也在这里?"

孔局长及在场的民警,一时都糊涂了,这是怎么回事?怎么就成了师徒了呢?

春霞见他们个个满脸问号,笑了笑,对周虎说:"我是应邀前来参与办案的,你怎么也在这里?"

"师傅,这就是我的家啊!自从我爸被关押以后,这里就一直没人住过,怎么能窝藏逃犯呢,这不是成心让我们过不去吗?"

"周虎,你还是离开吧,他们确实是在搜捕逃犯,同时也确实有人看到逃犯就进了你家。公安人员办案,一切都是按程序进行的,对你来讲不存在什么说法不说法,你理解就行啦!"说罢,又拍了拍周虎的肩膀,说:"乖,你要听话哟!带着你的人回去吧。"

周虎向一帮兄弟挥了一下手,一帮人便离开了现场。

春霞真是哭笑不得,但心里还是一动,她为周虎这样的青年沦落如此境地而惋惜,心想这孩子要是有人调教,将来还是能有所作为的。

搜寻还是毫无结果,孔局长说:"是不是看花眼了,要不,周广法能变成小虫飞走吗?"

鲁根说:"孔局长,周广法跳进院子里,是我亲眼所见,应该不会有错。"

孔局长点了点头,没有吭声。春霞与孔局长低声说了几句,孔局长就带着大队警察离开了现场,周家院子里又恢复了宁静。

再说,周广法能去哪里呢?他被丁春霞二人追得走投无路时,便想起了自己最后的护身符。鲁根说得没错,他确实跳进了院子里。春霞说得也没错,此处确实有地下室。他翻墙进院后,闪身进了厨房,端开铁锅,拔开炉灰,顺身进入了不为人知的地下室。他在地下室忍了几个时辰,慢慢走向洞口,侧耳细听没一点声音,于是便从地下室爬了出来,谨慎地向四周看看,确认没有可疑之处时,便纵身越到了墙外。正想拔腿就跑时,几个人迅速向他扑来。

刹那间,他只好又折身跳进院子里,像老鼠一样钻进了那神秘的地下室。

春霞带人紧跟着翻墙进院,院内仍是空荡荡的,一片寂静,一个人影也没有。大家无不感到好奇,这是见鬼了,还是出现幻觉了?明明看到有人翻墙出来、翻墙进去,怎么现在就没有了呢?

春霞什么也没说,只要求继续严密监视,不得有半点懈怠。其实,春霞心里更清楚了,周广法一定是在院内的地下室里藏着,只是我们暂时没有发现他罢了。

春霞再次打量着这处院落。她突然来了想法,带人直接进了厨房,围着锅灶反复瞅了几遍,发现那口铁锅被人挪动过。还有,灶台上怎么会有脚印呢?

春霞双手端起那口锅,用手电筒往灶膛里一照,用棍子搅了搅,就发现了机关,一个四方的洞口赫然出现在眼前。

春霞高声喊道:"周广法,时间不早了,饿了吧!你想让人把你抬出来,还是自己爬上来?"

里面没有回音。

"你不想出来也行,那我就开始往里放水了,你等着吧!"周广法感觉再顽固也无济于事,于是从洞里爬了出来,一副狼狈相……

二十三、任重道远

春霞带鲁根从周县回到凡集乡,一种前所未有的疲惫感向她袭来,她倒在床上进入了梦乡,直到太阳偏西时才醒来。伸了伸筋骨,洗漱完毕,到乡政府见了宋书记,汇报了抓捕周广法一伙的情况。宋书记表扬了她几句,让她回去休息。她回到家就下了厨房,做了几个小菜,拿出两瓶最好的皇沟御酒,约鲁根来吃饭。

刚请鲁根坐下,通信员小张过来说,宋书记让她到乡政府去一趟。春霞只好放下酒瓶,去了乡政府。原来,宋书记想为她接风洗尘。

春霞说:"我已做好了饭菜,鲁根就在我家等着呢!请您移步寒舍,咱们一起乐和乐和吧。"

宋书记欣然同意,起身去了春霞家。

春霞又从酒柜中拿出一瓶酒,放到桌子上,说:"宋书记,今晚咱们菜不够,酒来凑,咱们三人,一人一瓶,好吗?"

"行!为祝贺你们师徒二人凯旋,今晚我就破例畅饮一次!"

春霞拿了三个茶杯作为酒杯,一瓶酒整整倒了三茶杯。宋书记端起杯子一饮而尽,然后笑道:"好酒!好酒!香味醇厚。"说罢,诗意大发,开口吟道:"忘年之交对饮酒,千杯不醉乐心头。唯愿佳酿为神液,还我青春化忧愁。"

鲁根听宋书记出口成诗,心里着实佩服,自嘲道:"小兵和领导之间的差距太大了,宋书记喝了酒,会作诗;我喝了酒,只会吃菜。"这话逗得宋书记哈哈笑了起来。

春霞见宋书记如此豪放,二话没说,端起杯子也是一饮而尽。又打开第二瓶酒,同样斟满三个杯子,三人同时举杯又是一饮而尽,宋书记又吟道:"琼浆玉液舒心田,皆因擒凶得凯旋。书记临场把酒端,三人共饮笑开颜。"

春霞到乡政府工作已有好几年了,只知道宋书记口才好,还从不知道能赋诗,鲁根更没听说过。惊奇之下,二人鼓起了掌。三人在温馨祥和的氛围里谈笑风生,真是其乐无穷。

几人激情满怀、酒兴正浓时,刘功明从外边回来了,见桌上放着三个空酒瓶,于是从柜子里又拿出两瓶,还下厨添了几个菜。宋书记让他坐下共饮,他摆了摆手,说自己从来滴酒不沾。

宋书记感慨道:"人与人之间真是天壤之别,朝夕相处的夫妻,一个一斤酒下肚依然从容自如,一个竟是滴酒不进,人啊,真是不可思议。"

这时,鲁根借着酒劲,鼓起勇气,站了起来,说:"宋书记,我给您敬杯酒行吗?"

"行! 酒场上不必拘泥,也不必那么客气。"

鲁根拿起酒瓶,先给宋书记斟满一杯,正要给春霞斟酒时,春霞站了起来,说:"宋书记,这样吧,借您这杯酒,咱们来个三一三剩一。"说着,便把杯中酒平均分到三个杯中,三人干了杯。

宋书记说:"美酒佳酿任人尝,饮多饮少宜适量。今后,你们年轻人饮酒可要把握度呀!"说罢起身道:"你们继续玩吧,乡政府还有事,我先回去了。"

春霞意犹未尽,本想再与宋书记聊一会儿,见他要走,也不便强留,几人起身送他出了大门。

春霞和鲁根回来后,坐下准备再喝时,鲁根问:"刚才那杯酒,为什么要三一三剩一呢?"

"你应该明白,书记毕竟已到知天命之年,我担心他喝酒过量。"

"原来如此,我还真没想到这些。"

第二天,春霞一早便去了贾寨村,这几天她忙着在外执行抓捕任务,贾寨村的三年发展规划不能再耽误了。

到村部会议室时,里面挤满了人。大家见春霞来了,鼓起了掌声。

春霞感到奇怪,今天并没有通知开会,怎么来了这么多人? 克山赶紧对她说:"得知你从周县得胜而归,大家心里特别高兴,原准备今天上午到乡政府祝贺你胜利归来,后来料定你必来村里,所以他们一大早就聚在了村部,大家还准备了两面锦旗,一面送给党委政府,一面送给你丁干事。"

春霞听后,向大家深深鞠了一躬,然后说:"铲除罪魁祸首确实值得庆贺,但值得表扬的不是我丁春霞,而是在座的全体人员,特别是村两委的同志功不可没,兴水同志尤为突出。我所得到的最大安慰是,贾寨村从此太平了。"

现场又响起一片掌声。

掌声过后,大家慢慢静了下来。克山把大家讨论过的三年发展规划方案交给春霞。春霞看后非常满意,对贾寨村今后的工作从内心感到了踏实,看到了希望。

　　散会后,春霞没有立即离开贾寨村,而是结合着规划事项,进行了一番实地察看。当她确认规划切实可行时,才高兴地骑上自行车驶向了通往乡政府的大道。

　　到乡政府后,春霞拿着贾寨村的三年发展规划,去了宋书记的办公室,通信员说宋书记去县里开会了。春霞便回了家。正好,鲁根也在,和刘功明聊得正起劲呢!鲁根起身跟春霞打了招呼,谈起了自己的婚事。

　　春霞说:"这个问题,之前我给你说过,结婚那天,我愿意当你们的主婚人,婚礼的日子选定了没有?"

　　"具体时间还没有确定。"

　　"那你今天来的目的是什么?"

　　"主要是想和你商量商量结婚的具体事宜,我没什么经验。"

　　"你当然没什么经验了,你又没结过婚。"春霞扑哧一声笑了。

　　鲁根不好意思地笑了,说:"前天,我已见过爱洁说了此事,同时也见了她妈,她妈没说什么意见,让我们两个自行安排,对此事我拿不定主意,因此特来见你。"

　　"结婚也算是件大事,首先应该与你爸妈商议,看二老什么意见,以他们的意见为主。只要定好时间,具体事宜你就不用担心了,一切由我安排。现在要做的工作就是选定日子后,到爱洁家去一趟,征求其意见,达成共识就行了。"

　　第二天早上,鲁根就去找爱洁谈婚论嫁了。春霞吃过早饭刚出家门,迎面碰上了通信员小张。小张让她赶快到乡政府参加党政班子会议。到会议室,春霞找个角落里的位子。刚坐下,宋书记便拿着一沓文件走进了会议室,看见春霞,他面带笑容地招呼道:"春霞,今天的会议可全是围绕你的问题召开的,坐边上不合适,来来来,往前边坐。"

春霞心里怦然一动,用疑惑不解的目光看着宋书记。参会人员也像春霞一样不解地看着宋书记。本来党政班子会议只有领导才参加,今天让春霞参加这种规格的会议已经是不正常了。现在宋书记又一说,大家更加疑惑。

宋书记不管这些,问组织委员王永昌:"永昌,现在贾寨村的情况如何?"

永昌张口就道:"工作顺利,干群和睦,形势一派大好啊!"

宋书记说:"对!形势确实一派大好,其中也有你慧眼识英雄的一份功劳啊!"

永昌笑道:"宋书记别开玩笑啦,贾寨村有现在的局面,全是您大力支持、丁春霞日夜奋战的结果,与我没任何关系。"

宋书记说:"话不能这样说,当初要不是你全力保举春霞同志到贾寨村工作,怎么能有今天的大好形势呢?"

说罢,便拿起那沓文件在大家眼前晃了晃,说:"大家看看,这可都是咱们凡集乡的荣誉啊!里面凝聚着春霞同志多少心血汗水,她能获得来自多方的赞誉,实属不易啊!今天召开党政班子会议就是通报一下相关信息,以便让大家从中悟出一点道理来。同志们都知道,贾寨村以前是一个是非村,当初党委召开扩大会议,讨论推荐该村的包村干部时,丁春霞同志自告奋勇去了贾寨村。在贾寨村包村的这段时间里,她以实际行动兑现了她的诺言,可以说在我们凡集乡的历史上留下了灿烂的一页,她不愧是我们凡集乡党委政府树立的典范,你们听听吧!"

说完,宋书记先读了县委组织部的简报,这期简报专门表扬了贾寨村由乱到治的变化,充分肯定了包村干部丁春霞的工作经验。

接着,他又宣读了周县公安局至红城县委县政府的函,感谢丁春霞在抓捕犯罪团伙、保一方平安中的突出贡献。

然后,宋书记又拿出十多封信,对大家说:"这些都是感谢、表扬春霞同志的群众来信,因为时间关系,这些信就不一一读了,都是贾寨村群众、党员、干部所写,内容朴实、感人,大家下来可以传阅一下。"

待大家的掌声止息后,宋书记接着说:"前天,我去县城开会,组织部闫部长跟我打招呼,县公安局找县委提议春霞到公安局工作。为此,组织部专门进行了暗访。暗访情况表明,春霞适合从事公安工作,因此组织部同意了公安局的提议,任命春霞同志为县公安局副局长。"说着,他把组织部的文件拿了出来。

凡集乡党委:

你乡组织干事丁春霞同志在包村工作期间尽职尽责,经常战斗在不法分子歹徒之间,治乱成效显著,深得民心,为发挥其长,组织部研究决定调该同志到县公安局工作,职务为县公安局副局长。另外,鲁根同志到县公安局刑警大队工作。

中共红城县委组织部

×年×月×日

会议室内又响起了热烈的掌声。春霞站了起来,恭恭敬敬地向大家鞠了一躬,真诚地说:"感谢党委政府和各位领导对我的栽培,也感谢上级组织对我的信任。此事在大家看来是件好事,我个人看来也是件好事,但我现在心里很矛盾,总感到去县公安局工作的乐趣远不如我在贾寨村工作的乐趣。实话说,现在贾寨村的工作已开了花,可我还没看到结的果,是一个遗憾。"

说着,她从包里拿出贾寨村的三年发展规划,交给了程乡长。程乡长接过翻了翻,又递了过来,让她直接向大家汇报。大家听后,认为规划切实可行,更为她的敬业精神所感动。

宋书记说:"差点儿忘了,还有一个好消息,鲁根同志也被安排到县公安局刑警大队工作了。这小伙儿,素质本来就高,锻炼几年,肯定能成为好刑警。"这时,通信员小张走了过来,悄声说公安局刘局长来了。宋书记急忙外出相迎。二人握手寒暄后,刘局长道:"眼下局里有一起大案,急需春霞赴任处理。"

宋书记说:"再紧也得让春霞与同志们道一声别,吃过午饭再去也不迟。"

"那就客随主便吧。"刘局长说。

下午,春霞与乡政府同事集体见面道别后,正要乘车与刘局长一块走时,院内突然来了十多个人,全是贾寨村的干部群众。他们听到春霞调走的消息,恳请她去贾寨村与群众见上一面,不然全村群众就要来乡政府为她送行。宋书记见此情景,对刘局长说:"盛情难却,群众既然有这样的要求,还是让她去一趟吧,等她与群众见面后,我与班子成员一块送她赴任,行吗?"

"民意不可违,满足群众意愿为上,就这么说定了,到时我在局里等你们。"刘局长说。

说妥后,克山等人立即回到村里,安排全村群众参加欢送会。春霞在克山、兴水等人簇拥下走进村部大门时,就看到一幅写着"欢迎好干部丁春霞回家"醒目大字的横幅,会场到处是人,挤都挤不动,春霞看到这个场面,不禁心潮起伏,一种从未有过的激情

骤然起于心中,克山向大家挥了挥手,会场才慢慢静了下来,他本来是拿有讲话稿的,但此时因为激动,他脱稿讲道:

"同志们! 今天我们全村干部群众聚集在这里,为的是欢送我们的恩人丁春霞同志,我们不但感谢她在贾寨村为我们创建的太平功勋,而且还要祝贺她的荣升。回顾我村多年的历史,盗贼肆意横行,广大群众一直活在混乱惊恐的日子里,群众的生命财产安全受到威胁,不知有多少人家因此而引起事端,干部离心离德,不能带领群众勤劳致富,不能为群众排忧解难,工作长期处在瘫痪、半瘫痪的状态,各类是非层出不穷。混乱之际,丁春霞同志来到了我村,她力挽狂澜,以群众利益为上,不顾自己的利益,多次蒙冤受屈,日夜操劳在是非旋涡之中,最终以她惊人的勇气和智慧,破获了长期祸害百姓的贼窝,化解了群众与群众、干部与干部之间的矛盾误会,健全了村两委班子,为我村创建了风清气正、村泰民安的昌盛环境。而且,她又亲手制定了我村发展的宏伟蓝图,引导我们走上了脱贫致富奔小康的康庄大道! 同志们! 这样的干部能来到我村,实是我们广大群众的福气啊! 苍天有眼啊! 丁干事为民所做的一切,大家都看到了,县委组织部已考察任命她为红城县公安局副局长,她的学生鲁根也被安排到了公安局,今天他们就要赴任了,我们遗憾的是,还没来得及报她的恩情她就要调走了……"

说到这里,他洪亮的声音沙哑了,再也控制不住滚滚泪水。与会的人们都流出了热泪,一群老人妇女涌上前台,一位老人紧紧抓着春霞的手,哽咽着:"丁干事,您是我们的恩人,您不能走啊!"

接下来,会场上爆发一片强烈的呼喊:"丁干事,我们要报答您,您不能调走啊!"

丁春霞的眼圈红了,泣不成声。天下没有不散的筵席,干部必须服从组织安排。她不想走,但又不得不走。

在她要离开会场时,欢送的人群自觉分成两列,排成了二百多米长的队伍。春霞带着无限的眷恋,一步一回头地向人们挥动着双手,缓缓走出了送别的队伍,踏上了新的征途……

图书在版编目(CIP)数据

农村女干部/李玉文著. —郑州:河南文艺出版社,
2018.8(2019.9 重印)

ISBN 978-7-5559-0724-4

Ⅰ.①农… Ⅱ.①李… Ⅲ.①长篇小说–中国–当
代 Ⅳ.①I247.5

中国版本图书馆 CIP 数据核字(2018)第 161922 号

出版发行 河南文艺出版社
本社地址 郑州市郑东新区祥盛街 27 号 C 座 5 楼
邮政编码 450018
承印单位 三河市兴国印务有限公司
经销单位 新华书店
纸张规格 890 毫米×1240 毫米 1/32
印 张 8.75
字 数 209 000
版 次 2018 年 8 月第 1 版
印 次 2019 年 9 月第 2 次印刷
定 价 38.00 元